The Citadel
A.J.Cronin

城砦

下

A.J.クローニン
夏川草介 訳

日経ＢＰ

THE CITADEL

by A. J. Cronin

Japanese translation published by arrangement
with Diana Cronin
c/o A M Heath & Co Ltd
through The English Agency (Japan) Ltd.

目次

第三部

第一話　鉱山労務管理局　8
第二話　誰でもない　22

第四部

第一話　フォイ医師の診療所　42
第二話　医師たちの晩餐会　58
第三話　一番大切なこと　73
第四話　ローリエ　87
第五話　ルロワとフランシス　99
第六話　アイダの医療ホーム　114

第七話　変わりゆく日々　128
第八話　ヴィクトリア呼吸器病院　147
第九話　旧友の帰還　154
第十話　シェアへの小旅行　166
第十一話　プラザのグリルで　183
第十二話　スティルマン　199
第十三話　クロスウェイズ　212
第十四話　歯科医の頼み事　224
第十五話　悲劇　236
第十六話　崩壊　258
第十七話　再生への道　272
第十八話　新しい計画　284
第十九話　静夜　300

第二十話　森と風と空と　310
第二十一話　召喚状　322
第二十二話　城砦　333
解説　城砦〈下〉　夏川草介　373

城砦〈下〉

第三部

第一話　鉱山労務管理局

　アンドルーの新しい職場は、ウェストミンスター公園からそう遠くない河岸通りの、堂々たる石造りの建物の中にあった。

　鉱山労務管理局、通常「鉱労局」と略されるその部門は、商務庁にも鉱山省にも便利な場所にあったが、この二つの役所が、鉱労局の所有権について、互いに激しく主張したかと思うと急に忘れたように沈黙するということを繰り返しているのは、よく知られている事実であった。

　八月十二日の、さわやかな日差しが降り注ぐ朝、溢《あふ》れんばかりの気力と活力を携えたアンドルーは入り口の階段を上っていた。まるでロンドンを征服しにきた男のような、生き生きとした目をしていた。

「私が新任の医務官です」

　アンドルーが事務所の制服を着た係員に話しかけると、「はいはい」と係員が父親のような気さくな口調で応じた。

「ギル・ジョーンズさんに面会ですな。承知していますよ」

自分を待ち受けていたような様子は、喜ばしいことだった。係員は背後を振り返って、朗らかな声を響かせた。

「新しい先生だ。ギルさんの部屋へ案内してくれ」

エレベーターがゆっくり昇っていくにつれて、各フロアの廊下の緑色のタイルがちらちらと目に入り、それぞれの階で同じ制服を着た人たちが仕事をしているのが見えた。アンドルーが案内されたのは、大きな日当たりの良い部屋で、奥の机に小柄な男が座っていた。金縁の眼鏡をかけ、濃紺のスーツに同じ色のネクタイを金のリングで留めたその人物が、ギル・ジョーンズであった。ギルは机から立ち上がり、手に持っていたタイムズ紙を置いて、アンドルーに握手を求めた。

「少し遅れてしまいました。すみません」

アンドルーはギルの手を握りながら、活気のある声で続けた。

「昨日フランスから戻ってきたばかりでして。でもすぐに仕事を始められます」

「それはなによりです」

陽気な笑顔で応じたギルは、丁重に椅子を勧めた。

「どうぞお座りください。紅茶にしますか、それとも熱いミルクがいいですか？　私はいつも十一時にお茶にするんですよ、そうそう、ちょうどもうそんな時間ですな」

「ああ、どうも……」

アンドルーは躊躇いがちに、椅子に腰を下ろしながら、

「ではさっそく仕事の内容について、教えていただければ――」

しかしギルの雑談は五分ほど続き、やがて男性事務員が美味しそうな紅茶と熱いミルクを持って入ってきた。

「どうぞ、ギルさん。大丈夫だと思いますよ、しっかり沸かしてきましたから」

「ありがとう、スティーブンス」

スティーブンスが出ていくと、ギルはアンドルーを振り返って笑った。

「優秀な男なんですよ。彼は実にうまいバタートーストも作るんです。ここは不便な部署でしてね。いい給仕係がいないんです。いろんな部門の寄り合い所帯ですからね。内務省、鉱山省、商務庁、実は私も……」

ギルはいくらか得意げに咳ばらいをした。

「海軍本部からの出向です」

アンドルーはホットミルクに口をつけながら、いつ仕事の話が始まるのかと、じりじりしていたが、ギルは楽しげに、今日の天気やブルターニュの話や、年金計画や低温殺菌の有効性などについて、話していた。それらがようやく終わって、ギルは立ち上がり、アンドルーを彼の部屋へと案内した。

そこもまた、暖かそうなカーペットが敷かれた、ゆったりとした日当たりの良い部屋で、テムズ川の眺めも良かった。窓ガラスに大きな青蠅が一匹、眠気と郷愁をさそう音を立てていた。

「ここにしておきましたよ」

ギルが愛想よく告げた。

「ちょっと模様替えをしておいたんです。そこに暖炉もありますから、冬もなかなか暖かい。気に入ってもらえるといいんですが」

「いや、とても素晴らしい部屋です、しかし……」

「それから秘書も紹介しないといけませんね。メイスンさん」

ギルが隣室につながるドアを軽くノックしてから開くと、落ち着いた雰囲気の年配女性が、小さな机にきっちりと座っていた。女性はタイムズ紙を置いて立ち上がった。

「おはよう、メイスンさん」

「おはようございます、ギルさん」

「メイスンさん、こちらはマンスン先生です」

「おはようございます、マンスン先生」

こうした形式張ったやりとりに、アンドルーは少なからず面食らったが、気を取り直して調子を合わせることにした。やがてギルは快活に「いくつか書類を持ってこさせますよ」と告げて部屋を出て行った。

書類は、スティーブンスが大事そうに抱えて運んできた。彼はこの建物で、トーストと牛乳の配達人として多大な信頼を勝ち得ている上に、もっとも優秀な書類運搬人でもあるらしい。彼は一時間ごとにアンドルーの部屋に恭しく書類を運んできては、机の上の「未済」と書かれた漆塗りの箱の中に入れ、「既済」と書かれた箱の方に熱心な目を向けて、そちらの書類を受け取っていった。「既済」の箱が空だったときは、見るからに落胆を露わにした。こんな悲しむべき事態はあり得ないとでもいうような態度で、敗北したように部屋から出ていくのである。

アンドルーが書類に目を通し終えるのはあっという間だった。書類は鉱労局の過去の議事録で、退屈で面白味もなく重要なものも見当たらず、彼は苛々しながら読み終えた。それから彼は秘書のメイスンに向かって、色々な質問を投げかけてみた。しかし、メイスンは内務省の冷凍食肉調査室から派遣されていて、仕事のことは限られた範囲しか知らなかった。彼女は、自分が事務庁のホッケーチーム「レディース・イレブン」の副キャプテンだという話をしながら、よければタイムズ紙のコピーをお持ちしましょうかと尋ねた。その目は、もう少しのんびりしてはどうかと訴えているようだった。

しかしアンドルーはのんびりしていられなかった。休暇で心身ともに充実していたから、仕事がしたくてうずうずし、柔らかなカーペットの上を無暗と歩き回った。それからタグボートがせわしなく往来し、石炭運搬船の長い列が流れをさかのぼっていく、テムズ川の活気に溢れた景色を眺めていたが、やがて大股でギルの部屋へ出かけて行った。

「いつから仕事は始まるんですか？」

唐突な質問にギルはびっくりした様子だった。

「先生、驚かせちゃいけません。私はあなたのもとに、一ヶ月分くらいの資料を運ばせたはずです」

そう言って時計を見た。

「行きましょう。昼食の時間です」

アンドルーが骨付き肉にかぶりついている間に、ギルは彼の溢れんばかりの活力を鎮めるかのように如才なく説明した。

チャリス教授はノルウェーに、モーリス・ギャズビー博士はスコットランドに、局長のウイリアム・デュワー卿はドイツに行っていて、彼の直属の上司たるブレーズ氏はフリントンへ家族旅行中であるため、次の会議は、九月十八日までは開催されない、いや、開催できないという話である。

その日アンドルーは、呆れかえってクリスティンのもとに帰宅した。二人は、ヴェール・ビューの家具は預けたままにして、住むのにちょうどよい家が見つかるまで、アールズ・コートに小さな家具付きのアパートを一ヶ月借りていた。

「信じられるか、クリス！　彼らはなんの準備もしていないんだ。一ヶ月間、僕はミルクを飲んでタイムズを読んで、くだらない資料を見返すくらいしかすることがない。ああ！　おまけに秘書の老婦人のホッケー話を延々と聞かなきゃいけないんだ」

「もし良ければ——その老婦人じゃなくて、あなたの目の前にいる老婦人の話を聞いてくれない？　ねえ、アンドルー。ここは本当に楽しい場所よ、アベララウよりも。——今日の午後、ちょっとチェルシーまで出かけてきたの。カーライルの家とか、テート美術館も見つけた。私、いろんな楽しい計画を立てたの。安い蒸気船で、植物園のあるキューに行くことだってできる。来月にはアルバートホールでクライスラーの演奏会もある。そうそう、記念塔も見に行かなくちゃ。みんながどうしてあの塔を笑うのか知りたいし。——それにニューヨーク演劇協会の舞台も観に行きたい。いつかあなたと待ち合わせをして昼食に行けたら、とても素敵じゃない？」

　彼女は楽しげに手を伸ばした。

　そんなに彼女が嬉しそうに話すのは珍しいことだった。

「アンドルー、あなたと食事に行きたい。この道沿いにロシアレストランもあるのよ。とてもいい店みたいなの。それからもしあなたが疲れていないなら……」

「わかった、わかった」

　先に立ってドアの方へ歩き出そうとするクリスティンに、アンドルーは笑った。

「お前はもうそんなことに興味がなくなっているのかと思っていたよ。でも、いいよ、クリス。今日は僕も初日の出勤を無事終えた日なんだ。これからちょっと遊びに出かけようか」

翌朝、彼は自分のデスクに届いた書類にすっかり目を通し、サインもしてしまって、十一時にはもう部屋の中をのそのそ歩き回っていた。しかし、その部屋は彼には窮屈過ぎたので、勢いよく飛び出して建物の中の探検に出かけた。しかしどこへ行っても、遺体のない霊安室のように殺風景で面白みはなかった。最上階まで上がってみると、実験室のような設備のある長細い部屋を見つけた。中では、汚れた白衣を着た若い男が、「硫黄」と書かれた箱に座り、ニコチンで黄色くなった唇に煙草をくわえて、退屈そうに指の爪を切っていた。

「こんにちは」

アンドルーが言った。

男はちょっと驚いたような顔をしたが、すぐにつまらなそうに応じた。

「道に迷ったんなら、エレベーターは右に曲がって三つ目ですよ」

アンドルーは実験机に軽く寄りかかり、ポケットから煙草を取り出しながら口を開いた。

「ここじゃ、お茶は出してくれないのかな？」

初めて若者は顔を上げた。汚れた白衣とは対照的に、綺麗にオイルを塗った真っ黒な髪が印象的だった。

「白ネズミには、出してやるんですけどね」

にやりと笑って相手は答えた。

「紅茶の葉は、白ネズミには滋養になるんですよ」

アンドルーも楽しげに笑い返した。この道化《どうけ》た男はどうやら五つほどアンドルーより若いようだった。

「私は医務官のマンスン」

「そうじゃないかと思ってました。つまり、あなたもこの忘れられた人々の仲間に加わったわけですね」

ちょっと間を置いてから、

「僕は医師のホープです。少なくとも自分じゃいつも『若手のホープ』のつもりなんですけど、今のところ、希望からはほど遠いホープです」

「ここで何をやってるんだ？」

「そいつは神のみぞ知るってやつです。まあビリー・ボタンにでも……デュワー局長のことですが、奴にでも聞いてください。まあ、やっていることといえば、ここに座って考え事をするくらいかな。まあ、ほとんどの場合は、考え事もせずにただ座っているだけですよ。ときには、バラバラになった鉱員の遺体が運び込まれてきて、爆発の原因が何か調べるように言われます」

「どんな報告をするんだい？」

「いえいえ」

ホープは肩をすくめて、

「屁をこいてやるくらいですよ」

おもわぬ下品な言葉をきっかけにして、二人はにわかに遠慮がなくなり、一緒に昼食に出かけることになった。ホープの話では、昼食に出かけることだけが唯一、彼が積極的になれる仕事だということだ。

昼食を食べながら、ホープは色々なことを話した。彼はバーミンガム大学からケンブリッジ大学を経て、バックハウス研究所の給費生となったのだが、その経歴がこんな品のない人間を作り上げたんだと、自分でにやにや笑いながら説明した。デュワー局長から強く要望されて、鉱労局に勤めることになったのだが、来てみれば、どこの研究室でもやっているような、決まりきった機械的な仕事をさせられるだけだった。鉱労局の持つ怠惰で無気力な空気のおかげで、段々頭がおかしくなってきているようだと言い、この組織全体を簡潔に「狂人の道楽」と言ってのけた。ちなみにそれは、この国の大半の研究機関の典型的な姿で、何かしら物事を動かすために、延々と議論を重ねている一部のお偉方のせいなのだという。ホープはあちこち振り回され、やりたい実験もさせてもらえず一方的に誰かの研究を押し付けられ、しかも、同じ研究を半年と続けることができない状態であった。

ホープはアンドルーに「狂人の道楽」会議の概要を、ざっと話して聞かせた。議長を務めるウイリアム・デュワー局長は、九十を超えた頑固な老人で、ズボンの大事な部分のボタンをいつも掛けずに開け放っておく癖があることから、ホープは「ビリー・ボタン」のあだ名を進呈していた。このビリー・ボタンはイギリスのほとんどすべての科学研究委員会の議長を務めている上、「子供の科学」というラジオ講座まで受け持っているらしい。

ほかにも、学生たちが「老いぼれ馬」と呼んでいるウィニー教授や、ラブレーやパスツールにあやかって芝居じみた言動を発揮しなければ、それほど悪い人物ではないチャリス教授、それにモーリス・ギャズビー博士などがいた。

「ギャズビーは知ってますか？」

「会ったことはあるよ」

アンドルーは口頭試験のときのいきさつを話した。

「そいつがまさに、僕らのモーリスだ」

ホープが苦々しく応じた。

「小型ロケットみたいに、どこにでも首を突っ込む男でしてね。近いうちに英国薬剤師協会にも入りますよ。頭はなかなかいいんだけど、研究には何の興味もない奴です。興味があるのは自分のことだけ」

ホープはふいに笑いだした。

「ギャズビーについては、ロバート・アベイ卿が面白い話をしてましたよ。ギャズビーは以前からラムステーキ倶楽部に入りたがっていたんです。こいつはロンドンによくある美食家とかグルメの集まりでね、特に高級なやつらしい。でっかい鍋みたいになんでも親切に引き受けるアベイが、ギャズビーに頼まれて倶楽部に紹介することになったんです。さっそく一週間後にギャズビーがアベイに会ったときに聞いたわけだ。『入会できそうか？』って。アベイはすぐに『駄目だった、君は無理だよ』って答えたから、ギャズビーはたちまち怒鳴り返した。『なんだって？　私がのけ者にされたっていうのか？』アベイは頷いて答えたんだ。『ああ、のけ者だよ。いいか、ギャズビー。君がキャビアなんて見たこともない男だってことは、みんな知ってるんだ』」

　ホープは反り返って大笑いしてから、すぐにつけ加えた。

「ちなみにアベイ卿も鉱労局の一員です。なかなかの人物ですよ。ただ、内情をよく知っているから、めったに顔は見せません」

　これを機会に、アンドルーはホープと連れ立って、しばしば昼食に出かけるようになった。ホープは、学生のような浮《ふ》薄《はく》なユーモア感覚と性格の持ち主であったが、頭の回転は速かった。軽薄な言動にも、不思議な健全さがあった。いずれ何か大きな仕事を成し遂げるのではないかというのが、アンドルーの印象で、実際、真面目な話になったときには、ホープは、自分で計画した胃の消化酵素の分離に関する本格的な研究に戻りたいと、熱く語ったものであった。

ときにはギルも一緒に昼食に来ることがあった。ギルを「小さないい奴」と評したホープの形容は、的確というものだろう。ギルは給仕係から課長に至るまで、三十年にわたって公務員として務めてきた男だが、その淡々とした経歴の背後に、豊かな人間性が溢れていた。職場では、しっかり油を差した機械のように、的確に細やかに働いた。毎朝サンベリーから同じ列車で出勤し、残業がない限りは毎晩同じ列車で帰っていった。サンベリーには妻と三人の娘がいて、小さな庭ではバラを育てていた。そういう彼の姿は一見すると、自分の狭い世界に満足している典型的な郊外居住者だったが、その下に隠れていたのは、歴史ある港町ヤーマスの冬景色を愛し、十二月の休暇はいつもそこで過ごし、モーリアの小説「ハジババの冒険」を聖書のように愛読し、さらには、十五年間も動物園の会員になって、ペンギンに夢中になったりする、人間味溢れたギルの姿だった。

　あるときクリスティンが、この食事仲間に加わったことがあった。ギルは、公務員としての礼儀正しさを遺憾なく発揮した。ホープでさえ、驚くほど紳士らしく振る舞い、あとでこっそりアンドルーに、「マンスン夫人に会ってからは、あんまり馬鹿馬鹿しい振る舞いをする気にはなれなくなった」と打ち明けた。

　一日一日が知らぬ間に過ぎていった。鉱労局の会議が開かれるまで、アンドルーはクリスティンとともにロンドンを見物して回った。テムズ川の蒸気船に乗ってリッチモンドに行ったり、オールド・ヴィックという名の劇場に入ったりもした。ハムステッド・ヒースの心地よい風にも当たり、深夜に入る喫茶店の魅力も味わった。ハイド・パークも歩いたし、サーペンタインの池でボートも漕いだし、歓楽街で名高いソーホーにも足を運んで、この怪しげな区画に対する思い込みも解消した。やがて、案内図も見ずに地下鉄に乗れるようになると、いっぱしのロンドン子になってきたなどと笑い合ったりしたのだった。

第二話　誰でもない

九月十八日の午後、鉱山労務管理局の定例会議が開かれた。アンドルーにとっては、やっとの会議である。ギルとホープの隣に座り、後者の浮薄な視線を感じながらも、アンドルーは金メッキの蛇腹で飾られた会議室に入ってくる参加者たちを眺めた。「老いぼれ馬」のウィニー、ランスロット・ドッド・カンタベリー博士、チャリス教授、ロバート・アベイ卿、ギャズビー、そして最後が「ビリー・ボタン」ことデュワー局長の順番だ。

デュワーが入ってくる前に、アベイとチャリスがアンドルーに話しかけてきた。アベイは静かな一言で、チャリス教授は例によって愛想良く賑やかに、それぞれ医務官就任の祝辞を口にした。デュワーは入ってくるなりギルに顔を向けて、独特の甲高い声で叫んだ。

「新しい医務官はどこじゃい、ギル君。マンスン医師はどこにおる」

アンドルーは慌てて立ち上がった。

デュワーの様子は、ホープから聞いていた以上のものだった。背の低い、腰が曲がった、毛むくじゃらの男だった。擦り切れた古服をまとい、長過ぎるチョッキはだらりと垂れ、緑がかった上着は、一ダースを超える協会の書類やパンフレットや説明書で膨れ上がっていた。彼自身は金には困っていないし、娘もいて、その娘のひとりは大金持ちの貴族と結婚していたから、こんな見窄《みすぼ》らしい格好をする理由などないはずだった。しかしいつも、そして今も、まるで見捨てられたマントヒヒといった姿だ。

「一八八〇年にクイーンズ街で働いとったときに、マンスンという男がおったぞ」

挨拶代わりなのだろう。好意的な口調で、デュワーは甲高い声を響かせた。

「こいつが、その男ですよ、先生」

とりあえず口を挟みたくてうずうずしていたホープが、小さく軽口を叩くと、さっそく聞きつけたビリー・ボタンが、

「なんでホープ君が知っとるんだ？」

鼻の頭に乗せた鉄製の眼鏡越しに、目を細めた。

「お前さんはその時分、まだオムツさえ巻いていなかったんだよ、ヒヒヒヒ！」

掠れた笑い声を響かせながら、ビリーはテーブルの上座にある自分の席までバタバタと歩いて行った。他の出席者はすでに全員着席していたが、そんなやりとりは気にも留めていない。この会議を無難にこなす技術のひとつは、隣人に対して無関心でいることらしい。もちろんビリーはそんなことはお構いなしだ。彼はポケットから書類の束を取り出し、水差しか

らコップに水を注いでから、目の前の小さなハンマーでテーブルを音高く叩いた。

「諸君、諸君、ギル君が議事録を読み上げるぞ」

書記であるギルが、前回の議事録を淡々と読み上げている間、ビリーはまるで聞いている様子もなく、書類を代わる代わるひっくり返したり、ときどき漫然《まんぜん》と一八八〇年のクイーンズ街を思い出しているような顔で、アンドルーに優しげな目を向けたりを繰り返していた。

やがてギルが読み終えると、ビリーはすぐにハンマーを振るった。

「諸君、本日ここに新任の医務官を迎えたことは、我々にとって頗《すこぶ》る欣快《きんかい》とするところである。わしの記憶によると、つい最近の一九〇四年にも、我々がバックハウス研究所からときどき失敬してくる——いや違った、ヒ！ヒ！ヒ！——『お借りしてくる』病理医には、緊密に連携可能なサポート役として、常勤の臨床医が必要である旨を、わしは強調してきた。すなわち我が敬愛する若き友人のホープ君の寛大さに——ヒ！ヒ！——我々がすっかり頼り切っている彼の寛大さに、改めて感謝の意を表するものである。また最近も一八八九年に……」

ロバート・アベイ卿が口を挟んだ。

「デュワー局長、私は鉱労局の一同が局長とともに、マンスン博士の珪石に関する論文に対して、心からの祝辞を述べることに賛成されると思います。つけ加えるなら、これは臨床研究の中でも実に忍耐を要する、しかも独創的な研究であって、局員諸氏もご理解されている通り、産業上の法律制定に、大きな影響を及ぼすことになると思われます」

「謹聴《きんちょう》！　謹聴！」

チャリスがアンドルーのために、大きな声で支持を表明した。

「わかっとるさ」

ビリーが不満げな顔を隠しもせずに言った。

「それは今、わしが言おうと思っていたところなんだ、ロバート」

彼にしてみれば、アベイなどまだほんの青年であり、学生と言ってもいいくらいの相手である。余計な口出しをするようなら、適度にたしなめておく必要があると思っているのだ。

「わしはな。前回の会議で、この研究をさらに継続していくべきだと決定したとき、すでにマンスン博士の名を思い浮かべておった。この問題の端緒を開いたのは彼だ。彼にこそ、これを遂行するあらゆる機会を与えなければなるまい。期待しようではないか、諸君」

この光栄な空気の中で、アンドルーは目を輝かせてビリーを見た。

「国内のあらゆる無煙炭鉱を調査し、かなうならそれに続けて、他のすべての炭鉱についても調査を広げるべきだろう。また我々は彼に、鉱員の臨床研究に関する、あらゆる機会を与えるとともに、我らの若き友人ホープ君の細菌学上の技術も含めて、すべての設備も提供するつもりだ。要するに諸君、この新しい医務官が、粉塵曝露という重大問題について、科学的および行政的に明白な結論に到達するまで、我々は全力で援助したいと考えている」

アンドルーは感嘆の吐息をついていた。申し分のない話だった。これほど素晴らしい話だとは考えもしていなかった。

鉱労局は、自分に自由な裁量権を認め、巨大な権威でもって援助し、思うがままに臨床研究をやらせようというのである。彼らは皆、天使だった。その中でもビリーは、ガブリエル大天使だった。

「しかし諸君」

ビリーは急に甲高い声で言いながら、上着のポケットから新しい書類をもぞもぞと引きずり出した。

「マンスン博士がこの問題に取り組む前に——彼がそこに全力を投入するのを許可する前に、ここに、別の緊急を要する問題がひとつある。これを先に解決してもらいたいと思うのだ」

ふいに沈黙が舞い降りた。

アンドルーは思わず息を詰めたが、やがてビリーが話す内容を聞いているうちに、急速に気が滅入っていった。

「商務庁のビグズビー博士から指摘されたことだが、産業関係の応急手当備品の品目が、地域によって驚くほど雑多でばらばらであるらしい。もちろん現行の法規に一定の決まりはあるが、実に曖昧で不十分なものだ。例えば、包帯の大きさや生地、添え木の長さや素材や形状について、明確な基準はない。我らが医務官は、粉塵曝露の研究を始める前に、これらについて徹底的に調査し、報告書を提出すべきであると、私は結論づけるのである」

再び静寂が舞い降りた。

つい先ほどの高揚感は霧散し、アンドルーは絶望的な気分でテーブルを見渡した。ドッド・カンタベリーは両足を伸ばして、のんびりと天井を見上げていた。ギャズビーはノートに何やら図を書いていて、ウィニーは顔をしかめているだけだ。チャリスは何か言いたそうにしていたが、口を開いたのはアベイだった。

「しかしですな、局長、この問題は、商務庁か鉱山省の管轄ではありませんか？」

「我々は、その両方にそれぞれ片足を突っ込んどる」

ビリーが甲高い声で言う。

「我々はな、ヒヒ！　二つの間の孤児というわけだ」

「承知しています。しかし結局この……この包帯の件はかなり些末《さまつ》な問題ですし、何もマンスン博士に……」

「いやロバート君、これはまったく些末な問題ではないよ。そのうち議会でも問題になりかねん。昨日、アンガー閣下からも言われたところでな」

「ああ！」

にわかにギャズビーが割り込んできた。

「アンガー閣下が熱心なら、我々には選択肢などありませんな」

ギャズビーは、表面はそっけない態度を取りながらも、自分にとって有益な相手に対しては、お世辞を言うことに余念のない男であった。その中でアンガーは、彼がもっとも機嫌を取りたいと思っている人物なのである。

アンドルーは、黙っていられなくなって口を開いた。

「失礼ですが、デュワー局長」

彼は口ごもりながら続けた。

「私は……私は臨床研究ができると思って、ここに来ました。一ヶ月間、事務所の自分の部屋で、辛抱して会議を待っていたんですが、もし今私が……」

彼はそれ以上、言葉を続けられず、彷徨《さまよ》うように一同を見渡した。助け船を出してくれたのは、アベイだ。

「マンスン博士の言うことは、当然だと思います。四年間、彼は忍耐強くこの研究を続けてきたんです。そして今、さらに研究を拡大するためのあらゆる設備がここにありながら、我々は彼を包帯の調査のために送り出そうとしている。いかがなものでしょうか」

「四年間も耐えてきたのならな、ロバート」

ビリーは耳障りな声で続ける。

「もう少しくらい我慢できるもんだろ、ヒヒヒ！」

「いかにも、いかにも！」

調子よく声を合わせたのは、チャリスだ。

「いずれは存分に、珪肺症の研究をやってもらわなければいけませんがな」

その横で、ウィニーが咳払いをした。

「ほら」とホープがすかさずアンドルーにささやいた。

「『老いぼれ馬』がいななくよ！」

「諸君」とウィニーが嗄《か》れた声を張り上げた。

「私は長い間、鉱労局に、蒸気熱による筋肉疲労の問題について調査していただきたいと提言してきました。ご存じの通り、私はこの問題に大変興味を持っておりまして、敢えて言えば、皆さんは今までこの重大問題に十分な注意を払ってこられなかったものであります。そこでもし、マンスン博士が粉塵曝露の研究をいったん停止なさるのであれば、この重要な筋肉疲労の研究に従事していただく絶好の機会になるのではないかと……」

ギャズビーが懐中時計を取り出しながら遮った。

「私はちょっとこのあと予定がありましてな。きっかり三十五分以内にハーリイ街に行かなければいけない」

ウィニーが険しい目をギャズビーに向けると、同僚にあたるチャリスも激しく同意を示した。

「失礼きわまる態度だよ、博士」

一騒動持ち上がりそうな雰囲気だった。

しかし、ビリーの飄々《ひょうひょう》とした黄色い顔は、たっぷりの髭の中からじっと会議の様子を眺めていて、いっこうに動じていなかった。彼は四十年もこういった会議を処理してきたのである。一方で、会議室の一同が自分を嫌っていて、できれば鉱労局から去ってほしいと思っていることも知っていた。しかし彼は去らなかった。けして立ち去りはしなかった。彼の大きな頭蓋骨の中は、沢山の課題や、解析結果や、議事録や、曖昧な方程式で満たされ、生理学や化学や、真偽も不明な研究結果でいっぱいであった。いわばそこは丸天井の下に広がる果てしない墓場であり、不吉な猫の幻影が行き交い、怪しげな光に照らされているような場所だった。そしてそのすべてが、少年時代に偉大な外科医リスターに頭を撫でられたという輝かしい思い出によって、バラ色に脚色されていたのである。

ビリーは、急に大事なことを打ち明けるような口調で告げた。

「実は諸君、アンガー閣下とビグズビー博士には、もう約束したようなものなんだ。彼らが困っとるときには助けてやらなきゃいかんだろう？　六ヶ月もあれば十分かな、マンスン博士。もう少し長くかかるかもしれんが、まあ、それなりに面白いはずだ。いろんな人や物事について知るいい機会になるだろう。若者よ、君は水滴に関するラボアジェの言葉を知っているだろうからね、ヒヒヒ！　では次は、七月のウェンドーヴァ炭鉱から来た標本に関する、ホープ君の病理研究についてだが――」

四時に、ようやく会議が終わった。

アンドルーとホープとギルの三人は、仕事の手順を確認するために、ギルの部屋に集まった。ギルには揺るぎない自制心が備わっていた。鉱労局の独特の空気と、積み重ねてきた年齢によるものなのだろう。彼は、熱弁をふるったり、品のない言葉で罵ったりすることはなく、政府の机で政府のペンを用いて、型通りの書類を作り上げることに適応していた。

「そんなに悪い話じゃありませんよ」

ギルが慰めた。

「国中を旅行できるんです。お気持ちはわかりますが、ここまできたら楽しむしかありません。奥様と一緒に行かれていいんですから。――バクストンなんか、ダービーシャー炭鉱地帯の中心都市ですが、今頃はなかなかいい季節ですよ。それに六ヶ月後には、無煙炭鉱の仕事が始められるんですから」

「そりゃ無理ですよ」

ホープがにやりと皮肉な笑みを浮かべた。

「きっと包帯管理人のままです、一生ね」

アンドルーは反論も激高もせず、静かに帽子を取った。

「君の困ったところはね、ホープ。――まだ若過ぎることだよ」

アンドルーは黙ってクリスティンのもとに帰っていった。

クリスティンが、この愉快な国内旅行に是が非でもついていくと言って譲らなかったので、アンドルーは中古のモーリスを六十ポンドで購入し、翌週の月曜日には、二人で一緒にこの「偉大な備品調査」の旅に出発した。車が市街地を出て、北部への幹線道路に入り、スピードを上げていくにつれて、二人の気持ちは明るくなっていった。

アンドルーは、ビリー・ボタンのサルのような言動を真似ながら、ハンドルを握っていた。

「ラボアジェが何と言おうが、僕の知ったことじゃない。僕らはこうして、一緒にいるんだからな、クリス」

仕事内容は他愛のないものだった。国中の炭鉱を視察して、応急手当用の備品の状況を調べるのである。包帯、添え木、綿、消毒剤、止血帯といった備品だ。立派な炭鉱は、備品も充実していた。粗末な炭鉱は、備品も粗末だった。視察のために地下に降りていくことも、珍しいことではなかったから、彼は何百回となく坑道を下り、石炭の露出面まで長い運搬道に沿って這い進み、ほんの三十分前に注意深く用意されたばかりの包帯箱を確認したりもしたのである。

ヨークシャーのある小さな炭鉱では、図太い鉱山監督が傍らの鉱員に小さくささやいているのを耳にした。

「早く行ってこい、ジョーディ。すぐ薬屋に行けってアレックスに伝えるんだ」

そのあとで、アンドルーに向かって、

「まあ座ってください、先生。すぐ準備しますから」
アンドルーも、いつも穏やかな態度でいたわけではない。ノッティンガムでは、禁酒中の救急班の男たちに向かって、冷たい紅茶はブランデーより優れた興奮剤だと言って励ましたが、別の場所では、彼自身がウイスキーの勢いを借りて怒鳴りつけたこともある。しかし、いずれにしても彼は、基本的に誠実に職務を果たした。

　二人は目的の地方に辿り着くと、まず中心となる町に宿をとった。そこからアンドルーが車で担当区域を回っている間、クリスティンは宿に残って編み物をした。二人にとっては、そのひとつひとつがちょっとした冒険だった。

　一連の旅のおかげで、現地の炭鉱検査官たちの中に多くの友人ができたが、彼らが皆、アンドルーの仕事に理解を示してくれたわけではない。むしろ煩瑣《はんさ》な仕事内容が、これらの現実的で、吝嗇《りんしょく》な人々の間に、馬鹿馬鹿しい笑いを巻き起こしたこともあったが、アンドルーは別に驚きはしなかった。ただ、一緒になって笑ったことは、あとで悔やんだものだった。

　翌年の三月になって、ようやく二人はロンドンに戻ってきた。

　車は買ったときより十ポンドだけ安い値段で売ることができた。それが片付くとアンドルーはただちに報告書に取りかかった。

一度ならず彼がクリスティンに言ったことだが、本当の優れた仕事というものを、はっきり示してみせる良い機会だと彼は考えていた。ゆえに彼は、山のような表や図を作り、なぜ包帯の線が上がり、添え木の線が下がっているのかがわかるグラフなども組み入れ、分厚い統計的な報告書を書き上げていった。鉱労局の人々に、有意義な金と時間の使い方を教えてやろうと決意していたのである。

月末になって、ギルを通じて報告書の草案を提出すると、すぐに商務庁の統括者であるビグズビー博士から呼び出しが来て、アンドルーは驚いた。

「あなたの報告書に、かなり喜んだようですよ」

ギルはアンドルーに付き添って、官庁街であるホワイトホールへの道を歩きながら、落ち着きなく話した。

「あなたはやはり、小さな部署に収まっていられない人ですな。おまけに幸運ですよ。ビグズビー博士がどれほどの重要人物か、あなたはまだご存じない。彼は工場行政を一手に握っている大物です」

目的地に着いてからも、ビグズビー博士に会うまでは、なかなか時間がかかった。面会の部屋に通されるまで、二つの控室で、帽子を膝の上に置いて待っていなければならなかった。

やがて通された広い部屋では、ビグズビーが、濃いグレーのスーツに、さらに色の濃いスパッツを穿き、ダブルのベストを着て、大きな机に座っていた。恰幅のいい人物で、一見温厚そうに見えるが、二人が入ってくると、さっそく慌ただしく話し出した。

「掛けたまえ、君たち。君の報告書だがね、マンスン君。図表をざっと見ただけでまだこんなことを言うのは早いかもしれんが、正直なところ感服した。きわめて科学的で、優れた統計データだ。これこそ本庁が求めていたものだよ。ところで我々は、工場や炭鉱の備品の標準的な規格を作ろうとしているんだが、君にも私の考えを知っておいてもらいたい。まず何よりも、君は備品の包帯として、七・五センチの長さを推薦しているね。しかし私は、五センチがいいと思っているんだ。どうかね、君も同意してくれるかね？」

散々待たされた末の些細な話に、アンドルーは呆気にとられる思いだった。と同時に馬鹿馬鹿しくなった。

「個人的な意見ですが、炭鉱に関するかぎり、包帯は大きいほど良いと考えています。しかしいずれにしても、たいした違いはありません」

「え、なんと言ったかね？」

相手は耳の後ろまで赤くなった。

「たいした違いはない？」

「まったくないですね」

「しかし、君にはわからんのかね。標準化のためのすべての規定が、ここに関わってくるんだ。我々が五センチと言い、君が七・五センチと言えば、たちまち混乱を巻き起こすことになる」

「それなら、私は七・五センチを勧めるでしょう」

アンドルーは冷然と応じた。

ビグズビーはたちまち怒りを露わにして、声を張り上げた。

「君の態度は理解に苦しむ。我々は、長年にわたって、五センチの包帯にしようと努力してきたんだ。いったい君は……この問題がどれほど重要なことか……」

「わかっていますよ」

アンドルーもまた、抑えきれずに声を荒らげた。

「あなたは地下坑道に行ったことがあるんですか？　私はあるんです。水たまりの中を這うようにして、安全灯ひとつしかない、頭もろくに上げられないような場所で血まみれの手術をしたこともある。ですから、率直に言って、包帯の一センチや二センチ、どう違おうが、そんなことは問題にするほどのことじゃありません」

彼は入ってきたときよりも激しい歩調で建物を出て行った。ギルは両手を握って始終嘆きながら、河岸通りまでの道のりをついてきた。

自分の部屋に戻ると、アンドルーは険しい顔で窓の外を見つめた。川面を往来する多くの船、ごった返した大通り、走り去るバスや、橋の上を警笛を鳴らしながら走っていく路面電車、そして多くの人々のうごめき……。そこには潑剌《はつらつ》とした生命力が溢れていた。

——俺は、こんな所にいてはいけないんだ。

もう忍耐も限界に達していた。

——ああいう人たちの中へ戻るべきだ——、あの中へ！

アベイはもう、鉱労局の会議に顔を出さなくなっていた。

一週間ほど前に、チャリスはアンドルーを昼食に連れ出し、ウィニーが熱心に裏工作をして、珪肺症の研究にとりかかる前に、筋肉疲労の研究を彼に押し付けようとしているようだと警告した。アンドルーは狼狽し、さらに失望を深めた。もはや絶望をユーモアに紛らわせてつぶやくしかなかった。

「包帯騒ぎの上にそんなことになったら、大英博物館の年間会員にでもなっておいた方がいいかもしれないな」

河岸通りからの帰り道、彼はいつのまにか立派な医院の門前で足を止め、鉄柵にかかっている真鍮《しんちゅう》の表札に羨望の眼差しを向けている自分に気が付いた。ちょうど、患者が玄関前の石段を上り、ベルを鳴らし、中に入っていくところだった。憂鬱な気持ちで歩き出しながら、それに続く場面を思い描いた。患者に問診し、手早く聴診器をあてがい、胸をわくわくさせながら科学的に診断をつめていく。そんな場面が、鮮やかに脳裏に浮かんだ。

——自分も医者ではなかったのか？　少なくとも以前はそうだったのだ……。

五月末のある日、こうした気持ちを抱えて、夕方の五時ごろオークリー・ストリートを歩いていると、彼は偶然、大きな人だかりにぶつかった。人だかりの真ん中には男が倒れており、すぐ傍の側溝にはつぶれた自転車と、その上にのしかかるようにトラックが停まっているのが見えた。

五秒後には、アンドルーは人混みの中に飛び込んでいた。野次馬を掻き分けながら、怪我人を覗き見ると、鼠径部《そけいぶ》に深い傷があり、ひどい出血が目に付いた。

「通してくれ、私は医者だ」

跪《ひざまず》いた警官が必死になって止血帯を巻こうとしていたがうまくいかず、血だまりが広がりつつあった。

「出血が止まらんのです、先生。傷が上過ぎるんだ」

アンドルーには止血帯が無意味であることが、一目でわかった。傷が鼠径部よりも体幹に寄っているため、縛って止められる位置ではないのだ。怪我人は出血多量で、今にも死にそうになっていた。

「どいてくれ」

アンドルーは警察官に告げた。

「仰向けに寝かすんだ」

アンドルーは、右手で拳をつくり、腕をまっすぐに伸ばして、怪我人の腹の上に置いた。そして下行大動脈を狙って全体重をかけて押さえると、なんとか大出血は落ち着き始めた。

警官は、ヘルメットを脱いで、額の汗を拭った。五分後、到着した救急車にアンドルーも同乗して、怪我人を病院まで運び込んだ。

翌朝、アンドルーが病院に電話すると、担当の外科医が、いかにも病院の医師にありがちな紋切り型の口調で答えた。

「ええ、ええ、怪我人なら大丈夫ですよ。回復してきています。ちなみにあなたは誰なんです?」

「いや……」

アンドルーは公衆電話の中で、つぶやくように答えた。

「誰でもない」

まさにその言葉通りだと、アンドルーは苦い思いを噛みしめて電話を切った。

誰でもなく、することもなく、どこへ行くわけでもない……。

彼は一週間、じっと静かに、文句も言わずに沈黙していたが、その週の最後の日にギルの前に辞表を提出した。

ギルはひどく驚いた顔をした。がしかし、いずれこの悲しい結果が来ることは予期していたようだった。しばらく何気ない態度で世間話をしてから、静かに彼はつけ加えた。

「結局は、マンスン先生。あなたのいるべき場所は——ほら、戦争中にはよく言ったものですが——基地の中ではなく、最前線なんでしょうね、つまり、兵隊たちがいる場所です」

ホープは言った。

「気にしちゃいけませんよ、あのバラづくりのペンギン愛好家の言うことなんか！　あなたは幸運なんだ。都合さえつけば、僕もすぐあとを追いますよ。あと三年でここの期限が切れるんだから」

その後、アンドルーは、粉塵曝露に関する鉱労局の活動については何も知る機会がなかったが、数ヶ月ののち、アンガー卿が劇的な演説とともに、議会にこの問題を提出したことを耳にした。そこで存分に引用された医学的知見は、モーリス・ギャズビー医師によって提示されたという形になっていた。

ギャズビーは、人道主義者であり、かつ偉大な内科医として新聞上で賞賛され、一躍、時の人となった。

そして、珪肺症はその年、職業病のひとつとして正式に登録された。

第四部

第一話　フォイ医師の診療所

　アンドルーとクリスティンは、開業するための診療所を探し始めた。それは鋸《のこぎり》の歯をなぞるような起伏の激しい仕事であり、二人は、期待の絶頂に立ったかと思った直後には、たちまち絶望の淵に転がり落ちた。

　アンドルーには、すでに三回連続挫折したという苦しい自覚があった。少なくとも、ブライネリ、アベララウ、鉱労局での経験を、彼はそう位置づけていた。ゆえに今度こそ、やり遂げたいという強い思いがあった。しかし二人の全資産は、公務員生活の間も倹約に努めたおかげで増えてはいたものの、六百ポンド程度しかなかった。二人は医療系の仲介業者のもとに足繁く通い、ランセットの広告欄に出ているものは手当たりしだいに見に行ったが、それだけの資金でロンドンで開業することは、容易なことではなかった。

　最初の面接での一件を、二人は忘れなかった。カドガン・ガーデンズのブレントという医師が退職するにあたり、「適切な資格を有した紳士にふさわしい、優れた医療施設を譲る」という話だった。一見したところ、素晴らしい機会に見えた。誰か別の人が、素早くこの果実をさらっていってしまうことを恐れて、二人は贅沢にもタクシーを呼んで、ブレント医師の自宅に駆け込んだ。白髪の、愛想が良くて実直そうな小男が待っていた。

「おっしゃる通りですよ」

　ブレント医師は優雅に言った。

「かなりの収入がある医院ですし、設備も良好です。開業の権利金は、七千ポンドでいいでしょう。まだ四十年の契約期間がありますからね。地代は年にたったの三百ポンドです。ちなみに開業されるときには、まあ一般的な話ですが、割増金として二年分を現金でと考えています。どうですか、マンスン先生」

「なるほど！」

　アンドルーは生真面目な顔で頷いてみせた。

「患者もそのまま引き継がせていただけるわけですね。ありがとうございます、ブレント先生。いったん検討させてもらいます」

　そのあと、ブロンプトン・ストリートの喫茶店リヨンで、三ペンスの紅茶を飲みながら、アンドルーは乾いた笑い声を立てた。

「七千ポンドだとさ、権利が！」

　彼は帽子を額から後ろにずらし、大理石のテーブルに肘をついてため息を吐き出した。

「ひどい話じゃないか、クリス。あの爺さんたちは、奥歯でがっちり利権にかじりついて、絶対に離さないんだ。金を持って来ない限りは、あの口は絶対に開かないんだろうさ。これも古い制度に問題があるからなんだ。とにかく、どこもかしこも金だってことだけは、よくわかった。待ってろよ。必ずなんとかしてみせるからな」

「無理しなくて、いいんじゃない」

クリスティンが笑った。

「そんなにお金がなくっても、私たちけっこう幸せよ」

アンドルーは顔をしかめた。

「お前だって、俺たちが大通りで歌でも歌わなけりゃならなくなったら、そんなこと言ってられなくなるさ――おい！　すまない、勘定を頼むよ！」

彼も今や医学博士であり、王立医学会会員である。それだけの肩書を持つ以上、自由診療ができて、調剤は不要な環境で働きたいと思っていた。もちろん医療カードのような圧政からも自由でなければならない。

しかし数週間が過ぎていくうちに、チャンスさえあれば、もう何でも構わないという気持ちになっていた。中心地から離れたタルス・ヒルやイズリントン、ブリクストンなどの診療所や、キャムデン・タウンの屋根に穴の空いた医院まで見に行った。家を一軒借りて、なんでもいいから看板をかけてみようという計画まで立て、ホープに相談してみたが、ホープの方は、そんな資金で始めるのは自殺にひとしい行為だと断言した。

それからさらに二ヶ月が経過した。二人がほとんど絶望的になっていると、途端に天が慈悲を垂れたように、パディントンのフォイ老医師が、ぽっくり亡くなったという記事が「メディカル・ジャーナル」に掲載され、そのわずか四行の死亡記事を、アンドルーは見逃さなかった。

すでに熱意は使い果たしていたが、それでも二人はチェスバラ・テラス九番地に足を運んだ。灰色の背の高い、墓石のような家が建っていて、横に廊下でつながった小さな医院が隣接し、後ろにレンガ造りのガレージがついていた。診療記録を見てみると、フォイ医師は薬代を含めて三シリング六ペンスの診察料を主軸にして、年間五百ポンドの収入を上げていた。二人は、フォイ夫人の話を聞いたが、彼女が気弱な口調で説明したところによると、フォイ医師の診療所には堅実な地盤があり、かつては医院に来る一般の患者たちとは別に、正面の玄関をくぐって〝いい患者たち〟が押しかけてくるほど繁盛した時代もあったという話だ。

二人は夫人に礼を言って帰宅した。

「まだ、なんとも言えないな」

アンドルーは迷っていた。乗り気だとは、お世辞にも言えなかった。

「厄介ごとは多い。調剤室があるが、俺は調剤はやりたくないんだ。立地も良くない。周りは虫に食われたようなおんぼろ下宿ばっかりだろ。ただ、少し歩けば立派な住宅街がある。それに大通りに面した角地だ。金額的にも許容できる。一年半分の収益だよ――それに彼女が、診察室と診察器具をそのままつけると言ったのは大きい。すぐに始められるからね。医者が突然亡くなったことの利点というやつだろう。どう思う、クリス。これを逃せば、次はないかもしれない。チャンスだと思わないか？」

　クリスティンは迷いを含んだ目で、アンドルーを見守っていた。

　最近の彼女は、華やかなロンドンに疲れていた。彼女は元来田舎が好きだったし、今の灰色の世界で暮らすよりは、緑に囲まれた静かな土地での生活に切実に戻りたくなっていたのだ。だからロンドンでの開業に、積極的にはなれなかったが、アンドルーが一生懸命になっているのを見ると、反対する気持ちにもなれず、やがて彼女はおずおずと頷いた。

「あなたさえ良ければ、いいんじゃない、アンドルー」

　翌日、彼はフォイ夫人の弁護士に、七百五十ポンドという金額を六百ポンドで提案し、すぐに交渉は成立したため、小切手が渡された。十月十日の土曜日、二人は預けてある家具を取り寄せて、新しい家に引っ越した。

　日曜日は引っ越しの荷ほどきに追われ、夕方にはもうふらふらになっていた。アンドルーはいいタイミングだといわんばかりに、久しぶりにクリスティンに向かって例の面倒な演説を始めた。

「いよいよこれから始まるんだよ、クリス。貯金は全部使ってしまった。ここで稼いで暮らしていくしかない。どうなるかは、神のみぞ知るってわけだ。でも俺たちはやり遂げるんだ。

お前も物事を手際よくやっていかないといけないよ、クリス、忍耐はもちろん、節約も大事だ。なにより……」

　アンドルーは口をつぐんだ。驚いたことに、突然クリスティンが泣き出したのである。陰気で、汚れていて、絨毯も敷いていないリビングに立ち尽くしたまま、クリスティンがぽろぽろと涙をこぼしていた。

「お願いだからやめて！」

　むせび泣くような声だった。

「しばらくひとりにして！　節約って？　私はいつだって節約してきた。あなたに何か負担をかけたことがあった？」

「クリス！」

　アンドルーは呆気にとられて叫んだ。その腕の中に、クリスティンはほとんど半狂乱で飛び込んだ。

「この家がいけないのよ！　私、わかってなかった。あの地下室、階段、みんな汚れていて……」

「そんなの、たいしたことじゃない。大事なのは診療がうまくいくかどうかだよ」

「私たち、どこか田舎で小さな診療所を開けば良かった」

「そして掘っ立て小屋の前をバラで飾るんだろ。でもそれが何になるんだ」

冗談交じりにそう答えたものの、結局彼は、自分の説教じみた演説を謝り、クリスティンの手を取って、卵焼きを作りに地下室に下りていった。地下室は陰気なだけでなく、無闇に広かった。きっとパディントンの地下鉄につながっていて、今に列車が走り込んでくるに違いないなどと、アンドルーは陽気に冗談を飛ばして、明るい空気を取り戻そうとした。クリスティンは弱々しく笑い返したが、その目は壊れた洗い場のシンクを悲しげに見つめていた。

翌朝、九時きっかりにアンドルーは医院を開けた。あまり早過ぎると、世間から焦っていると思われかねないと考えたからだ。期待と興奮で胸が高鳴っていた。あの遠い昔、ブライネリで最初の診療を開始した朝よりも、はるかに大きな緊張があった。

九時半になった。不安なまま彼は待ち続けた。

小さな医院は、横の小道側に入り口がついていて、そこから入ってきた患者は、医院内の薄暗い処置室で診察する手順になっていた。一方で、処置室の後ろ側には、自宅につながる短い廊下があり、その自宅の一階にも、医院とは別に大きな診察室が設けられていた。そこにはフォイ医師のデスクや寝椅子や、ガラス戸棚がほどよく並んでいて、フォイ夫人が言うところの〝いい患者〟は、大通りに面した家の玄関からこちらへ通されるようになっていた。文字通り、彼は二重の網を張っていたわけである。彼は漁師のように緊張をみなぎらせて、この二つの網にかかる獲物を待ち構えていた。

しかし何もかからなかった。十一時近くになっても、ひとりの患者も来なかった。彼は廊下を歩いて、医院の処置室と自宅の診察室を行ったり来たりした。大通りの向かい側のタクシー乗り場では、タクシーを停めて外に出た運転手たちが、楽しげに世間話をしているのが見えた。医院の戸口では、彼の名前を刻んだ表札が、フォイ医師の古びた表札の下に並んで、いたずらに輝いていた。

彼がもうほとんど希望を捨てかかっていたそのとき、突然、医院のベルが鋭く鳴り響き、ショールを羽織った老婦人が入ってきた。慢性気管支炎——彼女が風邪声で話し出す前に、彼にはそれがわかった。老婦人を優しく椅子に座らせてから胸の音を聴いた。彼女は、古くからフォイ医師にかかっている患者であり、診察しながら少しばかり話もした。それから医院と自宅をつなぐ廊下の途中にある、小さな調剤室で彼は薬を瓶に詰めた。薬を持って戻り、震える声で代金を請求しようとすると、老婦人は何も聞かずに三シリング六ペンスを彼に差し出した。

その瞬間の感動は、言葉にならないものだった。掌の銀貨の感触が深い安堵をもたらした。まるで人生で初めて自分で稼いだお金のようだった。彼は医院を閉めて、クリスティンのもとに駆け寄り、銀貨を見せた。

「最初の患者だよ、クリス。思ったより、そんなにひどい場所じゃないのかもしれない。とにかくこれで昼食代は稼いだんだから！」

老医師が亡くなってから、三週間近く、代診も立てずに医院を閉じていたから、往診患者もひとりもいなくなっていて、新しい依頼が来るまで待つしかない状態だった。

クリスティンがひとりで家の中を片付けたがっているらしい気配を察したので、彼は午前中に周辺一帯を見に出かけた。

少し歩いただけで、壁がはがれた家々、茶色くくすんだ何軒もの下宿、煤《すす》けた陰気な木の植わった広場や、厩《うまや》から急ごしらえで作り替えられた車庫が目に入った。ノース・ストリートの角を曲がると、その先は貧民街の一角で、質屋や露店や酒場がひしめきあい、あやしげな薬や派手な色の商品が店先に並んでいた。

この一帯もかつては、手入れの行き届いた玄関ポーチに馬車が駆け込んでいたような華やかな時代があったのだ。今では見る影もなく落ちぶれてしまったが、それでもあちこちに新たな生活の息吹が生まれ始めていた。まっすぐな道が敷かれ、区画が整備されつつあり、新しい店舗や事務所も見え、グラッドストーン・パークの片隅には、婦人服で有名なローリエの店まで建っていた。女性の流行については何も知らないアンドルーでさえ、ローリエの名は聞いたことがある。その飾り窓もない真っ白な石造りの建物は、店の前に沢山の高級車が駐まっているのを確認するまでもなく、上流階級専門の店であることは明らかであった。ローリエの店が、こんな煤けた高台にあるのは不思議だったが、通りの向かいに立っている警官と同じくらいに明白な事実だった。

午後、彼は近隣の医院に挨拶をして回った。八人の医師がいたが、そのうち印象に残ったのは三人だけだ。グラッドストーン・パークのインスという青年医師、アレクサンドラ・ストリートのはずれにいるリーダー医師、ロイヤル・クレセントの角のマクリーンという年配のスコットランド人の三人である。その三人が口をそろえて言った。

「ああ、あのフォイ老人のあとを引き継いだのは、あなたですか」

その言い方が、彼には憂鬱であった。特に「引き継いだ」などと言われるのは不本意で、六ヶ月後には彼らの態度を変えてやろうと決意した。今ではアンドルーも自制心の重要さは十分に理解していたが、卑屈になることだけは、猫が水を嫌がるがごとくに嫌いであった。

その夜は三人の患者が来て、二人が三シリング六ペンスを払っていき、三人目は、土曜日に払いに来ると約束して帰っていった、初日の収入は十シリング八ペンスになった。

しかし翌日はまったくの無収入だった。その翌日は七シリングだけだったが、木曜日はいくらか持ち直した。金曜日はかろうじて無収入を免れた程度で、土曜日になると午前中から空きだったのと、月曜日に診察した患者が約束を破って顔を見せなかった代わりに、午後からの診察で、十七シリング六ペンスを得た。

日曜日、クリスティンには何も言わなかったが、彼はこの一週間のことを陰鬱な気持ちで振り返った。

――この見捨てられたような医院を買ったのは……つまり、この墓場のような建物に全財産をつぎ込んだのは、致命的な失敗だったのではないか。自分は間違っているのではないか。

彼ももう三十歳を過ぎていた。医学博士や、王立医学会会員という肩書も持っていた。臨床能力も十分にあり、研究分野においても、評価に値する立派な業績を上げていた。にもかかわらず、飢えをしのぐための三シリング六ペンスをかろうじて稼ぎ出しているだけなのだ。制度のせいだった。彼は憤りを噛みしめていた。老朽化した制度が悪いのだ。実力や業績を評価し、それに応じて誰にも均等に機会のある、もっと優れた制度があるはずだった。そうだ、国家が介入して変えるべきなのだ！

そう思った途端、ビグズビー博士や鉱労局が脳裏をよぎり、彼はたちまちうなり声を上げた。

――くそ、とても無理だ。

あの官僚主義という奴は、個人の努力を窒息させてしまう。実際、自分は息が詰まりそうだったじゃないか。何がなんでもここで成功しなければならない。ああ、ちくしょう、絶対成功してみせる！

いまだかつて、経済的な問題がこれほど彼に重くのしかかったことはなかった。貧窮は食卓に影響し、週の大半を彼は空腹で過ごした。食欲に伴う苦痛ほど、人間を唯物主義に転向させる厄介なものはないに違いない。質素な食卓を見つめながら、アンドルーはそんなことを痛感していた。

バス通りから百メートルほど下ったところに、背の低い太った女性の経営している小さな食料品店があった。女性は、イギリスに帰化したドイツ人らしく、自分の名をスミスと紹介したが、独特の言い方と「ｓ」を強く響かせる発音から、本名はシュミットというらしかった。このフラウ・シュミットの小さな店は、典型的なヨーロッパ大陸風で、その狭い大理石のカウンターには、塩漬けのニシン、瓶入りのオリーブ、ザワークラウト、沢山の種類のソーセージ、ペストリーなどの菓子類、サラミ、リプタウアという名の美味しいチーズなどが並んでいた。値段も安かった。チェスバラ・テラス九番地での生活は、金銭的にかなり厳しく、調理用の古いストーブはしばしば故障したので、アンドルーとクリスティンはフラウ・シュミットの店におおいに助けられることになった。稼ぎのいい日には、二人はフランクフルト産のソーセージやリンゴのパイを買い、悪い日には塩漬けのニシンや蒸《ふか》したジャガイモで昼食を摂った。夜になると、湯気でくもった窓越しに入念に品揃えを物色してから店内に入り、買い物袋に何かしら美味しい物を入れて帰った。

　フラウ・シュミットはすぐに二人の顔を覚えた。特にクリスティンが気に入ったようで、彼女はアンドルーに笑って言ったものだ。

「大丈夫ですよ。あなたは成功します。素敵な奥さんがいるんですから。奥さんは私みたいに小さいけど、とてもいい人ですよ。待っていてください。私が患者さんを送り込んであげますから」

　そう言ってにこにこ笑うとき、脂でテカテカした婦人の優しげな顔は皺だらけになり、金髪の下の目は糸のように細くなった。

思いがけなく早い冬がやってきた。

通りには霧が立ち込め、近くの駅舎から流れてくる煙のおかげで、霧は一層深くなるように見えた。二人は陽気に声を掛け合い、苦労も楽しく乗り越えているように振る舞っていたが、実際は、アベララウにいたときでさえこれほど辛くはなかったと、二人とも感じていた。

クリスティンは底冷えのする古びた建物に、最大限の努力を傾けた。天井は白く塗り、待合室には新しいカーテンをかけ、寝室の壁紙も貼り替えた。二階の客間を台無しにしていた、壊れた折り畳み式のドアは、羽目板を黒と金に塗り替え、見違えるばかりに作り直した。

往診は稀にしかなかったが、あったとしても近所の下宿に限られていた。そんな患者から診察代を徴収することは容易ではなかった。彼らの多くは貧しく、疑り深く、金を踏み倒す方法にだけは精通していたからだ。アンドルーは、これらの下宿を経営している痩せた女たちにも、愛想良くしようと努め、薄暗い玄関先で立ち話などもした。彼の方から「こんなに寒くなるとは思わなかったよ。コートを持ってくればよかった」とか「歩いて往診は大変だ。車が故障していてね」などと声をかけたりもした。

彼はフラウ・シュミットの店の前の、交通量の多い交差点にいつも立っている警官とも仲良くなった。ドナルド・ストラザーズという名の警官で、アンドルーと同じファイフの出身だったため、二人はすぐに親しくなった。警官は、同郷の友人を助けるためなら、自分なりにできることで力を貸すと約束した。

「誰かがここら辺で轢き殺されたりしたらね、先生。必ず先生の所に運び込むようにしますよ」

そんな不気味な冗談さえ彼は口にした。

引っ越してから一ヶ月ほど経ったころだった。

その日の午後、家に帰ってきたアンドルーは、何か少なからず緊張した顔つきのクリスティンに気が付いた。ちょうど彼は、近くの薬局に行き、明らかに在庫はないだろうとわかっている特殊な10 ccのフォス注射器はないかと尋ねながら、何気ない口調で、最近チェスバラ・テラスで新しく開業した医師だと自己紹介をしてきたところであった。

「診察室に女性の患者さんが来てる」

彼女は小声でささやいた。

「医院の方じゃないの。表の玄関から入ってきたのよ」

アンドルーは顔を輝かせた。初めての〝いい患者〟だった。きっとこれは、物事が良くなっていく最初の一歩だ。彼は自分を落ち着かせ、颯爽《さっそう》とした足取りで診察室に入っていった。その部屋で患者を診るのも初めてだった。

「こんにちは、どうしましたか？」

女性は立ち上がって、アンドルーに握手をした。しっかりと化粧をした、太った人の良さそうな女性で、短い毛皮のジャケットに大きなハンドバッグを持っていた。一見してこの界隈で働いている売春婦だとわかり、アンドルーは少なからず落胆した。

「ねえ、先生」

彼女はちょっと自信なさそうに笑った。

「友達が、とっても素敵な金のピアスをプレゼントしてくれたんです。スミスさんが――私、あそこの常連なんですけど、彼女がここの先生なら綺麗にピアスの穴を開けてくれるって教えてくれたんです。汚い針とか道具を使っちゃ駄目だって、彼女はすごく心配してくれて……」

アンドルーは胸の中で大きくため息をついた。ここまで落ちぶれてしまったのか。そう思いつつもすぐに答えた。

「いいでしょう。耳に穴を開けてあげましょう」

彼は慎重に針を消毒し、耳たぶにエチルクロライドを吹きかけ、最後には、金のピアスまでつけてやった。

「わあ、先生、とっても素敵」

バッグから出した鏡を見つめ、

「全然痛くありませんでした。友達も喜んでくれます。おいくらですか、先生」

フォイ医師が決めていた〝いい患者〟に対する特別料金というのは、ちょっと法外な感じで、七シリング六ペンスだったが、彼はその金額を口にした。

彼女はバッグから十シリング紙幣を取り出した。

お釣りを受け取りながら、彼女は興味深そうにアンドルーを観察していた。彼女はアンドルーを、親切で上品でとてもハンサムな紳士だと感じていた。ただ、医者なのに、ずいぶんお腹をすかせているように見えるのが不思議だと思ったのである。

彼女が帰っていったあと、アンドルーは、かつてのように悔しまぎれに絨毯を踏みにじったりはしなかった。金のためにこんなくだらない卑屈な仕事をしたと、不満をぶちまけたりもしなかった。奇妙に謙虚な気持ちになっていた。そして皺くちゃになった紙幣を握ったまま、窓辺に立って女性を見送った。

バッグを揺らしながら、お尻を振りながら、そして得意そうに新しいピアスを輝かせながら歩いて行く様子を、その姿が見えなくなるまで、じっと見守っていた。

第二話　医師たちの晩餐会

苦しい毎日が続く中で、アンドルーは同じ医師の友人を切望した。

一度小さな地方会に出席したが、たいして得るものはなかった。デニーはまだ海外で、タムピコが気に入ったらしく、ニューセンチュリー・オイルカンパニーの嘱託医の地位を得て、そこに落ち着いたらしい。少なくとも当分は、会いに来られる様子ではなかった。ホープの方は、北のカンバーランドに派遣され、彼のよこした派手な原色刷りの絵葉書によると、「狂人の道楽」のために、ひたすら血球の数を数えているということだった。

アンドルーの胸の内には、何度もフレディ・ハムソンと連絡を取りたいという衝動が湧き起こった。電話帳を取り上げたことさえあったが、そのたびに我が身の見窄らしい状況を考えて思いとどまり、まだ十分に軌道に乗っていないだけだと言い聞かせて、電話帳を置くのだった。

しかしフレディが、住所は変わっていたが、相変わらずクイーン・アン街に住んでいることがわかると、どうにも落ち着かなくなった。フレディはどんな生活を送っているのか。かつての学生時代の思い出などにふけっているうちに、とうとう彼は思いきって電話をかけることにした。

「君はもしかしたら、俺のことなんか忘れたかもしれないな」

鼻であしらわれることを覚悟の上で、アンドルーは苦笑まじりに電話の向こうに告げた。

「マンスンだよ。アンドルー・マンスン。パディントンで開業したんだ」

「マンスン！　お前を忘れるって？　馬鹿を言うな！」

フレディの歓喜の叫び声が返ってきた。

「なんて奴だよ、まったく。どうして今まで電話をくれなかったんだ！」

「いや、やっと落ち着いたところでね」

フレディの感激した口ぶりにほっとして、アンドルーは笑った。

「それに以前は、鉱労局で働いていて、イギリス中を走り回っていたんだ。今は結婚もしてるよ」

「俺もそうなんだ！　どうだ、また集まろうじゃないか。すぐにだ。とても待っていられん。ロンドンにいるんだろ？　いいじゃないか。ちょっと待て、手帳を見てるんだ。来週の木曜日はどうだ？　そこで夕食会だ。そうだ、いいね。じゃあ頼むよ、そのうち君の奥さんに、妻から手紙を書かせるよ」

しかし、この招待の話を聞いても、クリスティンはあまり嬉しそうな顔をしなかった。少し黙ってから彼女は答えた。

「行ってらっしゃい、アンドルー」

「そりゃ、困るよ、クリス。フレディは奥さんを君に会わせたいんだ。彼のことがあまり好きじゃないことはわかっているけど、ほかにも何人か、仕事仲間の医者を呼ぶらしい。得るものはあるはずだよ。それに、最近愉快なこともなかった。一応礼服だと言っていたけど、俺はちょうどニューキャッスル鉱山で買った夜会服がある。しかしお前はどうだ、クリス。何か着るものを買わないとな」

「そんなものより、新しいガスレンジを買わないといけないのよ」

淡々とした声には、どこか冷たい響きが混じっていた。

この数週間、彼女は家の中を整えるために散々な苦労を重ね、いつのまにか最大の魅力だった瑞々《みずみず》しさも失われてしまっていた。ときどき、疲れた口調で素っ気ない返事をすることも増えていたのである。

しかし木曜日の夜、クイーン・アン街に出発するとき、アンドルーは、ドレスをまとったクリスティンの愛らしさに目を見張った。その白いドレスは、ニューキャッスル鉱山でのディナーパーティーのために買ったものだったが、ちょっと手を入れただけで、まるで新品のように美しくなった。髪も流行の型に整えられ、透き通るように白い額に、艶のある髪がひときわ映えて見えた。彼女がネクタイを結んでくれているとき、彼はこれに気付いて素敵だと言うつもりだったが、急にパーティーに遅れるのではないかと不安になって、そのまま言い忘れてしまった。

　しかし二人は遅れるどころか早く着き過ぎることになった。フレディが快活な調子で顔を見せるまで、案内された客間でぎこちなく待つことになったのである。やがてフレディが、両手をいっぱいに広げ、弁解と挨拶を一緒に口にしながら顔を見せた。今病院から戻ってきたところで、妻もすぐに来るとひと息に説明し、アンドルーの背中を叩きながら飲み物を勧めつつ、二人を座らせた。フレディはカーディフの夜に会ったときよりもだいぶ恰幅が良くなり、肉付きのよくなった首回りからも、景気の良さが窺えた。明るく輝く小さな目と、しっかり固めた黄色い髪は変わらず、一分の隙もなく整えた身だしなみは、輝くばかりであった。

「実に嬉しいよ！」

　彼はグラスをかかげた。

「また会えて、こんなに嬉しいことはない。これからもよろしく頼むよ。どうだ、この家は気に入ってくれたか。あの夕食会のときに話しただろ。——ああ、あの食事はひどかったが、今夜はあんなことはないぞ。この家は、まるごと手に入れたんだ。つまり部屋だけじゃなくて、去年権利ごと買い取った。結構かかったけどな」

　そう言って満足そうにネクタイを撫でた。

「もちろん、いくら成功したからって、わざわざ見せびらかすものじゃないだろうが、隠すようなことでもないからさ」

豪邸であることは、玄関前に立った時点で一目でわかったが、中は一層きらびやかだった。艶やかな現代風の家具、大きな暖炉、小型のグランドピアノ、その上の白い花瓶には、真珠で造形された木蓮の花が飾られていた。アンドルーが感嘆している間に、ハムソン夫人が入ってきた。背の高い、どこか冷たい印象の女性で、暗い色合いの髪を真ん中でわけ、クリスティンとは桁外れの豪奢なドレスで着飾っていた。

「さあ、こっちへおいで」

フレディが愛情たっぷりに、敬意さえ込めて迎え入れ、すぐにシェリー酒をグラスに注いで差し出した。彼女が無造作に手を振ってグラスを断っているうちに、ほかの客人たちの到着が知らされた。客人は、チャールズ・アイヴォリー医師夫妻と、ポール・ディードマン医師夫妻で、それぞれの紹介がすむと、ハムソンたち三組の夫婦の間に、ひとしきり賑やかな談笑の輪が広がった。やがて一同は、ゆったりとした歩調で食堂へ移っていった。

食卓は、目も見張らんばかりに贅をつくしたものだった。豪奢な燭台まで出ていたが、それはアンドルーがリーゼント街の有名なラビン&ベン宝石店のショーウインドーで見たことのある高価な代物であった。料理も、肉か魚かさえ、よくわからなかったが、とにかく美味だった。シャンパンまで出てきたが、二杯ほど飲むとアンドルーも気分が良くなって、左側に座ったアイヴォリー夫人と話し始めた。夫人はすらりとした女性で、黒いドレスに身を包み、首周りには沢山の宝石がきらめいていた。ときどき無邪気なくらいにじっと見つめてくる、大きな青い瞳が印象的な女性だ。

彼女の夫のチャールズ・アイヴォリーは外科医だった。夫に関するアンドルーの質問に彼女が笑ったのは、チャールズのことは誰もが知っているものだと思っていたためらしい。アイヴォリー夫妻はニュー・キャヴェンディシュ街に住んでいて、角地の大きな建物をまるごと所有していた。フレディ家からも近い場所である。チャールズ、フレディ、ディードマンの三人は仲の良い友人同士で、三人とも「サックヴィル・クラブ」の会員だった。アンドルーがどういうクラブなのか問うと、彼女はまた大きな目を見張って驚きを示した。みんなサックヴィルの会員だと思っていたのである。

会話が途切れたところで、アンドルーは反対側のディードマン夫人を顧みた。ディードマン夫人は、東洋の花のように可憐で、愛想の良い女性だった。彼女との会話でも夫のことを話題にした。

――もっと彼らのことを知りたい。成功し、才能もある人々なんだ。

そんな思いがアンドルーを駆り立てたのである。

ディードマン夫人の話では、ポールは内科医で、住居はポートランド広場だが、診療所はハーリー街にあるということだった。最新設備の診療所だと話す口調は、どこまでも無邪気で、自慢話をしているような嫌みな調子は微塵もない。ポールは、診療所と並行してプラザホテルでも患者を診ているという。

「公園を見下ろすあの大きな新しいホテルはご存じでしょう？　昼食時になるとあそこのレストランは著名人でいっぱいになるじゃないですか」

ポール・ディードマンは、事実上プラザホテルのお抱え医師のような立場であるらしかった。夫人は優しげな笑みを振りまきながら、

「沢山の裕福なアメリカ人や映画スターが、プラザホテルに来ますから、ポールにとっては最高の環境なんです」

にこやかに話すディードマン夫人に、アンドルーは好感を持った。熱心に話に耳を傾けていたが、そのうちハムソン夫人が席を立とうとしたので、慌てて彼女の椅子を引くために立ち上がった。

「葉巻はどうだ、マンスン」

夫人たちが連れだって食堂から出て行くのを見送りながら、フレディが勧めてきた。

「なかなかいけるぜ。こっちのブランデーは飲んだか？　一八九四年ものの折り紙付きだ」

葉巻に火をつけ、丸みを帯びたグラスでブランデーを傾けながら、アンドルーは他の医師たちの方へ椅子を引き寄せた。彼が楽しみにしていたのは、まさにこの時間だった。親しい医師仲間たちの、遠慮のない医療談義といったものだ。ハムソンと友人たちが遠慮なく話し

合うことを期待し、そして事実、期待通りになった。

「ところでな」

フレディが口火を切った。

「今日グリッカーの店で、新しいイリジウム灯を注文したんだ。八十ギニーほど取られたが、まあそれくらいの価値はあるだろうな」

「だろうね」

内科医のディードマンが思慮深げに言った。痩せた黒い瞳の、聡明な印象のユダヤ人だった。

「少しばかり高くても備えておいていい設備だろう」

アンドルーは、議論の仲間入りをするべく、葉巻を持ち替えながら口を開いた。

「僕は、あまりたいした照明灯とは思わないよ。アベイが『ジャーナル』に書いたいんちき照明療法に関する論文は読んだかい。あの照明には、赤外線なんてまったく含まれていないという話だ」

フレディはちらっとアンドルーを見たが、すぐに笑って続けた。

「三ギニーの治療代をとることはできるさ。それにちょうど良い具合に肌が焼けて、いかにも効果があるように見えるんだ」

「だがね、フレディ」

ディードマンがまた口を挟んだ。

「僕はあまり高価な道具は好まない。利益よりも出費が大きくなることもある。おまけに今は良くても、すぐ流行らなくなることもある。正直、君、古き良き皮下注射にまさるものはないんじゃないか」

「そうは言っても、君だって使うことになるぜ」

ハムソンが応じた。

やがてアイヴォリーも議論に加わった。彼は一座の中では一番の年配で、髭を剃ったあとの青く残る、恰幅の良い、いかにも場慣れした気さくな男だった。

「その話だがね、私は今日、十二回で一コースの注射の契約を取ったんだ。例のマンガンさ。そのやり方なんだが、なかなかいい稼ぎになる。私はその患者に言ったんだ。あなたはビジネスマンだから、そのつもりで言いましょう。この注射のコースは通常五十ギニーかかるんだが、今ここで一括払いするなら四十五ギニーにしましょうってさ。患者はその場で払ってくれたよ」

「なかなか際どいことをやっているな」

フレディの声には、いくらか諫《いさ》めるような調子があった。

「君は外科医だろうに……」

「もちろんさ」

アイヴォリーは悠々と頷いた。

「明日はシェリントンで子宮掻爬《そうは》の処置もある」

「恋の後始末か」

ディードマンは葉巻をくわえたままぼんやりとつぶやいたが、すぐに我に返って、

「まあ仕方がないことだな。実際面白い話だ。上流階級の診療においては、飲み薬は完全に時代遅れになっている。もし俺がプラザホテルで処方箋を書くとする。いくらかの粉薬を出したところで一ギニーの収入にもならんだろう。しかし同じ薬を皮下注射に変えたらどうだ。皮膚を拭いたり、消毒したり、そのほか適度に口上を述べてやれば、患者はたちまち科学的だ、この医者は名医だって思うわけだ」

ハムソンが力強く断言した。

「ウエストエンドで飲み薬が時代遅れだって思われるようになったのは、開業医にとって好都合だ。チャールズがさっき言った通り、彼がマンガンを処方する。あるいはマンガンと鉄剤を、古き良き薬瓶に入れて処方すれば、最大限処方しても、良くて三ギニーだ。代わりに十二本のアンプルに分けて注射すれば五十ギニー……ああ、すまんチャーリー、四十五ギニーになるわけだ」

「アンプルの値段など十二シリングにもならんのにね」

ディードマンが穏やかにつぶやいた。

アンドルーの頭は混乱していた。医師たちは、飲み薬をどうやって皮下注射に変えるかについて楽しげに議論しているのである。その突拍子もない内容は、ほとんど斬新なほどで、アンドルーは戸惑う心をなんとか落ち着けるためにまた一杯ブランデーをあおった。

「別の見方をすればだね」

ディードマンが口を開いた。

「患者たちは、こういったものがいかに安いかということを知らんのだ。君たちのデスクにあるアンプルの列を見たら、彼女らは直感的に思うんだよ。『まあ、きっととても高価なものなんだわ』」

「わかったろ?」

ふいにハムソンがアンドルーに目配せした。

「ディードマンが患者というときは、だいたい女性のことなんだ。ところでポール、俺は昨日狩猟の件を聞いたんだが、ダメットの奴は、君と俺とチャールズが参加するなら、組合を作りたいって話らしい」

それから十分ほどは、狩猟やゴルフや車の話が続いた。ロンドン周辺の贅沢なゴルフコースを回った話や、アイヴォリーが自分で設計して、新型3・5リットルエンジンのレックスを作らせた話などだ。

アンドルーは耳を傾け、煙草を吸い、ブランデーを飲んでいた。彼らは皆、かなりブランデーを飲んだ。アンドルーはいくらか酩酊した頭で、とても良い友人たちだと感じていた。彼らはアンドルーを無視したりせず、ちょっとした言葉や目線で、いつも仲間のひとりだと感じられるように振る舞っていた。とにかくここにいると、昼食にニシンの塩漬けを食べたことなど忘れてしまうようだった。そして一同が立ち上がったときアイヴォリーがアンドルーの肩を叩いた。

「君に名刺を渡さないといけないね、マンスン君。いずれ一緒に患者を診る機会があれば、嬉しい限りだよ」

夫人たちのいる客間に入っていくと、雰囲気は対照的に堅苦しいものだったが、フレディは変わらず陽気だった。皺ひとつないリネンのズボンのポケットに手を突っ込んだまま、まだまだ夜は早いから、みんなで外にでかけて、もう一杯飲もうと、明るい声を響かせた。

「でも……」

クリスティンが青白い顔で、ちらりとアンドルーを見た。

「もうそろそろ帰らない？」

「何言ってるんだ」

アンドルーは朗らかに笑った。

「せっかく盛り上がってるのに、ぶち壊しちゃいけないだろ」

案内された店では、フレディは有名人のようだった。一同は、丁寧なお辞儀と笑顔で迎え入れられ、壁際のテーブルに通された。シャンパンが出て、ダンスになった。みんなが上手に踊る様子を、アンドルーは朦朧とした頭で眺めていた。

「やあ、まったくいい音楽だ……。ああ、クリスも踊りたくなったかな」

ようやく帰りのタクシーに乗り込み、チェスバラ・テラスへ向かいながら、アンドルーは嬉しそうに言った。

「まったく一流の人たちだったな、クリス。最高の夜だったじゃないか」

クリスティンは押し殺した声で静かに答えた。

「とてもひどい夜だった……」

「え？　なんだって？」

「私はデニーやホープの方が好き。あなたの仕事の友達ならね。あんな見栄ばかり張った派手な人たちなんか……」

「だけどクリス。悪い連中じゃないはずだ」

「あなたはわからなかったの？」

クリスの声は冷ややかな怒気を含んでいた。

「何もかもよ。食べ物も家具も、話の中身だって、お金お金、全部お金。あの人がどんな目で私の服を見ていたか、気付かなかったのね。ハムソン夫人のことを言ってるのよ。あの人は、私が一年間で衣服にかけるより沢山のお金を、一回のおしゃれで使ってしまうんだって。

あの客間で、私が話にもならない女だとわかったあとの、あの人の態度は滑稽なくらいだった。彼女はもちろん、有名なホイットンさんの娘なんでしょう。あのウイスキー会社のホイットンのね！　あなたが戻ってくるまで、どんな話をしていたか、きっと想像もつかないでしょ。週末に誰と誰がこっそり旅行したとか、美容師から聞いた浮気の噂とか、最近誰が流産したとか、そんな社交界のゴシップばかり。立派な言葉なんて一言も耳にしなかった。ありえない！　あの人、プラザのダンスバンドの指揮者に『夢中になっちゃった』だなんて、恥ずかしげもなく自分から言い出して喜んでいるのよ」

　ほとんど吐き捨てるような口調だった。それを嫉妬だと勘違いして、アンドルーは慌てて答えた。

「金はいくらでも稼いでみせるさ、クリス。もっと贅沢な服だって、いくらでも買ってやるから」

「お金なんていらない！」

　激しく彼女は応じた。

「贅沢な服なんて、全然ほしくない」

「でも、クリス……」

　ほろ酔い加減で、アンドルーは彼女に腕を伸ばした。

「やめて！」

鋭い声が響いた。

「あなたを愛してる、アンドルー。でもそれは酔っていないあなたよ」

アンドルーはむっとして、よろよろと座席の隅に身を引いた。彼女が彼をはねつけたのは、これが初めてのことだった。

「好きにすればいいさ」

彼はつぶやいた。

支払いを終わらせてタクシーを降りると、アンドルーはひとりで家に歩いて行き、そして声も掛けず、二階の来客用の寝室に入って行った。今日のあの豪華な部屋に比べると、何もかもがむさ苦しく、陰気でわびしかった。配線がまだ不十分だったから、電気のスイッチさえ、まともに動かなかった。

「くそ！」

舌打ちしてベッドに転がった。

「こんな穴蔵から抜け出してやる。クリスにも見せつけてやるんだ。稼いでみせるさ。金がなくて、何ができるっていうんだ」

結婚して以来、別々に二人が寝たのは、その夜が初めてであった。

第三話　一番大切なこと

翌日の朝食で、クリスティンは何事もなかったように振る舞った。むしろ普段よりも優しく気を配っていることが、アンドルーにはわかった。そのことに満足しつつも、彼は一層むっつりと押し黙った。新聞に夢中になっている振りをしながら、彼は思うのだ。ときにはしっかりと立場というものを思い知らせてやらねばならない。しかし、しばらくアンドルーが不機嫌な態度でぶつぶつ言っている間に、クリスティンは急に優しい態度をやめ、彼の食事が終わるのを待ちながら視線を落とし、唇を固く結んだまま、自分の殻に閉じこもってしまった。

——頑固者！　今に見返してやる。

アンドルーは胸の内で言い捨てて立ち上がり、部屋を出て行った。

診察室へ行くと、真っ先に医師名鑑を取り出した。昨夜の友人たちのことを、もっと色々正確に知りたいと思ったからだ。素早くページをめくって、フレディを探した。

——あった！

フレデリック・ハムソン：クイーン・アン街、医学士、外科学士、ウォルサムウッド
病院外来助手。

アンドルーは、戸惑いとともに眉を寄せた。

フレディは昨夜、病院とのパイプを持つことがいかに重要かを話していた。病院とのつながりほど、ウエストエンドの開業医を助けてくれるものはない。病院勤めをしているという肩書があるだけで、開業医は信用を増すものだという話だった。しかし妙ではないか。病院といってもこれは貧民救済施設で、しかも最近開けたばかりの郊外のウォルサムウッドと書いてある。しかし間違いではないはずだ。先月買ったばかりの最新の医師名鑑なのである。

今度はゆっくりと慌てず、アイヴォリーとディードマンを調べた。やがて戸惑いを含んだ思案顔で、その大きな本を膝の上に置いた。ポール・ディードマンはフレディ同様に医学士だが、それ以外に特に資格はなく、病院の外来診療も受け持っていなかった。ではアイヴォリーは？　ニュー・キャヴェンディッシュ街のチャールズ・アイヴォリーは、英国外科学会員の最下層の資格以外には、何も持っておらず、病院で勤務した記録すらなかった。その経歴は、大戦中に傷病兵療養所で、ある程度の診療経験があるというだけで、それ以外は――皆無だった。

すっかり考え込んだまま、アンドルーは本を書棚に戻した。

　やがて彼の顔には決然たる態度がみなぎり始めた。彼自身の持っている資格と比べれば、昨夜食事をともにした金持ち連中たちの資格など、まったくたいしたものではなかった。彼らにできたことが、自分にできないはずがない。いやもっとうまくできるはずだ。クリスティンがあれほどはっきりと批判したにもかかわらず、彼は社会的な成功を勝ち取る決意を、一層強く固めた。しかしそのためにはまず、病院のポストを手に入れなければならない。それも郊外の見せかけの救貧院などではなく、ロンドンの本物の病院だ。そう、それこそが急務だ。しかしどうやって？

　それから三日間、散々考えた末、迷いながらもロバート・アベイ卿を訪ねることにした。誰かに頼み事をすることは、もっとも苦手なことだったが、もはや手段を選んでいられない。そんなアンドルーを、アベイはにこやかに出迎えた。

「やあ、我らの優秀な包帯検査官じゃないか。調子はどうだい。私に会いに来るのはなかなか勇気が必要だったんじゃないか？　君のおかげでビグズビー博士の血圧がずいぶん上がったらしいからね。その後の話は聞いているかね？　今日は私と議論でもしに来たか、それとも鉱労局に戻りたくなったのかな？」

「いいえ、違うんです、ロバート先生」

　以前と変わらぬ親しみを見せてくれるアベイに、アンドルーは口ごもりながらも真剣に答えた。

「私は……つまりその……先生に助けていただきたくて。病院の外来診療のポストを探しているんです」

「ふむ、そいつは鉱労局の件よりよほど難題だな。河岸通りの周辺には、沢山の野心的な若者連中が歩き回っているが、皆、君と同じようにその名誉ある勤め口を探しているんだからね。しかも肺疾患の研究のことも考えると、専門分野も限定されてしまう」

「ええ、私は……私としては……」

「ヴィクトリア呼吸器病院。こいつを目標にするといい。ロンドンでも、もっとも歴史のある病院のひとつだ。調べておこう。ああ、約束は難しいが、できるだけ注意を払っておくよ」

アベイはアンドルーにお茶を飲んでいくように勧めた。

四時になると、彼は診察室でミルクも砂糖も入れず、お茶菓子もなしに、中国茶を二杯飲む習慣があった。それはオレンジの花の香りのする特別なお茶だった。アベイは、ソーサーのない中国茶器からフォン・ピルケ皮膚反応に至るまで、多彩な話題を淀みなく楽しげに話した。そして、彼をドアまで送っていきながら言った。

「今もまだ、教科書と戦っているのかい？　是非とも続けなさい。仮にヴィクトリア病院で働けるようになったとしても、偉大なる医師ガレノスの崇拝者になってはいけない」

アベイの目が強く輝いた。

「そいつが私を駄目にしてしまったのだから」

アンドルーは弾むような足取りで家に帰ってきた。嬉しさのあまり、クリスティンに対して威厳を保つことさえ忘れて、うっかり話しかけていた。

「アベイ卿に会ってきたんだ。ヴィクトリア呼吸器病院のポストを探してくれるらしい。そうなれば、開業医としても堂々たるものだ」

彼女の目に喜びが溢れたのを見ると、アンドルーは急に恥ずかしくなった。

「俺も最近ちょっと気難しかったよ、クリス。こんなことじゃいけない。できればそうだ、仲直りしよう」

そんな言葉に、瞳を輝かせたクリスティンは、アンドルーに駆け寄ってその胸に顔を埋めた。そして全部自分が悪かったと言い張った。その内どうしたことか、アンドルーの方が全部悪かったということになっていた。クリスティンを抱きしめながらも、しかし彼の心の片隅には、いずれ近いうちに物質的な大成功を収めて彼女を見返してやろうという頑固な思いだけは、依然としてくすぶっていた。

彼はまた活力を取り戻し、幸運を期待しながらも仕事に励んだ。おかげで患者は確かに増えていったが、しかし三シリング六ペンスの外来患者と五シリングの往診ばかりで、彼が望む〝いい患者〟は来なかった。しかしそれが本来の医療というものであろう。

彼の診療所に来る、もしくは往診を依頼しに来る人たちは、本当に病気で困らない限りは、けして医者にかかろうとはしない、ひどく貧しい人たちばかりであった。だから彼は、掘っ立て小屋の風通しの悪い部屋でジフテリアを診たり、じめじめした召使い用の地下室でリウマチ熱に出くわしたり、下宿の屋根裏部屋で肺炎を治療したりすることになった。

この悲惨な世界で、彼は戦い続けた。

例えばアパートの一室では、年老いた男や女がひとりで暮らしていた。友人や親戚から忘れられ、壊れかけのガスレンジで貧しい食事を温めているような、ひどい身なりをした見捨てられた人々である。そんな患者はいくらでもいた。あるときは、シャフツベリー・ストリートで華やかなスポットライトを浴びている、有名な女優の父親に行き合った。七十歳の老人で、不潔きわまりない部屋に半身不随の体を横たえていた。また、痩せ細って餓死寸前の、おかしな上流階級の貴婦人を往診したこともある。彼女は、宮廷服を着た自分の写真を見せ、目の前の通りを自家用馬車で駆け回ったころの話をしてくれた。また、ある日の真夜中、貧しさに絶望したあげく、救貧院に行くよりガス自殺を選んだ哀れな人を、彼は蘇生させた。あとに残ったのは、ひどい自己嫌悪だけであった。

患者の中には、緊急を要する症例も少なくなかった。緊急手術のために、一刻も早く病院へ運び込む必要のあるような患者である。しかしアンドルーはここで大きな困難に直面した。

きわめて重症で、きわめて危険な患者であっても、確実な入院の受け入れ先を見つけることは、とてつもない難題であったのだ。特に深夜、パジャマの上に上着とコートを着て、首にマフラーを巻き、頭に斜めに帽子を載せたままの状態で、彼は受話器を握りしめ、あちこちの病院に電話をかけることがあった。そして宥《なだ》めたり懇願したり脅したりと、あらゆる手を尽くすのだが、いつも冷淡で、ときには横柄な同じ拒絶の言葉にぶつかるのだ。

「どこの先生ですか？　誰？　ダメダメ！　すみませんが今満床です」

　クリスティンのもとに戻って、彼は怒りをぶちまけた。

「満床なわけがない！　セント・ジョーンズ病院なんて、自分たちの患者用のベッドなら山ほど持っているんだ。相手が知らない奴となると、まったく相手にもしない。あの若僧を、ひねり殺してやりたいくらいだ」

　アンドルーの拳は、壁やら机やら暖炉やらに、次々と八つ当たりした。

「こんなでたらめがあるか、クリス！　目の前にヘルニア嵌頓《かんとん》患者がいる。なのに入院もさせられない。ああ！　もちろん満床の病院だって中にはあるだろうさ。しかしここはロンドンだぞ、大英帝国の中枢だ。これがこの国の、自由意志にもとづく病院制度って奴なんだ。この間の宴会で慈善家を気取ったろくでなしが、これこそ世界でもっとも素晴らしい制度だと言いやがった。金があれば病院だが、貧乏人は救貧院に行ってくれってわけさ。やっと病院に辿り着いても、受付でまず書類を書かされる。年収は？　宗教は？　私生児か嫡出子か？　患者は腹膜炎で苦しんでいるというのに！　ああ、なんでもいい、クリス。とにかく電話をかけて救貧院につないでくれ」

目の前にどれほど大きな困難があろうとも、そして立ちはだかる不潔や貧困をアンドルーがどれほど罵ろうとも、クリスティンの答えはいつも同じだった。

「これが本当の仕事よ。これこそ一番大切なことだと私は思う」

「気持ちだけじゃ、南京虫よけにはならんよ」

彼は悪態をつきながら、浴室に入って体を洗い流した。

彼女は声を上げて楽しげに笑った。昔の幸せがまた戻ってきたようだった。

荒れ放題の家も手強い敵として立ち塞がっていたが、彼女はついにそれに打ち勝った。しばしば問題が立ち上がることもあったが、概して綺麗に整えられ、清潔に磨かれ、彼女の手の内に収まりつつあった。新しいガスレンジを買い、新品のランプシェードを調達し、安楽椅子のカバーも取り替えた。階段のカーペットピンは、近衛兵のボタンのように光っていた。

この地域では、女中や家政婦はチップ目当てに下宿屋で働きたがる関係から、何週間も適当な働き手を見つけられずにいたが、クリスティンはうまい具合にベネットという女性に出会った。綺麗好きで働き者の四十歳で、「住み込み」で安全に働ける場所を探していたが、七歳の娘がいたためになかなか見つけられずにいたのだ。ベネットとクリスティンは、一緒に地下室に取りかかった。かつては地下トンネルなどと呼んでいたが、綺麗な花模様の壁紙を貼り、古物商から買ってきた家具をすえ、それにクリスティンがクリーム色のペンキを塗ると、居心地のいい部屋になった。ここで、ベネットとパディントンの小学校に通うフロリーが、穏やかに暮らすことになった。この安心と快適な生活のお礼に、ベネットはいくらでも懸命に働くつもりになっていた。何ヶ月も不安定な生活を続けてきただけに、ひときわ大きな感謝の気持ちを抱いていたのである。

　早春の美しい花が待合室を飾った。クリスティンの幸福を表しているようだった。彼女は、朝の買い物に出かけたついでに、道ばたの露店に寄り、その花々をほんの数ペンスで買ってきた。マッスルバラ市場に並ぶ多くの露店の店主たちと、彼女は知り合いになっていた。そこでは、新鮮な果物や魚や野菜が、安く手に入った。彼女は、本来なら医者の妻という自分の立場をもう少し意識するべきだったのかもしれないが、そんなことはまったく気にせず、綺麗な編み物袋に買った品物を入れ、最後にフラウ・シュミットの店に立ち寄って、少しばかりのおしゃべりをしてから、アンドルーの好きなリプタウアチーズを買って帰ってくるのだった。

　たびたび午後に、彼女はサーペンタインの池のほとりを散歩した。栗の木々には青々とした若葉が茂り、さざ波だった水面に水鳥が舞い降りた。彼女はここに来ると、絶えず憧れている広々とした田園に来たような明るい気持ちになれるのだ。

　ときには夕方に、アンドルーは妙に恨めしげな目を彼女に向けることがあった。その日一日、彼女の姿を見られないでいると、彼はたちまち不機嫌になるのである。

「一日中何をしていたんだ？　俺が忙しく働いているってのに。そのうち車を買ったら、お前が運転するんだぞ。そうすれば、ずっと俺の傍にいられるんだから」

彼は相変わらず〝いい患者〟を待っていたが、なかなか来なかった。アベイ卿からの連絡を苛々しながら待ちわびていたが、今のところ何の音沙汰もなかった。ハムソンやその友人たちとも会っていないので、内心それも気に掛かっていた。

そんな気持ちのまま迎えた三月も末のある晩、夜も九時近くなり、そろそろ医院を閉じようとアンドルーが立ち上がったところで、ベルを鳴らして若い女性が入ってきた。女性は不安げな眼差しをアンドルーに向けて問うた。

「こちらから入って良かったでしょうか。それとも玄関に回った方が？」

「どちらでもいいですよ」

アンドルーはなんとか愛想笑いだけは浮かべて応じた。

「ただ、こっちから入ると診察料は半額です。どうぞ入って。どうしたんですか？」

「診察料ならいくらでも払います」

彼女は思い詰めた様子で入ってきて、医院の小さな椅子に座った。二十八歳くらいに見えた。ずんぐりした体格で、濃いオリーブ色の服の上には大きな丸顔があり、下には太い足が見えていた。控え目に言っても、魅力的とはとてもいえない容姿の女性だった。

アンドルーはそれでも穏やかな口調を心がけて言った。

「診察料の話はやめておきましょう。どこが悪いのか話してくれますか？」

「はい、先生」

自分を落ち着かせようと懸命な様子で、彼女は硬い声を響かせた。

「スミスさんです、あの食料品店の……。あの人がここを勧めてくれたんです。もう長いお付き合いがあるものですから。私はローリエで働いています。名前はクラム。先に言っておくと、この辺りの先生のところは、一通り回ってきたあとです」

そう言って手袋を外した。

「この手なんです」

アンドルーはその手を見た。真っ赤な炎症で覆われた掌は、一見乾癬《かんせん》のように見えた。しかしアンドルーは、炎症の辺縁が蛇行していないことに、すぐに気が付いた。乾癬ではないということだ。

彼は急に興味を覚えて、拡大鏡を取り出し、慎重に細かく観察していった。その間に、彼女は几帳面な口調で説明を加えた。

「この手のためにどれほど苦労してきたか、言葉にできないくらいです。これが治るのなら、いくらでもお支払いします。もう、ありとあらゆる軟膏を塗ってきたんです。でも、ひとつとして効果のあるものはありませんでした」

「無理でしょうね、薬では治らない」

拡大鏡を置いたときにはアンドルーは、少なからず高揚感を覚えていた。確証はなくても、およそ診断に当たりが付いたのだ。

「これはかなり珍しい皮膚炎ですよ、クラムさん。局所だけに何か治療をしても意味はない。いわば免疫系の問題です。食事療法が唯一の治療法でしょう」

「食事？　薬じゃないんですか？」

クラムの熱心な声に、疑わしげな調子が加わった。

「誰も今までそんなことを言いませんでしたけど……」

「だから今、私が言っているんです」

彼は笑いながらメモ帳を取り出し、彼女が避けるべき食品のリストを書き出した。

躊躇いながらも、彼女はそれを受け取った。

「わかりました。もちろんやってみます、先生。なんだってやってみるつもりなんですから」

彼女はまだ半信半疑な様子で、それでも診察料は払って帰っていった。彼の方は、すぐにこのことは忘れてしまった。

十日後、彼女が戻ってきた。今度は正面の玄関をくぐって診察室の方に入ってきたが、大きな丸い顔には笑みが溢れていた。

「手を見ていただけますか、先生」

「もちろん」

アンドルーは笑いながら問うた。

「食事療法は、少しは効きましたか？」

「少しだなんて！」

感謝の声とともに、彼女は両手を差し出した。

「見てください。すっかり治りました。荒れたところなんてひとつも残っていません。これがどんなに嬉しいことか、先生には想像もつかないかもしれません。——なんと言っていいか——こんな素敵な治療を……」

「お気になさらず」

あっさりとアンドルーは応じた。

「こういうものを見分けるのが、私の仕事です。治ったんだから、もう心配はいらない。今後も私が言った食べ物は避けるようにしてください。そうすれば、二度とあんな病気にはかかりませんよ」

彼女は立ち上がった。

「お支払いをさせてください、先生」

アンドルーの胸には誇らしげな満足感が広がっていた。このまま、三シリング六ペンス、もしくは七シリング六ペンスを、喜んで受け取ることもできたのだが、しかし自分の的確な治療がもたらしたこの高揚感を、さらに劇的なものにしたいという衝動を抑えきれなかった。

「支払いは済んでいます」

「でも先生……」

アンドルーに促されて出口へ向かいつつも、彼女はドアの前で立ち止まって深々と頭を下げた。

「私、きっと何か別の方法で、お礼ができると思います」

彼は、黙って微笑とともに彼女を送り出した。送り出してから、やっぱり診察料を受け取れば良かったと後悔したのは、生活がそれだけ厳しい状態に置かれていたからだろう。

いずれにしても、彼はこの一件をすぐに忘れてしまった。毎日の生活に彼は疲れていたし、なにより、町の女性店員程度に何かできるなどとは思いもしなかったのである。

しかし少なくともこの点に関しては、アンドルーはクラムを理解していなかった。思索家としてまだまだ半人前の彼は、イソップ童話に語られるようなある種の可能性というものを、完全に見落としていたのである。

第四話　ローリエ

マーサ・クラムは、ローリエの若手女性店員たちから、ラグビーで言うところの「ハーフバック（中衛《ちゅうえい》）」の名で知られていた。ローリエは、しゃれたガウンや高級な下着や、何百ポンドもする高価な毛皮などの贅沢な品物ばかりを扱っている店である。たくましい体つきで、洗練されているとは言い難く、中性的な印象の彼女が、その一流店の古参スタッフのひとりであるというのは、確かに不思議であった。しかしこのハーフバックは、顧客たちから大きな信頼を寄せられている優秀な店員であった。

　ローリエは、誇りを持って、特殊な制度を採用していた。それぞれの古参店員たちは、自分が直接対応する顧客のリストを持っており、その客に対しては担当者が独占的に対応するという制度である。客の趣味や趣向を研究し、専属の「衣装係」となり、新しい流行の品物が入荷したときには、「取り置き」をすることもできるようになっている。この客と店員の関係はかなり親密なもので、何年も続く場合もあり、生真面目で誠実な性格のハーフバックには、特に適した制度になっていた。

彼女はエタリング市の弁護士の娘だった。彼女に限らず、ローリエの女性店員たちの多くは、地方や郊外に住む医師や弁護士といった専門職の娘たちであり、彼女たちの中では、この店の深緑色の制服を着て働けることは、名誉なことだとされていた。普通の商店の店員たちは、しばしば当たり前のように低賃金労働や劣悪な「住み込み」の環境に耐えていたが、ローリエにそれはなく、衣食住は整えられ、監督も行き届いていた。

仕入れ係のウィンチ氏は店で唯一の男性だが、特に店内の監督については注意を払っていた。彼は血色のよい、母親のような老紳士で、四十年も婦人服の販売に携わっていた。絶え間なく生地を調べるので、親指が平らにすりへり、丁寧なお辞儀を続けてきたのでいつも腰痛に悩んでいた。母親のようだといっても、ローリエに来る客にとって、ウィンチ氏が女性たちの広大な海に浮かぶ唯一の男性であることも事実である。彼の目は、妻とともにマネキンを眺めに来る夫たちも、鋭く観察していた。彼には風格があり、ある意味でローリエそのものであったと言っていい。そのウィンチ氏にとって、ハーフバックは頼りになる相談相手のひとりだったのである。

クラムの手が治った一件は、ローリエ内でちょっとした評判になった。若手の女性店員たちはたちまち好奇心を膨らませ、ちょっとした不調を理由に、アンドルーの診療所にやって来るようになった。

「ハーフバックの主治医先生ってどんな人？」

　彼女らはくすくす笑いながら、その医師を是非とも見てみたいと噂を交わしあった。

　徐々に、しかし確実に、チェスバラ・テラスの診療所に来るローリエの女性店員の数は増えていった。女性たちは皆健康保険に入っていたが、ローリエらしい自尊心から、誰もそんな制度を使わなかった。四月の終わりには、診療所の待合室にいる十数人の患者のうち、半分がローリエの女性たちということも珍しくなくなった。皆身なりが良く、店の客を見習って、口紅を塗った若い女性たちだった。結果として、診療所の収入は目に見えて増加した。クリスティンは笑いながら言ったものだ。

「あの綺麗な合唱団の女の子たちと何を話してるの？　彼女たち、ここを劇場の楽屋かなにかと間違えているんじゃない？」

　しかしクラムの抑えきれない感謝の気持ちは――すなわち、とうとう手が治ったという大きな感激は――まだほんの一部が表に出てきたに過ぎなかった。

　今まで、ローリエの公認医師としては、ロイヤル・クレセントのマクリーン医師が、その信頼を勝ち得ていた。何か緊急の場合、例えば裁縫係のトゥイグ嬢がアイロンでひどい火傷をしたときなどは、マクリーンが往診に駆け付けた。しかしマクリーンは引退間際の高齢であり、その共同経営者で後任でもあるベントン医師は、年が若く、あまり信頼もなかった。実際一度ならず、ベントン医師が綺麗な若い女性たちをちらちらと盗み見る様子や、妙に優しく声をかける態度には、ウィンチ氏も顔をしかめていた。クラムとウィンチ氏はこの件について、以前から色々と相談し合っていたが、ふとした折にクラムは自分の主治医について説明する機会を得たのである。

「チェスバラ・テラスには、厳しく、派手ではないが、素晴らしい実績を持っていて、若い舞姫たちには目もくれない優れた医師がいる」

ハーフバックの、いつになく熱のこもった説明を、ウィンチ氏は両手を腰の後ろで握ったまま、重々しく頷いて聞いていた。ウィンチ氏はいつもじっくりと考えるタイプであったから、すぐには何も答えなかった。しかしそのとき来店した侯爵夫人に挨拶しようと急いで出て行ったときの彼の目には、すでに思慮深げな光が輝いていた。

暦は巡り、五月に入った。

この頃にはアンドルーは、クラムを軽んじていたことをすっかり恥ずかしく思っていたのだが、そこへまた彼女の新たな尽力の結果が、稲妻のように飛び込んできた。一通の、非常に几帳面で丁重な手紙が届いたのである。この差出人なら、彼など簡単に電話で呼び出せたはずだということにアンドルーが気付いたのは、後日のことである。手紙の内容は、明日の火曜日の午前中、できる限り十一時近くに、パーク・ガーデンズ九番地の、ウィニフレッド・エヴァレットの屋敷へ往診に来てもらいたいというものだった。

　当日、早めに医院を閉めて、家を出た彼の胸には、大きな期待感が膨らんでいた。これまで往診といえば、近隣の煤けた界隈ばかりであり、その外に出かけていくのは初めてなのだ。パーク・ガーデンズは、モダンとは言えなくても、立派な屋敷の並んだ区画で、ハイド・パークの眺望も美しく開けた一帯である。ついに大きなチャンスが来たのではないかという高揚感を抱きながら、彼は九番地のベルを鳴らした。

　年配の使用人が彼を招き入れた。広々とした部屋に入った瞬間、彼は自分の直感が当たったことを確信した。古い家具の上には美しい花が飾られており、重厚な棚には古い本や艶光りする陶器が並んでいた。エヴァレット婦人が入ってきたので振り返ると、落ち着き払った婦人の目が、品定めをするようにアンドルーに向けられていた。

　婦人は五十歳くらいの黒髪の女性で、青白い肌を簡素な服に包み、自信に溢れた物腰をしていた。すぐにゆったりとした声が響いた。

「かかりつけの医師が亡くなったものでしてね。困っていたんです。とても信頼していたものだから。そしたら、クラムさんがあなたを推薦してくれたんです。あの人はとても誠実で、私も信用しているんですよ。それであなたのことも調べたんですが、とても優秀な先生ですね」

　そこで言葉を切ってから、彼女はさらに遠慮なくアンドルーを眺めやった。一見して、栄養も手当も行き届いていて、たとえ相手が医師であっても、十分な理由がなければ指一本触れさせないといった雰囲気が漂っていた。やがて無表情のまま、婦人は続けた。

「あなたなら大丈夫そうですね。私、毎年この時期には定期的に注射を受けていたんです。花粉症がひどくなるものですから。花粉症はご存じでしょう？」

「ええ」

彼は頷いた。

「どんな注射をしているんですか？」

婦人はよく知られた注射薬の名前を口にした。

「以前の先生が処方してくださったんです。とてもいい薬ですね」

「ああ、あれですか」

彼女の婉曲な態度に、なんとなく苛立ち始めていたアンドルーは、もう少しで本音を口にするところだった。彼女の言う「いい薬」というのは、実際はなんの効果もないものだったのだ。その薬が有名になったのは、製薬会社の巧みな宣伝と、イギリスでは夏になるとすぐ花粉が収まるという自然の経過によるものに過ぎなかった。しかし彼は胸の内の衝動を抑え込んだ。信念と欲望の激烈な衝突が生じていた。そして、ほとんど挑戦的な心持ちから、待ちに待ったこの機会を逃すようなら、自分はただの愚か者なのだと、彼は結論づけた。

彼は答えた。

「その注射でしたら、誰にも引けは取りません」

「良かった。ではお支払いについてですが、シンクレア先生には、往診一回ごとに一ギニー以上はお渡ししませんでした。先生も同じ契約でよろしいですか？」

一回の往診に一ギニー！

それは彼がこれまで受け取った最高額の治療費の三倍だった。もっと重要なことは、この診療が、彼が何ヶ月も待ち望んでいた上流階級への進出の第一歩だということだった。彼は再び頑固な信念が頭をもたげてくるのを、強引にねじ伏せた。その注射が無意味なものだとして、何の問題がある。彼女が言い出したことで、自分が口にしたことではない。彼ももう、失敗には嫌気がさしていた。三シリング六ペンスの診療にも飽き飽きしていた。なんとか成功しなければならなかった。いかなる手段を用いても、絶対に成功したかった。

翌日も彼は、十一時きっかりに往診した。婦人はあの神経質な口調で、けして遅れないように注意を促していたのである。午前の散歩の邪魔をされたくないということらしい。アンドルーは第一回目の注射をした。それから週に二回往診し、この処置を継続した。

アンドルーは彼女の望むように時間を厳守し、そして余計なことは一切口にしなかった。彼女は相変わらず表情に乏しく、真意は読み取りにくかったが、それでも少しずつ打ち解けてくる様子には、ちょっとした面白さがあった。

ウィニフレッド・エヴァレットは実に風変わりな人物で、揺るぎない価値観を持っていた。彼女は相当に裕福であった。父親がシェフィールドにカトラリーの大きな工場を持っていたことと、父から相続した金をすべて安全な公債に投資したおかげなのだが、それにもかかわらず、彼女は、一ペンスの金でも、最大限の価値を引き出せぬ限りは、無駄に使わなかった。吝嗇というよりは、一風変わった利己主義のようなものだ。彼女は、自分自身を世界の中心に据え、自身の白く美しい肉体に細心の注意を払い、自分で有益だと思うすべての処置を受けていた。

なにもかも最高でなければ満足しなかった。食事も節制していたが、口にするのは最上級の食材だけだった。六回目にアンドルーが往診したとき、彼女は親し気にシェリー酒を勧めたが、それは一八二九年もののアモンティヤードで、最高級品だった。衣服は無論ローリエで調達していた。寝具はアンドルーが見たこともない上質なものだった。すべてこの調子でありながら、彼女自身の見識によればコイン一枚も無駄にはしていないというのである。エヴァレットが、タクシー運転手に対して、メーターも確認せずに銀貨一枚投げてやる姿さえ、アンドルーにはまったく想像できなかった。

本来なら、アンドルーは彼女を不快に思うはずだったが、奇妙なことにそうならなかった。エヴァレットがその自己本位の態度を、ほとんど哲学の領域にまで深化させていたからであろうか。彼女の容姿は、昔クリスティンと見た、オランダの老画家テル・ボルフの女性画を思い起こさせた。大きな体に、なめらかな肌、そして無愛想なのに享楽的な唇……。

やがてエヴァレットは、アンドルーを気に入ったようで、それだけ遠慮もなくなっていった。往診は二十分以内という不文律があったのは、彼女がそれ以上の時間を割く価値を認めていなかったためだが、一ヶ月を過ぎるころには三十分になり、雑談さえすることもあった。そんな中で、アンドルーが控え目に口にした、成功したいという野心に対して、婦人は静かに同意を示した。

　彼女の話題は限定的で、親戚縁者のことばかりだったが、その関係はきわめて広大だった。中でもダーヴィシャーに住むキャサリン・サットンという姪のことがよく話題になり、夫のサットン大尉がバーンウェルから国会議員に選出されて以来、しばしば二人でロンドンにやってくるという話だった。

「姪夫婦も、シンクレア先生にお世話になっていたのよ」

　何気ない声でエヴァレット婦人が言った。

「これからはあなたに診てもらっても、悪くはないかもね」

　最後の往診の日、婦人はまたアモンティヤード酒を勧めながら、親しげな口調で言った。

「請求書は嫌いなの。今払ってしまってもいい？」

　そう言って十二ギニーの小切手を手渡した。

「もちろん、またすぐに来てくれるでしょう？　いつも冬になると風邪の予防注射を受けることにしているから」

　婦人はわざわざ戸口まで見送りに出てくると、そこでちょっと立ち止まった。その目が冷たく輝いて見えたのは、彼女が微笑んだからだ。初めて見る婦人の微笑だった。だが微笑はすぐに消え、いつもの無表情に戻った。

「あなたの母親みたいな年の女が忠告してあげるんだから、聞いてくれるでしょう？　一流の仕立屋に行きなさい。サットン大尉の仕立屋――コンディット・ストリートのロジャーズへ。成功したいと言っていたでしょう。でもその服じゃ無理」

屋敷を出たアンドルーは、屈辱に頬をほてらせていた。大通りを大股で歩きながら、いつもの苛烈な調子を取り戻し、胸の中で悪態の限りをついていた。

――出しゃばりババアめ！

勝手なことを言いやがって！　俺がどんな服を着ようが、あいつに何か言われる筋合いはない。俺をペットか何かと思ってるのか？　服装なんかで媚びへつらうなんて、最悪の屈辱だ。パディントンの患者たちは三シリング六ペンスしか払わないが、俺に仕立屋のマネキンになれなんて言いはしない。これからは、ああいう人たちだけを相手にして、魂まで売るようなマネは絶対にするものか。いつかデニーも言っていたじゃないか。上流階級の女には近づくなと。まったくその通りだ！

それだけ激怒していながら、しかしどうしたことか、憤りもやがて頼りなくしぼんでいった。彼が自分の服装にほとんど関心を払ってこなかったことは事実だった。特別優雅なものでなくても、そこらにぶらさがっている既製品で、十分に役割を果たし、寒さに凍えることもなかった。クリスティンも、いつもさっぱりと身だしなみを整えていて、服装で悩んだりはしていなかった。ツィードのスカートと自分で編んだ毛糸の上着で、十分に幸せそうにしていたのである。

アンドルーはそっと自分の服装を確認した。何の変哲もない毛織物のズボンには、折り目もなく、裾には泥がはねていた。

――なんてざまだ。

いつのまにか唇を噛みしめていた。

あの女の言う通りじゃないか。こんな格好でどうやって上流階級の患者を捕まえようっていうんだ。なんでクリスティンは教えてくれなかったんだ。これはあいつの仕事じゃないか。少なくともエヴァレット婆さんに言われるようなことじゃない。店の名前は、なんて言ったっけ？　コンディット・ストリートのロジャーズか。いいだろう。行ってやろうじゃないか。

気持ちを取り直して、アンドルーは帰路を急いだ。家に帰ると、クリスティンの目の前に、受け取ってきたばかりの小切手を突きつけた。

「見てみろ、クリス。覚えてるだろ、俺が初めて三シリング六ペンスを握りしめて、医院から駆け込んできたときのことさ。ハハ！　俺の言った通りだろ。これこそが本当の収入だ。王立医学会会員で、医学博士が受け取るべき、本物の診察料ってわけだ。間抜けな婆さんの話に適当に付き合って、効きもしないグリッカート社のエプトンを注射してやれば、たちまち十二ギニーというわけだ」

「何の話？」

笑い返そうとしたクリスティンの顔が、不安そうにかすかに引きつった。

「それって、あなたがとても嫌がっていたことじゃないの？」

彼はたちまち顔色を変えた。彼女の言葉は、アンドルーがもっとも気にしていたことを的確に突いていたのだ。だからこそ、彼は怒りを感じた。それも自分にではなく、彼女に対して。

「なんだそれは、クリス！　お前は満足というものを知らないのか！」

彼は乱暴に部屋を飛び出して行き、そのあと一日中、むっつりと押し黙って過ごした。しかし翌日には活力を取り戻し、コンディット・ストリートのロジャーズへ出かけて行った。

第五話　ルロワとフランシス

二週間後、新調した二着のスーツのうちの一着を着て二階から下りてきたとき、アンドルーは、まるで少年のように固く緊張していた。それはロジャーズの薦めでつくった濃いグレーのダブルで、襟元にはスーツに調和した濃い色合いの蝶ネクタイがついていた。コンディット・ストリートの仕立屋は、自分たちの仕事をよく心得ていた。しかもサットン大尉の名前を出したことで、より完璧な仕事になっていた。

　この朝に限って、クリスティンの体調はあまり良くなかった。風邪をひいて喉を痛めていたので、首にスカーフを巻いて、夫の分の珈琲を淹れていた。そこに、輝くばかりの服装で突然夫が下りてきたのである。

　一瞬、彼女は驚いて声も出なかった。

「どうしたの、アンドルー！」

　ようやく掠れた声で彼女は言った。

「とても素敵。どこかへ行くの？」

「どこか？　いつもの往診に行くだけだよ」

緊張のために、その声はかえってぶっきらぼうだった。

「どうだ、気に入った？」

「ええ」

しかし返事が少し遅れたことが、すでに彼には気に入らなかった。

「とても……とても立派……でも……」

微笑みながらクリスティンは続けた。

「なんだかあなたじゃないみたい」

「お前はいつまでも俺を浮浪者みたいにしておきたいんだろうな」

思わぬ返答に、彼女は言葉が出なかった。珈琲カップを持ったその手を、拳が白くなるほど強く握りしめていた。ああ、やっぱりそうかと、アンドルーは思っただけだ。彼は朝食を済ませると、さっさと診察室へ出て行った。

五分後、クリスティンは喉にスカーフを巻いたまま、ほとんど訴えるような目をしてあとを追いかけていった。

「ねえ、アンドルー、お願いだから誤解しないで。あなたが新しい服を着ているのが、本当に嬉しいの。あなたには何でも、本当に一番いいものを何でも持っていてほしいの。さっきはあんなことを言ってごめんなさい。でも私——私いつものあなたの姿を見慣れていたものだから――ああ、説明するのは難しいけど、いつもあなたって……そう、誤解しないで。あなたって、自分の身なりとか、それを人がどう思うかなんて、全然気にしない人だったから。いつか二人で見た彫刻家のエプスタインの頭像を覚えてる？　あの髪型が、急に現代風になったら、同じには見えなくてびっくりするじゃない」

アンドルーはぶっきらぼうに答えた。

「俺はエプスタインの頭じゃない」

彼女はもう答えようがなかった。

この頃の彼は、話をしてわかりあえる相手ではなくなっていた。クリスティンは誤解のたびに傷つき、何と言っていいか見当もつかなくなっていた。彼女は躊躇いながらも、そっと診察室を出て行った。


アンドルーはすぐに、婦人の助言に忠実に従っただけの成果を手にすることになった。しばらくしてエヴァレット婦人の姪がロンドンへやってきて、数週間滞在することになったのだが、その直前にエヴァレットは適当な口実を設けてアンドルーをパーク・ガーデンズに呼び出し、容赦のない目で一通り眺め回したあと、満足げに頷いた。彼女の推薦を受ける資格があるかどうかの試験に、どうやら合格したらしいのである。

翌日、アンドルーは、キャサリン・サットンから往診の依頼を受けた。この姪は叔母と同じ体質のようで、同じ花粉症の治療を希望した。例によってグリッカート社のエプトンを注射したが、もう彼は良心の呵責を感じなかった。その上、サットン夫人に素晴らしい好印象を与えたらしい。同じ月の終わりには、今度はやはりパーク・ガーデンズに屋敷を持つエヴァレット婦人の友人からも往診依頼が舞い込んできた。

アンドルーは歓喜にふるえていた。勝利に勝利が続き、勝ち誇っていた。成功に向けて突き進んでいくような日々の中で、これまでの自分の信念とはいかにかけ離れたことをしているかもわからなくなっていた。虚栄心が刺激され、より機敏で、大胆になっていった。上流階級の診療という雪玉が転がり始めた最初のきっかけが何だったか、もはや立ち止まってじっくり考える暇もない。マッスルバラ市場でハムや牛肉を売っている太った背の低いドイツ人女性のおかげだったということなど、思い返すこともなかった。雪玉はどんどん勢いを増して転がりながら大きくなっていくようで、彼のもとにはまた別の、さらに刺激的なチャンスが巡ってきたのである。

八月に入ったばかりのある午後、診察が始まる前の穏やかな時間、アンドルーが診察室で前月の収支を計算していると、突然電話が鳴り響いた。

「はい、マンスンです」

アンドルーの落ち着いた声に、取り乱して震えた声が返ってきた。

「ああ、マンスン先生！　つながってよかった。ウィンチです。ローリエのウィンチです。お客様にちょっとした問題が起こりまして、来ていただけますか？　すぐ来てもらいたいんですが」

「四分で行きますよ」

アンドルーは受話器を置いて帽子を手に取った。そのまま表を走っていた十五番バスに飛び乗り、四分半後には彼はローリエの回転ドアをくぐっていた。不安げな顔のクラムに導かれて、緑のふかふかの絨毯の上を進み、金緑の鏡などが並んだ長い廊下を抜けて奥に向かった。廊下のそこかしこには仕立屋らしく、小さな帽子やレースのスカーフ、夜会用の毛皮のショールなどが飾られていた。

先を歩くクラムが、急《せ》き立てるような早口で事情を説明した。

「ルロワ嬢のことなんです、マンスン先生。お客様のひとりです。私の担当じゃないのはありがたいことなんですが、いつも問題を起こすお嬢さんなんです。でもマンスン先生。おわかりだと思いますが、私ウィンチさんに先生のことを話していて……」

「助かるよ」

乱暴にアンドルーは遮った。ときには彼も、まだそういう素っ気ない態度をとることがあった。特に患者の話をしているときなどだ。

「何があったんです？」

「なんというか……ああ、マンスン先生。試着室で興奮して、発作を起こしたみたいなんです！」

　大きな階段を上りきったところで、クラムは彼をウィンチ氏に引き継いだ。ウィンチ氏は、取り乱して、廊下をうろうろしているところであった。

「こちらです、先生……こちらへどうぞ。先生ならなんとかできるかと思いまして。大変、非常に、ややこしい事態でして……」

　扉の奥の試着室は、廊下より明るい緑色の絨毯を敷き、壁には金縁の緑色の壁板を貼った、温かみのある空間だった。だが同時に、ささやきあっている女性店員たちやひっくり返った椅子、投げ捨てられたタオル、水をこぼして転がったガラスのコップといったひどい状況が目に入ってきた。そしてそれらの無法地帯の中央で、ルロワ嬢とおぼしき女性が、痙攣《けいれん》発作を起こしていた。

　女性は床に横たわり、両手を硬く握りしめて震わせ、ときどき足を強く痙攣させていた。ふいに絞り出すような恐ろしい呻き声が、強張った喉からほとばしり出た。

「私が悪いんじゃありません！」

　唐突に店員たちの中から泣きながら叫ぶ声が聞こえた。年配の女性店員が嘆願するような目をアンドルーに向けていた。

「私はただ、ルロワ嬢が気に入らないとおっしゃるので、それはご自分で選んだデザインですよとお話ししただけなんです」

「ああ、わかってる、わかってるんだ……」

ウィンチ氏はぶつぶつ言いながら、アンドルーを顧みた。

「これは恐ろしい事態です。すぐに……ああ、すぐにでも救急車を呼びましょうか？」

「いや、それには及ばんでしょう」

アンドルーは淡々と応じて、ルロワ嬢の傍に膝をついた。若い女性である。二十四歳くらいであろうか。青い目に、洗い立ての絹のような美しい髪が帽子から溢れ出ている。そうしている間にも、硬直と痙攣は徐々にひどくなっていた。

アンドルーの向かい側には、ルロワ嬢の友人らしき黒い瞳の女性が跪いていた。

「ああ、トピー、トピー」

そんな風に心配そうに声をかけ続けていた。

「部屋から出てもらえますか」

ふいにアンドルーが言った。

「どなたも、全員です。ただ……」

アンドルーの目は、向かい側の黒い瞳の若い女性を見つめた。

「ただ、このご婦人はここに」

女性店員たちの中には、不満げな顔をしながら出て行く者もあった。ルロワ嬢の発作は今に始まったことではないらしく、ことの顛末を見届けたいと思っているスタッフもいるのだろう。クラムとウィンチ氏も含めて、全員が部屋を出て行った。その途端に、痙攣は一層激しくなった。

「これは非常に深刻な事態です」

アンドルーははっきりと告げた。ルロワ嬢の大きな目が、くるりと彼の方を見た。

「椅子をお願いします」

傍らの女性は、倒れた椅子を起こして、部屋の中央に持ってきた。ゆっくりと、きわめて慎重に、アンドルーは痙攣しているルロワ嬢の脇の下に手を入れ、椅子に座らせた。そして頭をまっすぐに手で支えた。

「では」

アンドルーは相手を気遣うように見返した。

次の瞬間、彼はルロワ嬢の頬を、平手でぴしゃりと音がするほど、激しく殴りつけた。これは彼にとって、これまでの数ヶ月の内でも、そしてこの先の数ヶ月を含めても、もっとも勇気のいる仕事だったかもしれない。

ルロワ嬢の呻き声は止まり、痙攣も収まった。ぐるぐる動いていた目も本来の位置に戻っていた。彼女はびっくりした子供のような顔をして、彼を見返していた。再び痙攣が始まる前に、彼はもう一度反対側の頬を平手で叩いた。ぴしゃりとまた音が鳴り響く。痛みと驚きで目を丸くしたルロワ嬢の顔は滑稽なくらいだった。彼女は呆然としたまま、また呻き声を上げそうになっていたが、やがて静かに声を上げながら泣き出した。そのまま傍の婦人の胸にしがみついていた。

「私、おうちに帰りたい……」

アンドルーは、傍の女性に申し訳なさそうな目を向けた。女性の方は、一連の不思議な出来事に驚きつつも、アンドルーへの興味を抑えきれないように、じっと見つめている。

「すみません」

彼は答えた。

「ほかに方法がなかったのです。ヒステリー発作です。四肢痙攣を伴う厄介なタイプで――。場合によっては怪我をすることもあります。鎮静剤も何も持ってこなかったものですから。とにかく――落ち着きましたね」

「ええ……、落ち着きました」

「泣けるだけ泣かしてあげてください」

アンドルーは言った。

「いい安全弁になります。しばらくすればそれも落ち着きます」

「でも、待って……」

早口で女性は言った。

「家まで送ってください」

思わぬ依頼に、アンドルーはわずかに戸惑ったが、すぐに職業的な口調で応じた。

「承知しました」

五分ほど経つと、トピー・ルロワ嬢はようやく化粧を整えるくらいはできるようになったが、それでもときどき急にしゃくりあげて泣き出すので、ずいぶんな手間がかかった。

「私、ひどい顔してない？　ねえ、大丈夫？」

そう言って何度も友人に問いかけたが、アンドルーには何も言わず、視線も合わせなかった。

やがて三人は試着室を出た。そのまま彼らが、あの緑の絨毯が敷かれた長い廊下を歩いて行く様子は、なかなか感動的であった。驚きと安堵で、ウィンチ氏は声も出ないようだった。いったいどうやったのか、あの苦しみ暴れていた痙攣患者が、ものの数分で、どうして歩けるようになったのか。ウィンチ氏からしてみれば、ほとんど奇跡のように見えたに違いない。氏はなにやら慇懃な挨拶を口にしながら、後に付いてきた。そしてアンドルーが二人の女性の後ろから正面玄関を出て行くときには、熱のこもった手で彼の手を握りしめた。

三人を乗せたタクシーは、ベイズウォーター・ストリートを抜けて、マーブル・アーチの方に走り出した。誰も口を開かなかった。ルロワ嬢は叱られた甘えん坊のように、すっかりすねてしまい、ときどき神経質に、手や頬をぴくぴくと震わせていた。ある程度落ち着いてきたその様子を見る限り、ルロワ嬢は痩せてはいたが、可愛らしい女性であった。身に着けている服も美しかったが、それでもアンドルーには、なにやら一定の間隔ごとに電気で痙攣させられている、毛をむしられた若鶏のように見えた。彼自身、落ち着かない気分で窓の外を見つめつつ、これがまた何かのチャンスにつながるなら利用しようなどと考えていた。

タクシーはマーブル・アーチをぐるりと回って、ハイド・パーク沿いに走り、その先で左に曲がると、やがてグリーン街の一軒の屋敷の前で停まった。屋敷に入って、アンドルーは息を呑んだ。扉ひとつくぐった先には、想像したことさえないほどの、豪奢な空間が広がっていたのだ。滑らかなパインウッドの大広間、翡翠《ひすい》をちりばめた絢爛《けんらん》たる飾り棚、いかにも高価な額縁に収まった見慣れない絵画、赤みがかった金漆《ごんぜつ》の椅子、彫刻入りの大きな長椅子、そして鈍色のなめらかな敷物。

ルロワ嬢は相変わらずアンドルーの存在は無視したまま、繻子織《しゅすお》りのクッションのあるソファに身を投げ出し、帽子をつかんで床に投げ捨てた。

「ねえ、ベルを鳴らして。何か飲みたい。お父様がいなくてほんと良かった」

すぐに男性の召使いがカクテルを持って来た。召使いが去ると、トピーの友人は、気遣うようにアンドルーに目を向けて微笑した。

「自己紹介が必要ですね、先生。あまりに慌てていたものですから――。私はフランシス・ロレンス、それからトピーは……ルロワお嬢さんのことですが、美術団体のチャリティ舞踏会に出るために、自分で特にデザインしたドレスのことから大騒ぎになったんです。彼女、最近ちょっと頑張り過ぎていたみたい。もともととても繊細な人だから。どちらにしても、トピーは先生に対してだいぶ怒ってるみたいですけど、ここまで送っていただいて、とても感謝しています。私、もう一杯、カクテルをいただきますね」

「わたしにも！」

トピーは、まだ拗《す》ねたような口調で言った。

「あのローリエの女、ほんと嫌な奴ね。お父様に電話してもらって、首にしてもらう。ああ、でもやっぱりやめた！」

二杯目のカクテルを飲み終えるころには、トピーの顔にも笑顔が戻ってきた。

「私はあの店に、反省材料を与えてあげたのよ、そうでしょ、フランシス。私はちょっと暴れてやっただけ。あのおばあちゃんみたいなウィンチの顔ったら、ホントに面白かった」

彼女は痩せた肩を揺らせて笑った。アンドルーに向ける目にも、もう敵意はなかった。

「先生も笑ってよ。あんな面白いこと、お金じゃ買えないよ」

「いえ、笑い事じゃありません」

アンドルーは医者として簡潔に、彼女の病状について説明した。

「あなたはかなりひどい発作を起こしたんです。乱暴な手段をとったことは、お詫びします。鎮静剤を持っていればあんなことはしなかったんですが。薬さえあれば、あなたを怒らせることもなかったでしょう。ただわかっていただきたい。私はあなたが故意にああいう発作を起こしたなどとは思っていません。ヒステリーというのは……つまりあれはヒステリーの一種なんですが、これは明確に定義された症候群のひとつです。軽んじてはいけません。精神状態に大きく左右されます。あなたは相当疲れていたでしょう、ルロワさん。極端に神経が過敏になっていて、非常な緊張状態にあったんです」

「まったくその通りです」

　ロレンスが頷いた。

「最近ちょっと頑張り過ぎだったのよ、トピー」

「もしかして、私にクロロホルムを使うつもりだった？」

　トピーは子供のような無邪気さでアンドルーに問うた。

「それなら面白かったのに」

「真面目な話よ、トピー」

　ロレンスが口を挟んだ。

「あなたは少し休まないといけない」

「フランシスはお父様みたいなこと言うのね」

トピーはまたふくれっ面になった。

沈黙が戻ってきたところで、アンドルーはカクテルを飲み終え、背後の彫刻がほどこされたマントルピースの上にグラスを置いた。

彼の仕事は終わったのだ。

「では」

彼は敢えて強い語調で告げた。

「私は仕事がありますので。――どうか私の助言は心にとどめておいてください、ルロワさん。軽く食事を摂って、ベッドに横になること。私にできることは何もありません。明日になったら主治医の先生に診てもらうようにしてください、では失礼」

ロレンスが玄関ホールまで付き添ってきた。その物腰がかなり丁重であったため、アンドルーはせわしく立ち去るわけにもいかなかった。彼女は背が高く、すらりとしており、小さな品の良い顔立ちが印象的だった。美しく波打った黒髪には少し鉄灰色が混じっていて、それがまた不思議な気品を与えていた。かなり若く、二十七歳くらいだと思われた。背は高いが、華奢な体格で、特に手首の辺りはほっそりとしていた。全体的に、フェンシング選手のようにしなやかな肢体を思わせた。彼女は、緑がかった褐色の瞳に、かすかに優しげな笑みを浮かべて、右手を差し出した。

「あなたの新しい治療に、私がどんなに感心したか。これだけはお伝えしようと思っていました」

その唇が、ほのかに和らいだ。

「あの調子で、是非頑張ってくださいね。私にはわかります。あなたはきっと大きな成功を摑みとる人です」

屋敷を出たアンドルーは、バスを拾おうと歩きだした。時計を見ると、いつのまにか五時近くになっていることに驚いた。あの二人の女性に三時間も付き添っていたらしい。そうなると、相当多額の費用を請求できるわけである。しかしその高揚感にもかかわらず、そして新たな素晴らしい機会が巡ってきていることは明らかであるにもかかわらず、奇妙に満たされない感覚が彼を戸惑わせていた。

――自分は貴重なチャンスをしっかりと利用できたのだろうか。

ロレンスは確かに自分に好意を持ったようだ。しかしああいう人たちは、どう変わるかわかったものではない。それにしても、とんでもない豪邸だった。そう思った途端、彼はふいに怒りとともに歯を食いしばった。名刺を置いてくるのを忘れたのだ。それだけでなく、名前すら名乗ってこなかった。腹立ちまぎれに乗り込んだバスは混み合っていた。薄汚れた作業着の年老いた労働者の横に座りながら、彼は、絶好のチャンスを逃した自分を苦々しく責め立てた。

第六話　アイダの医療ホーム

翌朝の十一時十五分ころ、アンドルーが、これからマッスルバラ市場周辺の安い往診患者たちをまとめて回ろうとしていたとき、電話が鳴り響いた。聞こえてきたのは、ひどく丁寧でへりくだった調子の男の声だった。

「マンスン先生でいらっしゃいますか。ルロワお嬢様から、今日は何時に往診していただけるか確認するように言われまして。ああ、申し訳ございません、先生、どうぞそのままで。ロレンス夫人がお話ししたいとのことです」

ロレンスの親しげな声を聞いているうちに、アンドルーは興奮で胸が高鳴るのを自覚した。二人で待っているから、是非往診に来ていただきたいというのである。

受話器を置いたアンドルーは、喜びを隠しきれなかった。昨日の好機は無駄になっていなかった。昨夜は融通の利かない自分を責め立てたが、しかし大丈夫だ。結局うまくやり遂げたのだ。

急患だろうが、なんだろうが、ほかの往診患者はすべて投げ出して、彼はグリーン街の屋敷にまっすぐ駆けつけた。そして、そこで初めて彼はルロワ嬢の父ジョーゼフ・ルロワ氏に出会った。ルロワ氏は、翡翠をふんだんにちりばめた玄関ホールで、じりじりしながら待っていた。頭の禿げたがっしりした体格の人物で、顎の下にはたっぷりと贅肉をたくわえていた。いかにもわずかな時間も無駄にしないといった様子で、盛んに煙草を吹かしながら、まるで外科手術をやる外科医のように、一瞬でアンドルーの全身を鋭く観察し、どうやら満足したように頷いた。彼は植民地訛りを隠しもせず、力強く告げた。

「よろしいか、先生。わしは急いどる。ロレンスが朝から君の居場所を突き止めるというんで、修羅場のように大騒ぎをしておった。君は優秀な若者で、無意味な主張もしないということがわしにもわかった。結婚してるかね？　結構だ。娘を君に預ける。娘を治療し、しっかり鍛えて、あの厄介なヒステリーを二度と起こさんようにしてくれ。何も制限はない。金はいくらでも払う。では頼んだ」

　ジョーゼフ・ルロワはニュージーランド人だった。莫大な財産と、グリーン街の豪邸と、可愛らしく着飾ったトピーがいるにもかかわらず、誰の目にもその出身は明らかだった。

　彼の曾祖父は、グレイマウス港辺りの無学な農場労働者であったマイケル・リアリ一家のひとりで、俗に「貧乏リアリ」と呼ばれていた男だった。ジョーゼフ・ルロワも、始めはジョー・リアリとして世間の荒波に直面した。彼の最初の仕事は、農場での乳搾りであったが、しかし彼自身が言う通り、牛の乳を搾って満足しているような男ではなかった。三十年後、オークランドの高層ビルの最上階で、島の酪農場を巨大な粉ミルク企業と統合する契約にサインしたのは、このジョーゼフ・ルロワであったのだ。

彼が作り上げた「クレモーゲン合同企業」は、魔法のように成長した。この時期、粉ミルク製品は一般的ではなかったし、商業的にも組織化されていなかった。ここに可能性を見いだしたルロワ氏は、子供や病人に適した栄養製剤として、世界市場に売りこんだのである。事業が成功した一番の要因は、ジョーの製品にあるのではなく、彼の大胆不敵な商才にあったと言える。当時、脱脂粉乳は、ニュージーランドの何百もの農場で、そのまま排水溝に捨てられるか、家畜の餌になっていた。それが「クレモーゲン」、「クレマックス」、「クレマファット」などの、華やかなラベルが貼られて、世界中の町で、牛乳の三倍の値段で売られるようになったのである。

企業の共同取締役を務め、英国支社の支配人をしていたのが、フランシスの夫ジャック・ロレンスだった。ちなみに、まったく不合理な話だが、ジャックはこの仕事をする前は、近衛兵を務めていたらしい。ただ、フランシスとトピーとを結びつけたのは、こういった単なる仕事上の関係ばかりではなかった。フランシスは自身でも財産を持っていたし、ときどき育ちの粗暴さが出てしまうトピーに比べて、ロンドンの社交界にもはるかに慣れていたのだが、彼女はこの「わがままルロワ」に不思議なくらい深い愛情を抱いていたのだ。

実際、フランシス・ロレンスは、アンドルーの往診に同席し、この厄介で頑固な患者の相手を穏やかに務めた。そしてルロワの様子が落ち着いてきたあとも、治療を継続するように主張して、次の往診はいつかと尋ねることを忘れなかった。

　アンドルーは、フランシスの配慮に感謝はしていたものの、えり好みの激しい人間だと自認しているこの貴族の女性には、妙な気後れを感じていた。その写真を週刊誌で見るまでもなく、フランシスは上流階級の人間だった。そんな彼女が、なぜ自分などに関心を示すのか……。彼女の大きくて、少し尊大な印象の口元は、親しくない人々へは平然と敵意を示していたが、どういうわけか彼にはその敵意をまったく見せなかったのだ。

　ルロワ邸に足を運ぶうちに、アンドルーは、彼女について、単なる好奇心以上の特別な気持ちで、もっと知りたいと思うようになった。これほど掴み所のない女性に、彼は出会ったことがなかった。彼女が部屋の中を歩いているときの、洗練された手足の動きを見ているだけでも楽しいものであった。一方で、くつろいだ様子で、優雅に親しげに話しているにもかかわらず、慎み深い目の背後にある冷静な心で、すべてを慎重に観察しているようにも見えた。

　この頃になってアンドルーは、車について考えるようになっていた。診察鞄を持ってグリーン街をてくてく歩き、埃まみれの靴のまま、立派な身なりの召使いに挨拶するなど、こんな馬鹿げた話はないであろう。さすがに気軽な買い物ではなかったが、シリングやペンスといったささやかな金額を満足そうに家計簿につけているクリスティンに、わざわざ相談しようとは思わなかった。家の裏にはレンガ造りのガレージがあったから、車の維持費は節約できる。そして、医師専門に車を売る業者があり、支払い条件は相当長くなっても問題ないという話も耳にしていた。

　三週間後、褐色の幌屋根のついた、真新しく黒光りする小型自動車が、チェスバラ・テラス九番地の前に停まった。その流麗《りゅうれい》なデザインのクーペから、アンドルーは軽やかに降り立ち、家への階段を駆け上がった。

「クリスティン！」

　高揚感をかろうじて抑えたアンドルーの声が響いた。

「クリスティン！　ちょっと見においで！」

　彼女をびっくりさせてやろうと思ったアンドルーの思惑は成功した。

「まあ！」

　彼女は外を見て、彼の腕をつかんだ。

「私たちの車なの？　なんて綺麗！」

「そうだろ！　見てみな、塗装部分に触れちゃ駄目だよ。そこは、あとが付きやすいんだ」

　アンドルーはまったく昔の頃のようにクリスティンに笑いかけた。

「驚いただろ、クリス。こっそり買って免許も取ったんだ。お前には何も言わなかったからな。中古のモーリスとは別物さ。さあ乗って。試運転といこう。鳥のように羽ばたくぞ」

帽子をかぶる暇も与えず、アンドルーは彼女を乗せて、辺りを一回りした。彼女はこの小さな車に、ただもう感嘆するばかりだった。四分後、戻ってきたあとも、彼は歩道に立って、この宝物を満足げに見つめていた。クリスティンも、こんなに打ち解けて、わだかまりもない時間を二人で過ごすのは久しぶりだったから、このまま時間が止まってほしいと思ったほどだ。

クリスティンはささやいた。

「これであなたも、移動が楽になるのね」

そう言ってから少し遠慮がちに続けた。

「もしかしたらちょっと郊外の方に、日曜日に森の方に行ってみてもいいかもしれない……、とても素敵じゃない？」

「もちろんだ」

アンドルーは、なかば上の空で車を見つめていた。

「しかしこいつは往診用だからな。適当に乗り回して、泥だらけにするわけにはいかないだろ」

彼はこの颯爽たるクーペが患者に与える印象ばかりを考えていた。

そしてその効果は、彼の予想を大きく超えていた。翌週の木曜日、彼がグリーン街十七番地のガラスと鉄格子でできた重厚な扉から出てくると、まったく偶然フレディ・ハムソンと出くわした。

「やあ、ハムソン」

アンドルーは気さくに声をかけたが、ハムソンの顔を見て、胸が高鳴るのを抑えきれなかった。ハムソンは、一瞬誰だかわからなかったようだが、わかった途端、驚きを露わにした。

「なんだ、びっくりしたぞ。こんなところで何をやってるんだ？」

「患者だよ」

背後の十七番地を目で示しながら、アンドルーは答えた。

「ジョーゼフ・ルロワ氏の娘さんを任されてね」

「ジョーゼフ・ルロワ！」

その感嘆の叫びだけで、もうアンドルーは最高の気分だった。そしていかにも当たり前のように、美しいクーペに手を伸ばした。

「どこへ行くんだ？　どこでも送ってやるよ」

フレディはすぐに我に返ったようだ。もとより、いつまでも狼狽しているような男ではない。実際数秒のうちに、彼は、マンスンに対する評価、すなわちマンスンの利用価値に対する考えに、大変革を成し遂げていた。

「いいね」

彼はにこやかに笑った。

「ベンチング街のアイダ・シュリントンの施設に行く予定だったんだ。いつも健康のために歩いているんだが、お前と一緒なら乗せてもらおう」

ボンド街を走っている間、しばらく二人は無言だった。

ハムソンは真剣に考え込んでいた。彼はアンドルーがロンドンに来たことを心から喜んでいた。というのは、この親友が開業すれば、ときにはクイーン・アン街の彼の診療所に患者を紹介してくれて、診察料の三ギニーが稼げるだろうと思っていたからだ。

しかし今、旧友のすっかり変わった姿は、彼の認識が間違っていたことを示していた。アンドルーは、車を持っている上に、ジョーゼフ・ルロワの名前さえ出してきたのだ。世間を知るフレディは、その名前に、アンドルーよりずっと大きな衝撃を受けていた。しかもアンドルーには理想的な肩書もある。それがどれほど有用であるかは言うまでもない。

抜け目なく将来を見据えたフレディは、もっと積極的にアンドルーに協力するべきだと素早く判断した。ただし、この友人は気難しくて、気まぐれなところがある。慎重にやらなければならない。

「どうだ、俺についてきて、アイダに会っていかないか。知っておいて損はない女性だ。彼女は、医療ホームを――つまり私立の病院を経営しているんだが、ロンドンでもそれなりに名のある施設だ。最新の施設とはいえないが、その点はまあ、ほかも同じようなものだからな。だが相当な金を稼ぎ出している」

「なるほど」

「一緒に来て、患者も診てくれないか。レーバーンという老婦人で、別に危険な患者じゃない。アイヴォリーと俺はときどき検査をしているんだ。お前は肺の専門家だろ。ちょっとついてきて、診察してくれれば、間違いなく喜んでくれる。それに、五ギニーの稼ぎになるぞ」

「ほんとか？　それはなかなかだな。しかし肺ってのは何の疾患なんだ？」

「たいしたことはない」

フレディは笑い返した。

「ただの年寄りの気管支炎ってところだ。お前が診てやれば喜ぶ。これが俺たちのやり方なんだ。つまり、アイヴォリーとディードマンと俺の三人でね。お前も仲間に入るべきだ、マンスン。今は全部は説明できないがな――おっとそこの角を曲がってくれ。しかし俺たちの仕事を見たら、驚くぜ」

アンドルーは、ハムソンが示した家の前で車を停めた。

それは高くて細長い、どこにでもある一般住宅で、明らかに医療施設として建てられたものではなかった。実際、目の前の通りは車や馬車が激しく行き交い、ひどく騒々しい場所で、病人がここで穏やかな時間を過ごせるとはとても思えなかった。神経衰弱など、治すどころか悪化させるだけに違いない。アンドルーは入り口の階段を上りながら、この件をハムソンに問うた。

「わかってるさ、親友」

フレディは率直に同意した。

「しかし医療ホームはどこも似たり寄ったりだ。ウエストエンドの狭い一角に、こういう施設がいっぱいあるんだよ。わかるだろ。便利な場所にあるからこそ、俺たちだって足を運べるんだ」

そう言ってにやりと笑った。

「そりゃどこか静かな場所にあれば、理想的だろうがな。しかし、例えばだ。五分間の診察のために、毎日医者が二十キロも運転するとなったらどうだ。いや、いずれお前も、このウエストエンドの小さな施設の役割はわかってくるさ」

二人は狭い玄関ホールに入ったところで足を止めた。

「医療ホームって場所には、決まって三つの臭いがあるんだ。消毒と調理と排泄物——順序としても論理的だ。ハハ、忘れてくれ、親友。さあアイダに会いに行こう」

フレディが慣れた様子で、一階の事務室に入っていくと、藤色の制服に堅い白帽子をかぶった小柄な女性が机に向かっていた。

「おはよう、アイダ」

フレディは媚びを含んだ明るい声を響かせた。

「また収支計算ですか？」

顔を上げた女性は、朗らかな笑顔を見せた。太った背の低い、血色の良い女性だった。赤味のある顔は、しっかり白粉を塗って、制服の藤色とほとんど同じになっていた。粗野な活力に溢れ、ユーモラスでありながら、不敵な顔つきをしていた。入れ歯は少しずれていたし、白髪混じりであった。なんとなく、賑やかなナイトクラブのママのような印象だ。アンドルーには、彼女が威勢良く経営手腕を振るっている姿が想像された。

それにしてもアイダ・シェリントンの医療ホームは、ロンドンでももっとも有名な施設のひとつであるらしかった。公立の病院と異なり、ここでは料金さえ支払えば、様々な患者の要望に応じるという。おかげで社交界の女性や競走馬の選手、有名な弁護士や外交官など上流階級の半分が、アイダに会いに来ているらしい。ちょっと朝刊を手に取れば、舞台や映画の有名な若い女優が、母のようなアイダの介抱を受けて、無事に虫垂の手術を済ませたというような記事が目に入るというわけだ。

アイダはすべての看護師たちに上品な藤色の制服を着せ、給仕には年二百ポンド、シェフにはその二倍の給与を支払っていた。その分、患者たちに請求する金額は途方もないものであった。個室一部屋、一週間で四十ギニーというのも珍しい金額ではない。その上、薬代のほか、しばしば数ポンド単位で、特別夜間看護料や手術室料などの臨時費がかかるのである。もちろんこれらの話を持ち出すときは、アイダは、多彩な形容詞で彩られた説明を十分に準備していた。経費や手数料でひどく苦しい状況だとか、大変な苦労をしているのは自分の方だとか、色々な言葉で沈黙を埋めるのである。

アイダは若い医者にはひどく愛想がいいので、フレディが冗談交じりにアンドルーを紹介すると、嬉しげに挨拶を返してきた。

「こいつを覚えておいてください。あっという間に、プラザホテルに頼まなきゃいけないくらいの沢山の患者を送り込んできますよ」

「プラザの方が一杯になって、こっちに送り込んできてるよ」

アイダは意味ありげに笑い返し、フレディも声を上げて笑った。

「そりゃ何よりです。ディードマンに言ってやらないといけない。あいつは慌てるかもしれませんね。来いよ、マンスン。上に行こう」

ストレッチャーがぎりぎり入るくらいの、窮屈なエレベーターで二人は五階へ上がった。廊下は狭く、ドアの前にはお盆が出ているし、花瓶の花は蒸し暑い空気の中でしおれかけていた。その先にレーバーン夫人の部屋があった。

六十歳を超えた女性が、枕に上半身を預けて、医師の診察を待っていた。手に一枚の紙を持っていたのは、そこに夜間にあった症状と彼女が聞きたい疑問が書かれていたからだ。アンドルーは老人性の不安神経症だと、即座に診断した。シャルコーが報告したところのいわゆる「紙片病患者」である。

ベッドの傍らに腰掛けて、フレディは声をかけた。脈を取っていたが、それ以外に何かするわけでもなく、ただ話を聞き、陽気な声で安心させただけだった。そして、午後にはアイヴォリー医師が、精密な科学的検査の結果を持って往診に来ると説明し、一緒に来た同僚のマンスン博士は肺が専門だから、診察させてもらっても良いかと尋ねた。レーバーン夫人は喜んだ。診察してもらうのがとても嬉しい様子だ。話の流れで、彼女はもう二年もハムソンの治療を受けていることがわかった。裕福だが身寄りはなく、高級ホテルとウエストエンドの医療ホームのそれぞれに、半分ずつ暮らしているということだった。

「すごいだろ！」

部屋を出た途端、フレディが無遠慮に告げた。

「あの婆さんが俺たちにとってどれだけすごい金鉱か、お前にはわからんかもしれんな。俺たちは彼女から金塊を掘り出してるんだ」

アンドルーは答えなかった。

ここの空気には、何か気の滅入るような不愉快なものがあった。老婦人の肺には、悪いところなど何もなかったのだ。ただ、彼女がフレディに向ける感謝と感激の眼差しが、この胸の悪くなるような不快な事柄を覆い隠しているだけだった。彼は自分を納得させようとした。

――なぜこんなことにこだわるのか？

こんな頑固で堅苦しい態度でいれば、結局いつまで経っても成功を手にすることはできない。だからこそフレディも、それとなく教える親切心から、ここにアンドルーを連れてきてくれたのではないのか。

彼はクーペに乗る前に、ハムソンの手を友情を込めて握り返した。

月末になってレーバーン夫人から、優美な筆跡で書かれた五ポンドの小切手が届いた。そこに添えられた感謝の言葉で溢れた手紙を読んだとき、彼もついに、くだらない良心の呵責を笑い飛ばすことにした。

それからは小切手を受け取ることを楽しむようになった。楽しめば楽しむほど、ますます小切手が舞い込んでくるのだった。

第七話　変わりゆく日々

少しずつ収入の増していた診療は、今ではあらゆる方向に凄まじい勢いで膨張を始めていた。その大きな流れに、アンドルーは激しく押し流されることになった。いわば自分自身の情熱の犠牲に、我が身を捧げることになったのだ。彼はずっと貧乏だった。そして彼の実直にして頑固な信念は、挫折以外の何物ももたらさなかった。ところが今、驚くべき物質的成功という成果が、最近の彼の行動のすべてを正当化してくれたのである。

　先日のローリエの緊急往診後、ウィンチ氏からはひときわ感謝されるとともに、ローリエの大半の若い女性店員たちだけでなく、中堅の年配者たちまで彼の医院に来るようになった。ちょっとした病気が大半だったが、一度来た女性たちは、不思議とたびたび彼のもとを訪れるようになった。彼がにこやかで、活力があり、無駄がなかったからであろう。収入は急上昇した。すぐに彼は家の正面玄関を塗装しなおした。そして、若い開業医の収入を増やすために協力を惜しまない医療機器業者に、様々な器具を注文した。新しい診察台、クッション付きの回転椅子、機能的なワゴン車やその他各種の医療器具を収納するためのガラス戸の付いた白いエナメル製の保管庫……。それらが運ばれてくると、医院と診察室の雰囲気は一新された。

新たに塗り替えられた家や、美しい車、燦然《さんぜん》たる最新の設備などによって、その繁盛ぶりが近隣に広がっていくと、かつてフォイ医師にかかっていたが、その後、足が遠のいていた〝いい患者〟たちの多くも戻ってきた。

家の中をうろうろしながら患者を待つ日々は終わった。午後の診察時間が来ると、医院のベルが鳴り、正面玄関のドアをノックする音が聞こえた。表にも裏にも患者が待っていたから、彼は医院の処置室と、自宅の診察室を駆け回らなければならなくなった。次の一歩は必然的なものだった。時間を節約するために、新しい手を彼は考え出した。

「聞いてくれ、クリス」

ある朝彼は告げた。

「ちょっと思いついたことがある。混み合っている時間に、それでずいぶん助かるんだ。俺が処置室で患者を診ると、すぐ調剤室に戻ってきて薬を用意しないといけない。それだけで五分はかかる。こいつはあまりに無駄だよ。その時間に、診察室で待っている〝いい患者〟をひとり診察できるからね。どうだ、言っている意味はわかるか？　これからは、お前がうちの薬剤師だ」

彼女は驚いて、彼を見返した。

「でも調剤なんて、私全然わからない」

アンドルーの励ますような笑みが応じた。

「心配はいらない。俺がちゃんと調合した薬を、何種類か準備しておくさ。お前はそれを薬瓶に入れてラベルを貼ってくれればいいんだ」

「でも……」

クリスティンは困り果てたような目を向けた。

「私はあなたを手伝いたい、でもねアンドルー。でも……あなた本当に……」

「ほかに方法はないだろう！」

彼女のまっすぐな視線を、アンドルーはほとんど無意識のうちに避けた。そして乱暴に珈琲を飲み干した。

「俺だって、アベラウにいたときは、色々と薬の話はしたさ。でも全部ただの理屈だ。俺は……俺は今は開業医なんだ。それにローリエの女性たちは、みんな貧血症だ。鉄剤を出しておけば、なんの問題もない」

昔なら、クリスティンもしっかりと自分の思いを口にして、反論したに違いない。しかし今は悲しいことに、二人の関係はすっかり逆転していた。もう彼女が彼の気持ちを動かしたり、彼を導いたりする関係ではなくなっていた。先に立って舵を取るのは、彼の方だった。

以後、クリスティンは、診療が忙しい時間帯に、狭い調剤室に立ち、彼が診察室の〝いい患者〟と医院の患者の間を素早く往来しながら、鋭い声で「鉄剤！」とか「利尿剤！」とか「風邪薬！」とか叫ぶのを待つようになった。ときに彼女が鉄剤の備蓄がなくなったことを伝えると、彼は声を押し殺して意味ありげにささやくのだ。

「なんでもいいんだ！　気にするな。薬ならなんだっていいんだから！」

診療時間はしばしば夜の九時半を回ることさえあった。仕事が終わると、二人はかつてフォイ医師が使っていた分厚い帳簿を開いた。ここを譲り受けたときには半分も埋まっていなかった帳簿である。

「すごいぜ、クリス！」

アンドルーは歓声を上げた。

「俺が最初の診療で、わずか三シリング六ペンスを、頼りない小学生みたいに握りしめていたことを覚えてるか。それが今日は――今日は現金で八ポンド以上稼いだんだ！」

彼は、銀貨の山と札束を、南アフリカ製の小さな煙草袋に押し込んで、机の引き出しに入れて鍵を閉めた。その袋は、フォイ医師が金入れに使っていたもので、アンドルーは縁起をかついで、帳簿と同様にそのまま使用していた。

実際、彼はもう開業当初の疑念などすっかり忘れ、古びた診療所を引き継いだ自分の洞察の鋭さに自信さえ抱いていた。

「俺たちも今じゃ、あらゆる意味で一流になったってわけだな、クリス」

嬉しそうにアンドルーが言った。

「収入豊かな診療所、堅実な中流階級とのつながり。そして一流階級の患者も受け入れつつある。どこまで行けるのか、見ていろよ」

十月一日、アンドルーはクリスティンに自宅の家具を一新すると言った。午前の診療が済むと、彼は最近、板についてきた、妙に朗らかな口調で言った。

「今日、ちょっとウエストまで行って来てくれるか、クリス。ハドソンか、もしくはオスリーでも、好きな方でいい。一番の高級店に行って、ほしいと思う家具を全部買ってくるんだ。寝室も、客間も、全部新しくしよう」

アンドルーが笑いながら煙草に火をつける様子を、クリスティンは黙って見守っていた。

「これもまた金儲けの楽しみのひとつさ。なんでもほしいものをお前に買ってやれるんだ。俺を平凡な男だなんて思うなよ。心配するな。クリス。お前は、あの辛い時期を辛抱強くずっと一緒にやってきてくれたんだ。この愉快な時間も、しっかりと楽しまないとな」

「高価な家具とか……立派なスーツとかで？」

痛ましげな彼女の口調に、彼は気付かなかった。

「その通りだ。あの古いリージェンシーのガラクタからは、卒業していい時期だ」

ふいに彼女の頬が赤くなり、目に涙が溢れた。

「アベララウにいたときは、ガラクタだなんて言わなかったじゃない。今だってガラクタじゃない。ああ、あの頃が本当の生活だった、幸せな毎日だった」

言葉を詰まらせながら涙をこぼし、彼女は踵を返して部屋を飛び出していった。それをアンドルーは呆気にとられて見送った。

クリスティンの様子は最近ずっと変だった。不安定で陰鬱で、ときどき突然、不可解な不満を爆発させた。彼は、互いの気持ちが遠ざかりつつあるのを感じていた。そして、二人の間にずっと存在したはずの不思議な結束力や仲間としての強い絆が失われつつあることにも気付いていた。

――だが、自分が悪いわけではない。

アンドルーは眉を寄せた。自分はベストを尽くし、最大限に努力してきたのだ。その努力の結果が、彼女にとって何の価値もないことが腹立たしかった。そしてまた、彼女のこの不合理で不当な態度の意味を、じっくり考えてみる余裕が、彼にはなかった。彼の前には山のような往診リストがあり、しかも今日は火曜日であったから、銀行にも行かなければならなかった。

週に二回、彼は必ず銀行に足を運ぶようになっていた。せっかくの大金を、机の引き出しに貯め込んでおくほど愚かなことはないと思ったからだ。ブライネリを思い出さずにはいられなかった。見窄らしい助手として、アニューリン・リースに馬鹿にされていたことを思えば、この銀行通いは実に愉快なものだった。支店長のウェイド氏はいつも敬意を含んだ温かな笑みで彼を迎え入れ、しばしば支店長室に招くのだ。

「まったくもって先生、お世辞抜きで申し上げますが、実に立派な仕事をしていらっしゃる。我々は、進歩的で、しかも話のわかるバランスのとれた方とご一緒したかったんです。まさに先生、あなたのような方ですよ。ところで、先日お話しした南部鉄道会社の株式の話ですが――」

ウェイドの丁重な態度は、彼の評判が向上し続けていることの一例に過ぎなかった。最近では、近隣の医師たちとクーペですれ違うときには、互いに親しげな挨拶を交わすようになった。医師会の秋の支部例会では、初めての出席のときにはのけ者にされた同じ部屋で、今度は歓迎され、重んじられ、支部副会長のフェリー医師からは煙草を勧められた。

「お会いできて嬉しいよ、マンスン先生」

赤ら顔のフェリーが大げさな声を上げた。

「私のスピーチは聞いてくれたかね？　我々は、今の診療報酬を堅持しなければならん。特に夜間の往診費などは、絶対に譲れんわけだ。この前の晩も、男の子に叩き起こされてな。それも十二かそこらのほんの子供だよ。『すぐ来てください、先生』と言って泣きじゃくるわけだ。『父さんが仕事でいないのに、母さんの具合がひどく悪いんです』と言うんだ。午前二時だよ。しかも、これまで見たこともない子供だ。『いいかい、坊や』と私は言わざるを得なかった。『君のママは、私の患者じゃないんだ。帰って半ギニー持っておいで。そうしたら行ってあげよう』。もちろん、戻ってこなかったよ。まったく先生。この辺りはひどいもんじゃないか」

支部例会のあった翌週、フランシスが電話をかけてきた。優雅に突拍子もないことを言う彼女との会話を、彼は楽しむようになっていた。しかし今日は、夫がアイルランドへ釣りに行っており、自分もあとから行くかもしれないと言ったあと、さりげない口調で、今週の金曜日の昼食に招待したいと告げた。

「トピーも来るし、ほかにひとり二人お客もいます。そう退屈な人たちでもないし、おそらく顔見知りになっておいて、損はないと思うんです」

受話器を置いたアンドルーの胸には、満足と苛立ちの両方があった。クリスティンが招待されなかったことが不快であったのだ。ただすぐに、これは社交場の招待ではなく、仕事上のやりとりなのだと結論づけた。彼は出かけていって、人脈を広げなければならない。特にこういう昼食会に集まるような人々と交際しなければならないのだ。クリスティンがそのすべてに付き合う必要はない。

金曜日になると、彼はハムソンと昼食の約束があると彼女に告げて家を出た。なんとなく落ち着かなかったが、自分がひどい嘘をついているとは考えもしなかった。

フランシス・ロレンスの家は、ナイトブリッジの、ハンス広場とウィルトン・クレセントの間の静かな通りに面していた。ルロワの大邸宅ほどではなかったが、その控え目な趣味が、かえって同じような豊かさを印象づけた。アンドルーは遅れて到着したので、客はもうおおむね揃っていた。トピー、作家のローザ・キーン、旅行家で人類学者のニコル・ワトソンのほか、何人かの著名人たちが集まっていた。中でもダドリー・ランボールド・ブレーン卿の存在は目を引いた。医学博士で王立医学会会員であり、内科医としても高名な上、クレモ乳製品会社の取締役も務める人物だ。

　アンドルーの隣に座ったソーントン夫人は、レスターシャーに住んでいて、定期的に社交を楽しむためにロンドンに出てきては、ブラウンホテルに滞在するのだと話した。彼も今では、わずらわしい挨拶やおしゃべりという試練にも落ち着いて耐えられるようになっていた。ローディーンにいる彼女の娘がホッケーで足に怪我をして、とても心配だという夫人の話も、ゆったりと余裕をもって聞いていた。

　ソーントン夫人に対しては、熱心に話を聞いている振りをしながら、アンドルーは周囲の機知に富んだ上品な会話にも耳を澄ませていた。ローザ・キーンの辛辣な冗談や、ワトソンが最近決行したパラグアイ探検の魅惑的な話などが聞こえていた。フランシスが、話が途切れぬように自然に口を挟みながら、同時に、隣のランボールド卿の勿体ぶった話にも適度に合わせていく手際には、驚嘆を禁じ得なかった。一度か二度、そういう彼女の、なかば微笑みながら、物問いたげな視線が自分に向けられたのを彼は感じた。

「いや、むろん」

ワトソンが苦笑交じりに、自分の冒険譚の結末を語った。

「一番参ったのは、家に帰り着いた途端、インフルエンザにかかったってことですよ」

「ほう！」

ランボールドが答えた。

「あなたも、あれの被害者でしたか」

咳払いとともに、立派な鼻に載せた鼻眼鏡をなおして、彼は一同の注目を集めた。ランボールド卿にとってはこんな立場も慣れたものであろう。彼は、もう何年も多くの国民の注目を集め続けてきたからである。

　四半世紀前、腸管のある部分が無用なだけでなく有害であるという発見によって、人類を驚愕させたのが、このランボールド卿であった。多くの人々が慌ててこの危険な部分の切除手術に駆け込んだ。卿自身は、この人々に含まれなかったが、ランボールド・ブレーン切除と名付けられたこの手術によって、栄養学者としての彼の名声は確固たるものになった。以後、彼は常に第一線で活躍し、糠食、ヨーグルト、乳酸菌などを国民に紹介して成功し続けた。さらに「ランボールド・ブレーン式咀嚼法」を発明した上、多くの会社の取締役になり、有名なレストランチェーンであるレイリーのメニューも考案して、次のような宣伝文句を添えていた。「紳士淑女諸君！　医学博士、王立医学会会員のランボールド・ブレーン卿が、皆様のカロリーを調整してくれます」

真摯に診療している医者たちの間では、何年も前から、この人物を医師名簿から削除すべきだという苦言がささやかれていた。しかしこれに対する返答は明確だった。「ランボールド卿の名前が載っていない名簿に、なんの意味がある？」

卿は今、フランシスに父親のような視線を向けながら、話しかけていた。

「最近流行している感染症のもっとも興味深い特徴のひとつは、なんといっても、クレモーゲンが驚くべき治療効果を発揮するということですな。先週も会社の会議で、この件について話したばかりなんだが、我々は、さよう！　インフルエンザの効果的な治療薬を持っていない。かかる状況で、この恐るべき病気の侵入を食い止める唯一の手段は、この疾患に対する防衛力、つまり免疫力を強化する以外にないわけだ。そして――こいつは自画自賛してもいいと思うんだが――我々はモルモットではなく、人間を用いてだね、クレモーゲンには人類の免疫力を活発にする劇的な効果があることを証明したのですよ」

ワトソンは意味ありげな笑みをアンドルーに向けた。

「あなたはクレモーゲンの製品のことをどうお考えですか、先生」

ふいの質問だったので、アンドルーは率直に答えた。

「クレモに限らなくても、脱脂粉乳ならどれも健康にいいですよ」

ローザ・キーンは我が意を得たりとばかりに、声を上げて笑った。フランシスも笑っていた。ランボールド卿は慌ただしく話題をそらし、最近の北部医師連盟の賓客としてトロサックスへ出向いたときの話を始めた。

この件を除けば昼食会は和気藹々《あいあい》とした空気で進み、アンドルーも結局自由に会話を楽しんだ。彼がそろそろ退室しようとしたところで、フランシスが歩み寄ってきた。

「あなたは本当に素晴らしい人ね」

彼女はささやいた。

「診察室にいらっしゃらなくても……。ソーントン夫人は、あなたの話ばかりして、珈琲を飲むことさえ忘れていたみたい。なんとなく予感はしていたけど、あなたは彼女を、上手に自分の患者にしてしまった――先生たちは、そんな言い方をするんですよね？」

いつまでもその声が耳に残っていた。いずれにしても十分な収穫はあったし、別にクリスティンに気を遣うようなことも起こらなかったと、アンドルーは何食わぬ顔で帰宅した。

しかし翌朝の十時半ころ、彼は唐突なニュースに驚かされた。フレディ・ハムソンが面白そうに電話してきたのだ。

「昨日の昼食会は楽しかったか？　なんで知ってるかって？　間抜けだな、朝のトリビューン紙を見ていないのか？」

アンドルーは慌てて待合室へ駆け込んだ。いつも新聞は、クリスティンと彼が読み終えると、ここに置いておくことになっていたのだ。トリビューン紙は、大衆向けの日刊の写真新聞だ。それに目を通して、彼は目を見張った。どうして見逃したのか。社交界のゴシップばかり扱ったページに、フランシス・ロレンスの写真と昨日の昼食会の記事があり、そこに彼の名前も客人のひとりとして載っていたのだ。

彼は舌打ちしながら、そのページだけ引き抜くと、丸めて握りしめてから、暖炉の火の中に投げ込んだ。

――クリスティンはこの記事を読んだだろうか？

彼は苛立ちとともに顔をしかめた。もちろんこのろくでもない記事を見ていない可能性もあるが、それは確かめようもない。彼は腹立たしさを抱えたまま診察室に戻っていった。

しかしクリスティンは、その記事を読んでいたのである。

朝、記事を目にしたクリスティンは、一瞬の当惑ののち、胸の奥に鋭い痛みを感じた。

――なぜ彼は言ってくれなかったのか？　なぜ？　あのくだらない昼食会に行ったとしても、自分は何も気にしなかったのに……。

彼女はなんとか落ち着こうとした。こんな些細なことに、悩んだり苦しんだりする必要はないはずだ。しかし彼女は胸に痛みを抱えたまま、この出来事の意味することが、けして些細なものではないと感じていた。

アンドルーが往診に出て行くと、クリスティンもまた家の中の仕事に取りかかろうとした。しかしできなかった。彼女は重い憂鬱を抱えたまま、診察室へ行き、そこからまた隣接する医院へと彷徨うように歩いた。なかば呆然としたまま、掃除にとりかかった。処置室の机の横に古い医療鞄が置かれていた。それは最初に彼が持っていたものだ。ブライネリでは往診時にいつも傍にあり、突然の事故で坑道に呼ばれたときも持って行った鞄だった。

ふいに懐かしくなって、彼女は鞄に触れた。今の彼は新しい鞄を持っており、古いものよりはるかに立派だった。いわばそれは、彼が今すべての情熱を傾けている新しい診療の、つまり彼女が危ぶんでいる今の事態の、ひとつのシンボルだと言っていい。この胸の内の不安を、たとえ彼のためだと思って打ち明けても、もはや意味がないことが彼女にはわかっていた。今では、彼女が何か言葉を口にすると、たちまち口論になってしまう。おそらくそれは彼自身、矛盾を感じている証拠なのだろう。自分に何ができるのか。クリスティンは鞄を見つめたまま、しばらく身動きもできずにいた。

その日は午前中の買い物に、ベネットの娘のフロリーを一緒に連れていってあげる約束をしていた。フロリーは朗らかな少女で、クリスティンも可愛がっていた。綺麗に身支度をしたフロリーが、母親に連れられて地下室から上がってきて楽しげに待っている様子が、彼女にも聞こえてきた。ようやく我に返ったように彼女は顔を上げた。

新しいワンピースを着た少女の手をとって外の空気に触れると、クリスティンの気持ちも少し明るくなった。市場を歩き、知り合いの店主たちに話しかけ、果物や花を買い、特にアンドルーが喜ぶ物は何かないか探したりもした。しかし心の傷はふさがらなかった。

――なぜ話してくれなかったのか。

そしてなぜ、自分は昼食会に行けなかったのか。

彼女はアベララウで、初めてヴォーン家に行ったときのことを思い出した。彼を一緒に連れて行くために、とても苦労した思い出だ。今では、どれほど立場が変わってしまったことか。これは自分の責任なのだろうか。クリスティンは思い悩んだ。自分が殻に閉じこもるようになり、社交的ではなくなってしまったのだろうか。そうは思えなかった。今でも人の集まりは好きだったし、相手の名前や肩書などに関係なく、人と知り合いになることは好きだった。ヴォーン夫人との友情は、今も定期的な文通で続いている。

しかし確かに彼女は傷つけられ、軽んじられてはいたが、一番の心配は自分のことよりも夫のことだった。裕福な人も、貧しい人と同様に病気になるのだから、彼が、アベララウのセファン・ストリートで活躍したあの頃と同様に、ロンドンのグリーン街でも存分に活躍できることはわかっていた。そしてまた、今でも彼に、ゲートルを巻いて泥まみれになったり、中古バイクにまたがって必死で走り回ったりするような、高潔な努力を求めているわけでもなかった。それにしてもあの頃の、彼の純粋で眩いばかりの理想主義は、本当に素晴らしいものだった。その澄み切った白い炎は明るく二人の生活を照らし出していた。その炎はしかし、今では黄色く濁り、ランプのガラスも煤けて汚れてしまっていた。

クリスティンは、フラウ・シュミットの店に入るときには、額から苦悩の皺を消し去ろうと努めたが、女主人の鋭い目はしっかりと見抜いていた。

「ちゃんと食べていないでしょ、奥さん」

すぐにフラウ・シュミットが口を開いた。

「いつもとずいぶん様子が違いますよ。今じゃ、車もお金も、なんだってあるんだから、ほら、味見してみて。美味しいですよ」

女主人は、細長い包丁を取り出し、店でも評判のハムを切り分けて、柔らかなパンに挟んでサンドイッチにすると、その場でクリスティンに食べさせた。フロリーにはアイスケーキを出してやりながら、フラウ・シュミットは話し続けた。

「それからリプタウアも持っていくでしょ。先生は、このチーズをもう何ポンド食べたか知りませんけど、本当に飽きないみたいですね。いつか先生に、うちの窓に貼る推薦文を書いてもらわないといけませんよ。『私が有名になったのは、ここのチーズのおかげです』ってね」

くすくす笑いながら、フラウ・シュミットは彼女が出ていくまで話し続けた。

二人が外に出ると、以前から親しくしている警官のストラザーズが交通整理をしているのが見えた。往来の激しい通りであったから、クリスティンは今にも飛び出しかねないフローリーの腕を押さえ、ストラザーズが通っていいと合図するまで縁石に立って待った。

「いつでも車には気を付けるのよ」

手を握ったまま、クリスティンは注意深く告げた。

「あなたが車に轢かれでもしたら、お母さんがどんな気持ちになるか考えないとね」

フロリーはまだケーキのかけらをもぐもぐやっていて、そんな言葉も冗談半分に聞いていた。

家へ戻ってくると、彼女は買い物袋を開き、玄関へ行って、買ってきた菊の花を花瓶に飾った。そんなことをしているうちに、また悲しい気持ちが戻ってくるのだった。

ふいに電話が鳴り響いた。

電話を取りに歩き出した彼女は、すっかり元気がなくなっていた。しかし数分の会話ののち、電話を切ったときには、その目は明るく輝いていた。思わぬ朗報が、陰鬱な空気を吹き飛ばしてくれたのだ。

舞い込んできたニュースは、アンドルーにとって、いや二人にとって、とても重要なものだった。今の安易な成功がもたらした毒に対する毒消しとして、これほど適した話は考えられなかった。しかもそれは、彼に進歩をもたらすものであり、同時に真の一歩を踏み出す絶好の機会と、クリスティンには思われた。彼女は幸福で、居ても立ってもいられず、何度ももどかしげに窓の外に目を向けた。

アンドルーの車の音が聞こえると、彼女はもう抑えきれなくなって、玄関ホールまで迎えに出て行った。

「アンドルー！　さっきね、ロバート・アベイ卿から電話があったの。ご本人が直接電話をしてくれたのよ」

彼女を見て、一瞬、良心の呵責に目を伏せたアンドルーは、しかしアベイの名を聞いてすぐに顔を上げた。

「ほんとか？」

「そうなの！　ご本人が電話してくれて、あなたに話したいって。私があなたの妻だってお話ししたら……ああ、とても優しい方ね、それでね！　ああ！　これじゃ何を言ってるか自分でもわからない。あなたね、ヴィクトリア呼吸器病院の外来担当に任命されるんだって。それもすぐに！」

彼の目がゆっくりと見開かれた。興奮ですぐには声が出なかった。

「ああ……、それは最高の知らせだ、クリス」

「そうよね、そうよ！」

彼女は大喜びで答えた。

「また、本当の仕事ができるのよ。研究もできる。鉱労局で、あなたがやりたくてもできなかったことが全部……」

彼女は両手を伸ばして、彼の首に飛びつき、しっかりと抱き締めた。

アンドルーは彼女を見下ろしたまま、その愛情、その惜しみない献身的な気持ちに、言葉もなく立ち尽くしていた。感動とともに、胸の奥に痛みが走り抜けた。

「お前は本当に優しいんだな、クリス！　それなのに……それなのに俺はまったくろくでなしだ」

第八話　ヴィクトリア呼吸器病院

翌月の十四日からアンドルーはヴィクトリア呼吸器病院の外来診療部に通い始めた。彼の業務は、火曜日と木曜日の午後三時から五時の外来だった。診療時間はアベララウにいたときと同じだったが、患者は、彼の専門の呼吸器疾患に限られていた。もちろん彼が密かに、そしておおいに誇りにしている通り、彼の肩書は、いまや医療組合の助手ではなく、ロンドンでも最古にして最大の名声を持つ病院の、名誉ある医師であった。

ヴィクトリア病院は確かに古い病院だった。テムズ川にほど近い網の目のように道路の入り組んだバタシー地区にあり、夏でもわずかしか日光が当たらず、冬になれば、そのバルコニーは、患者をストレッチャーに載せて歩いている間にも濃い川霧に包まれてしまうような場所である。陰気で荒れた正面玄関には、大きなプラカードが立てられ、赤と白のペンキで「ヴィクトリア病院は崩壊の危機にあり」と書かれていたが、それは指摘されるまでもなく、一見して明らかだった。病院の建物の一部分は、十八世紀の恐ろしく古い建築なのである。それを誇示するかのように、一七六一年から一七八三年まで、ここに勤めていた名誉ある医師リンテル・ホッジズが使った乳鉢と乳棒が、誇らしげに玄関ホールのガラスケースに展示されていた。壁は一風変わった濃いチョコレート色で塗装され、でこぼこした廊下は、掃除は行き届いていたものの、換気が悪いためにいつも湿気がこもって、どの病室もかび臭かった。

勤務初日アンドルーは、ユーステス・サラグッド医師に連れられて、院内を回診した。サラグッド医師は、陽気で几帳面な五十歳の外来部長で、背は高くはないが、灰色のカイゼル髭を蓄えた、英国国教会の教区委員のような人物であった。彼はこの病院に自分の病棟を持っており、伝統的な医療制度によって、アンドルーともうひとりの若手医師であるミリガン医師に対して、「責任ある立場」ということになっていた。そして面白いことに、その古びた制度についても、彼は博識だった。

院内を一通り回ったあと、サラグッドはアンドルーを地下にある細長い医局に連れて行った。まだ四時だったが、すでに電灯がついていた。鉄格子の入った暖炉ではしっかり火が燃え立ち、リンネル張りの壁には、この病院の著名な医師たちの肖像がかかっていた。特にリンテル・ホッジズ医師の、鬘をつけた丸顔の肖像画は、暖炉の真上の名誉ある位置にかけられていた。この由緒ある過去の遺物に、サラグッドは深い敬意を払っているらしかった。

アンドルーはそこで、若い医師たちと一緒に、香り豊かな紅茶やバターをたっぷりと塗った焼きたてのトーストを食べた。医師たちは、皆好感の持てる若者だった。彼らがサラグッド医師や自分に敬意を払う様子を見ていると、ほんの数ヶ月前、患者を病院へ入院させようと必死になり、同じ年頃の「生意気な若僧」たちと何度も衝突したことを思い出して苦笑せざるを得なかった。

　彼の隣に座っていたヴァランスという青年は、アメリカ合衆国のメイヨ兄弟の下で、一年間研究してきたという人物だった。アンドルーは彼と、メイヨの有名な診療所や医療制度などについて話していたが、やがてふいに興味をそそられて、アメリカ滞在中にスティルマンの名前は聞かなかったかと尋ねた。

「ええ、もちろん知ってます」

　ヴァランスは答えた。

「向こうでは、多くの人が彼のことを高く評価しています。医師免許は持っていませんが、非公式ながら、大なり小なり、皆彼のことを認めています。驚くべき研究実績がありますからね」

「彼の診療所には行ったことはあるかい？」

「いいえ」

　ヴァランスは首を振った。

「オレゴンはさすがに遠くて行けませんでした」

　アンドルーは少し口をつぐんだ。話してよいかどうか迷いがあったからだ。

「私は、その診療所はかなり注目すべきものだと思っているんだ」

迷いつつも控え目に、彼は続けた。

「偶然だけど、スティルマンとは数年前から文通していてね。私がアメリカ衛生学会に投稿した論文に最初に手紙をくれたのは、彼だった。診療所については写真も見たし、細かい中身も知っている。患者を治療するには、これ以上はないほど理想的な施設だよ。標高の高い場所で、松林に囲まれていて、隔離も十分、ガラス張りのバルコニーもある。特別な空調装置のおかげで冬でも温度や衛生管理が完璧だ」

いつのまにか周りの会話が途絶え、自分の声がテーブル全体に響いているのに気付いて、アンドルーは慌てて口をつぐんだ。

「ロンドンの現状を考えると、とても実現不可能な理想のようだね」

サラグッドが乾いた笑いを浮かべていた。穏やかな態度ではあったが、口調には厳しさが含まれていた。

「ロンドンの医者はね、いつでもこのロンドンという場所でできる限りのことをやってきたんだよ、マンスン先生。君の言うような特別な施設は持っていないかもしれん。しかし、私は敢えて言っておくがね。我々の堅実で、長い間積み上げてきた経験は——もちろんめざましい進歩とは言えんかもしれんが——同じくらい立派で、継続的な成果をもたらしてくれとるんだよ」

アンドルーは目を伏せたまま沈黙した。

彼も多くの手厳しい経験を積み上げて、自制心というものを身につけていた。今日、初めて来たばかりであるし、それにサラグッドもここでアンドルーを批判するつもりはないようで、自然に楽しげな会話に戻っていった。話題は吸い玉療法になっていた。サラグッドは、医学史を調べることを趣味にしているようで、民間療法から古代ロンドンの理容師が外科医を兼ねていた話まで、相当造詣が深いようだった。

一同が立ち上がるころ、サラグッドは楽しげに話しかけてきた。

「私は実際の吸い玉療法の治療セットを持っているんだ。いずれ見せてあげよう。吸い玉療法が廃れてしまったのは残念だよ。あれは確かに炎症を抑える効果があるからね」

若干、雲行きの怪しいときもあったが、基本的にサラグッドは思いやりがあり、頼もしい上司であることは確かだった。

彼は優れた内科医であり、その診断は正確で、いつも喜んでアンドルーを回診に伴った。しかし最新の治療法についてはきわめて懐疑的で、ときには腹を立てて拒絶した。ツベルクリン注射も、まだ十分に効果が証明されていないといって相手にせず、人工気胸療法もほとんど現場に導入していなかった。肝油や麦芽をほとんどの患者に処方していることと、対照的であった。

いずれにしても、仕事が始まればそんなことは関係なかった。何ヶ月も滞っていた研究も、ようやく再開できるのだ。彼はたちまち、昔と同じ情熱と興奮をもって、仕事に取りかかろうとした。

珪肺症に伴う結核病変を研究しているうちに、必然的に彼は、肺結核そのものに関心を向けるようになっていた。まず彼は、大まかではあるが、フォン・ピルケ反応に関連した、結核初期の身体病変の調査を計画した。サラグッドの有名な麦芽エキスの恩恵に与ろうと、多くの母親が栄養不良の子供たちを連れてきたので、研究のための症例は豊富だったのである。

しかし奇妙なことが起こった。

懸命に研究を進めようという努力にもかかわらず、彼はまったく仕事に没頭できなかったのである。あの粉塵曝露の研究のときに自然に湧き起こった情熱は戻ってこなかった。あるかないかもわからない不明瞭な初期病変を拾い上げるためには、多大な集中力を要する。しかもひとりの患者から詳細に、そして正確に所見を取るためにはどれほど多くの時間がかかるのか、彼ほど理解している者はいないだろう。しかし今の彼は、あまりに多くの事柄に心を奪われていた。診療所には沢山の大事な患者を抱えていて、往診もあり、病院の外来もある。すべてをこなせるはずもなかった。やがて彼は、ひとつの論理的な結論に落ち着いた。わかりやすく言えば、「これは無理だ」という結論である。

病院の外来はというと、貧しい患者たちは、彼に多くを求めなかった。前任者はどうやら粗暴な男だったらしく、アンドルーが、穏やかに処方し、ときどき冗談のひとつも飛ばしてやれば、彼はもう疑いもなく人気者だった。同僚のミリガン医師ともうまく付き合っていた。そして、いくらもたたぬうちに、定期的に来る患者たちにはミリガンと同じ方法で対応するようになっていた。すなわち、診療が始まると、彼は患者たちをまとめて机の前に呼び入れ、すばやく彼らの処方箋に頭文字で署名する。そして、ラテン語で「前回と同処方」を意味する「Rep.Mist」と書き殴るのである。自分がかつて、この古典的なフレーズをどれほど嘲笑していたかなど、思い出す暇もなかった。

　こうして彼は、名誉ある病院勤務医師の道を、立派に歩むようになっていった。

第九話　旧友の帰還

ヴィクトリア病院へ勤め出して六週間後のある朝、彼はクリスティンと朝食を摂っているときに、マルセイユの消印のある手紙に気が付いた。封を切って開いたアンドルーは、信じられないといった様子で目を見開いた。

「デニーからだ！　やっとメキシコにも飽きたんだよ！　落ち着くために戻ってくるって言ってる。顔を見ないと信じられないけどな！　でもまた会えるみたいだ。向こうに行って、どれくらいになる？　ずいぶん前だよな。中国経由で帰ってくるらしい。そこに新聞があるだろう、クリス。オレタ号がいつ入港するか見てくれ」

この突然のニュースには、彼女も同じくらい喜んだ。しかし理由はずいぶん違っていた。クリスティンは、夫を守りたいという、母性愛にも似た強い愛情を持っていた。彼女はずっと以前からデニーのことを、そして、若干それよりは小さいがホープのことも、夫に良い影響を及ぼす人だと感じていた。一方で、最近の夫の変わりようには、一層不安と警戒を募らせていた。そのためこの手紙を見た彼女の頭にはたちまち、三人が一緒に会えるようにする計画が閃いたのである。ただし彼女がその計画をはっきり口にしたのは、オレタ号がティルベリーに入港する前日であった。

「あなたさえ良ければだけど、アンドルー」

クリスティンは、何気ない口調で話しかけた。

「来週ちょっとした夕食会を開きたいと思うの。あなたとデニーとホープの三人だけで」

彼はちょっと驚いて見返した。最近、二人の間にぎこちない空気がわだかまっていることを考えると、こんな話を彼女がすることは意外だったのだ。

「ホープは多分ケンブリッジだ。だからデニーと俺と、どこか外で会うのがちょうどいいかと思っていたんだが」

「でもせっかくだから、この家に来てもらうのがいいんじゃない？」

そんな言葉に、アンドルーが反対する理由はなかった。

「そうだな。でも日曜日にしよう。みんなにとっては、その方が都合がいいはずだ」

アンドルーは手帖を開きながら、嬉しそうに頷いた。

かくして迎えた週末の日曜日に、予定通りデニーがやってきた。

以前より一層体格はずんぐりとして、顔は煉瓦色に日に焼けていた。いくらか年齢は感じさせたが、気難しさは減って快活になっていた。しかし最初の挨拶からして、相変わらずのデニーだった。

「とんでもない豪邸だな。住所を間違えたのかと思った」

そしてわざわざ厳粛な顔をクリスティンに向けて、

「この立派な服を着た紳士が、マンスン先生なのか？　わかっていたら、カナリアの籠でも下げてきただろうに」

ぼやきながら席についたが、彼は酒は断った。

「やめたんだ。今じゃライムジュースの世話になってる。おかしいかもしれんが、俺もちょっとは落ち着いて、生活を立て直そうって思ってな。もう十分に世界を渡り歩いてきたんだ。このろくでもない国でも好きになるには、外国へ行くのが一番だな」

アンドルーは、生真面目に友情を込めて口を開いた。

「本当に落ち着くべきだよ、デニー。君ももう四十に近いじゃないか。君ほどの優秀な人間が……」

「気取るなよ、大先生」

デニーは眉の下から鋭くアンドルーを制した。

「俺だって何も考えていないわけじゃない。近いうちに、面白いことをお目にかけるさ」

そう言って彼は、部屋と食事つきで年俸三百ポンドの南ハートフォードシャー病院の外科医に任命されたことを話した。無論、一生をそこで終えるつもりではないが、向こうに行けば手術も相当経験できるから、さらに技術を鍛えられる。そのあとのことは、またそのとき考えるという話だった。

「なんで俺にそんなポストをくれたのかはわからんがね。きっとほかの誰かと間違えたんだろうよ」

「それは違う」

アンドルーが素早く遮った。

「君は医学博士号を持っているだろう。その一流の肩書があれば、どこだって通用するんだ」

「どうしちまったんだ、こいつは？」

デニーはクリスティンに呆れたような目を向けた。

「俺といっしょに下水道を吹き飛ばした奴には見えないぜ」

そんな会話のさなかにホープが到着した。デニーとホープが顔を合わせるのは初めてだったが、五分もあれば互いを理解するのに十分だった。夕食が始まると、二人はマンスン大先生に気を遣うこともなく、愉快に楽しみ始めた。

「いいか、ホープ」

デニーがナプキンを広げながら、さも悲しげな口調で言った。

「お前さんは、ここの食事に期待をしちゃいけない。ああ、絶対に駄目だ！　俺はずっと昔から、この二人を知ってるんだ。大先生が、ウエストエンドで偉そうな顔をする前からな。

この二人はモルモットにまともな食事を出さなかったって罪で、住んでいた家から放り出されたことがあるんだぜ」

「大丈夫です。僕はいつもポケットにベーコンを入れてるんですよ」

　ホープが生き生きと切り返した。

「この前のキッチェンゲンガ探検で、ビリー・ボタンから教わった習慣なんですけどね。でも今日に限って忘れてきちゃいました。なにせ急な招待に慌てていて、キッチンを探検している暇もなかったんです」

　食事の間中、ずっとこんな調子だった。デニーがいるおかげで、ホープはいつも以上に楽しくふざけている様子だった。しかしそれも段々と落ち着いて、色々な話をするようになった。デニーは南米での経験を語り、ひとつ二つ黒人に関する笑い話を持ち出して、クリスティンを笑わせた。ホープは、鉱労局の近況を報告した。ウィニーがとうとう、長い間盛んに訴え続けてきた筋肉疲労の研究を開始させることに成功したという。

「僕が今やらされているのが、その案件なんです」

　ホープは苦い顔で肩をすくめた。

「でも奨学金の義務年限もあとわずか九ヶ月ですからね。それが終わったら、何か始めようと思っています。老人たちに見張られながら、他人のアイデアにこき使われるのは、もうごめんです」

彼は急に下品な口まねで、

「『乳酸値はどれくらいになったかね、ホープ君』。僕は自分で何かやりたいんですよ。小さなものでもいいから、自分の研究室がほしい！」

そしてクリスティンが望んでいたように、話題はあっという間に医療の方に転がっていった。食事に期待するなと言っておきながら、デニーはホープとともに、二羽のカモを骨までしゃぶって食べつくした。食後の珈琲になっても、クリスティンはその場に残ると言って聞かなかった。ホープが「ご婦人には聞くに堪えないような下品な言葉が出てきますよ」と言っても、彼女は食卓に両肘をつき、両手に顎を載せて、アンドルーの顔に真面目な目を向けたまま、じっと静かに聞き入っていた。

最初アンドルーは、堅くぎこちない顔をしていた。デニーに会えたのは嬉しかったが、この旧友が彼の成功に無関心で、たいして敬意も払わず、いくらか嘲笑するような気配さえあるのが不満だった。ともかく自分は、独力でここまで成功したのだ。それに対してデニーはどうだ。デニーは何を成し遂げたというのか？　ホープがくだらない冗談で割り込んできたときなど、彼は思わず、「人の金で勝手に騒ぐな」と大声を出しかけたくらいであった。

しかし、話題が医療の専門的な領域に踏み込んでいくと、いつのまにか彼もかつての情熱を呼び覚まされていた。しばらくは黙って耳を傾けていたが、やがて二人の空気が伝染し、話題が病院の医療体制に移ると、熱のこもった声で話し始めた。

「この件については、言いたいことがあるんだ」

アンドルーは大きく煙草の煙を吐き出した。それは安いヴァージニアの嚙み煙草ではなく、デニーの目に浮かぶ嘲笑も無視して、わざとらしく小箱から取り出した、高価な葉巻である。

「制度全体がもう時代遅れなんだ。俺だって、自分の勤めている病院を否定しようってわけじゃない。ヴィクトリア病院のことは気に入っているし、十分に立派な仕事をしているとは思う。けれど制度には問題がある。善良なる英国国民は、無知だから耐えていられるだけなんだ」

アンドルーは、葉巻を握りしめたまま声に力を込めた。

「例えば道路と同じようなもんだよ。老朽化しても無秩序に放置されている。実際、ヴィクトリア病院は崩壊寸前だ。ヴィクトリアだけじゃない。セント・ジョーンズ病院も――そしてロンドン中の公立病院の半分が崩れそうになって、悲鳴を上げている。それに対して、俺たち医師は何かやっているか？　寄付金で小銭を集めている。病院玄関に掲げた広告のおかげで、いくらかは入るだろう。『ブラウン・ビールは最高！』ってやつだ。でもそんなに世の中は甘いものか？　もちろんヴィクトリア病院も、運がよければ十年くらいのうちに、新しい病棟を建て増したり、看護師の寄宿舎を建て直すこともできるだろう。しかし、看護師たちがどんな場所で寝ているか、一度は見ておいた方がいい。崩れかけている「荒屋《あばらや》」に、少しばかり継《つ》ぎ接《は》ぎをしたところで何になる。だいたい、ロンドンみたいな喧噪と霧に包まれた都会の真ん中に、呼吸器専門病院なんか設置して、何の役に立つというんだ。くそっ、まるで肺炎患者を炭鉱に放り込むようなものじゃないか。いや、どこの病院も——病院だけじゃなく私立の医療ホームも似たようなものだ。交通渋滞のど真ん中にあって、地下鉄が通れば建物は震えるし、バスが走るたびにベッドはガタガタ揺れるんだ。あんなところに入ったら、健康な俺だって、毎晩、眠剤を飲まないと眠れるもんじゃない。考えてみてくれ、でかい手術が終わったばかりの患者や、髄膜炎で四十度も熱が出ている患者たちが、あのひどい騒音の中に寝かされているんだぞ」

「なるほど、で、改善策はあるのか？」

デニーが片眉を上げた。これが苛々したときの新しい癖のようだった。

「お前が病院管理委員会の委員長にでもなってくれるのか？」

「馬鹿を言うな、デニー」

アンドルーは怒気を含んで応じた。

「改善策は、郊外への移転だ。いや、こいつは本の受け売りじゃない。ロンドンへ来て以来、ずっと考えていたことの結論だ。ロンドン郊外の、そうだな、二十キロくらい離れた緑地帯に、大きな病院があったっていいじゃないか。例えば、わずか十五キロ離れたベンハムなんかは、今も、新鮮な空気のある静かな田園地帯だ。交通の不便さなんて考えるほどのことじゃない。病院直通の特別な地下鉄を敷いたっていいだろ。そうすれば、まっすぐに、静かに、きっちり十八分でベンハムに到着だ。ロンドン市中の一番速い救急車でも、患者の搬送には平均四十分かかることを思えば、これは大きな進歩だと思う。病院を移転したら、その地区から医療サービスを奪うことになると言う人もいるかもしれない。くだらない心配だ。診療所としての機能は残して、病院だけを移転させるんだから」

もはやアンドルーは、葉巻を吸うことさえ忘れて、床に灰が落ちるのも気にしなかった。

「こんなことを話している間にも、ロンドンの医療は救いがたい混乱に直面している。俺がここに来た最初の頃なんか、ロンドンの西の端にいるのに、患者を入院させられるのは、東部の病院だけだったんだぜ。ヴィクトリア病院なんてひどい有り様さ。ケンジントン、イーリング、マスウェル・ヒル……あらゆる場所から患者が送られてくる。担当地区が決められていないものだから、みんな町の中心部に流れ込んでくるんだ。君たちだからはっきり言うが、その混乱ぶりはほとんど信じがたいくらいだ。それに対して、何か対策がされているか？　ゼロだ。まったくのゼロなんだぞ。ブリキの缶をガタガタ鳴らして騒いだり、何とかデーに旗を振ってみたり、嘆願書を出したり、学生たちにピエロの格好をさせてわずかばかりの寄付金を集めたりって感じの、昔ながらの古い方法をいつまでも繰り返しているだけだ。新興のヨーロッパ諸国では、政府が直接取り組み始めている問題なんだ。もし俺にやらせてくれるんなら、ヴィクトリアなんかぶっ壊して、ベンハムに直通の交通機関を整備した新しい呼吸器病院を建設するだろうさ。そして、患者の回復率を大きく上げて見せるよ」

こんな議論はまだ入り口に過ぎなかった。議論はどんどん白熱していった。

デニーは昔ながらの主張を持ち出した。

ひとつの古びた黒鞄からなんでも出てくるかのように、一般の開業医にすべての分野の治療を任せる愚かさ。手に負えなくなれば、突然見たこともない専門医が現れ、「治療をするには何もかも遅過ぎたのだ」と厳粛な顔で告げて、五ギニーを受け取って帰っていく馬鹿馬鹿しさ。こうした一連の経過のすべてを放置している、狂った現行の制度。

ホープもまた、節度も遠慮も捨てて、「商業主義」と「保守主義」の板挟みになっている、ある若い細菌学者の例を挙げた。つまり「独占的に薬を売るために役所に金をばらまいている愛想のいい製薬会社」と、「空っぽの議論を繰り返しているだけの老いぼれの鉱労局員」の間で身動きできなくなっている自分の話だ。

「想像できますか？」

ホープが語気を荒らげた。

「喜劇役者のマルクス兄弟が、四つの独立したハンドルと、無数のクラクションのついたおんぼろの自動車に乗っている姿です。つまりそれが、鉱労局における僕らなんですよ」

十二時過ぎまで三人の議論は止まらなかった。ふと気が付くと、テーブルには、サンドイッチと珈琲が出されていた。

「ああ、これはすみません、奥さん」

ホープが慌てて丁寧に頭を下げた。その態度はデニーの嘲笑を招いたが、ホープが心根は礼儀正しい青年であることを示していた。

「きっと退屈させてしまったでしょう。妙ですよね、しゃべっていると腹が減るんですから。ウィニーに新しい研究テーマを提案してやりますよ。議論に伴う疲労が胃酸分泌に及ぼす影響ってね。ハハハ！『老いぼれ馬』にぴったりのテーマだ」

ホープが、最高に楽しい夜だったと告げて帰っていったあとも、デニーは少しとどまっていた。古い友人の特権だという理屈である。そしてアンドルーがタクシーを呼ぶために電話をかけに行ったところで、デニーは決まり悪そうに、小さなとても美しいスペインのショールを取り出した。

「大先生に、ぶっ殺されるかもしれませんな」

彼は言った。

「これは奥さんにですよ。大先生には黙っておいてください、俺が安全圏に脱出するまでは、ね」

礼を言おうとするクリスティンを、すぐにデニーは押しとどめた。こういうやりとりが苦手なのだ。

「面白いことに、こういうショールは全部中国から来ます。本当はスペイン製じゃない。俺も上海から来たのを買ったんですよ」

そんな雑談で紛らわせたところで、玄関ホールから戻ってくるアンドルーの足音が聞こえた。

デニーは立ち上がった。

「俺はそんなにあいつのことを心配しているわけじゃないんだが……」

視線は合わせなかったが、優しげに目尻に皺を寄せた。

「しかしなんとかして、ブライネリ時代のあいつに、引き戻さなきゃいけませんな」

微笑とともに、デニーは静かにそう告げた。

第十話　シェアへの小旅行

冬が終わり、春のイースター休暇がやってきた。

アンドルーはソーントン夫人から、娘のためにブラウンホテルに往診してほしいという手紙を受け取った。手紙には、シビルの足の怪我がまだ良くなっていないこと、ロレンス夫人の家でお会いしてとても感銘を受けたから、是非娘を診てもらって助言をいただきたいといったことが、手短に記されていた。夫人の寄せる信頼と敬意に気を良くしたアンドルーは、すぐに出かけて行った。診察してみると、単純な所見であったが、早めに手術した方がいいことは確かだった。ベッドの端に腰掛けて黒いストッキングを穿いているシビルに笑顔を向けながら、アンドルーはソーントン夫人に説明した。

「骨が肥厚しています。放っておくと、足が変形してしまう可能性がある。すぐ手術したほうがいいでしょう」

「学校医の先生もそうおっしゃっていました」

ソーントン夫人は慌てなかった。

「私もそのつもりです。シビルを近くの医療ホームへ入れる準備もできています。でも……あの！　私、先生を本当に信頼しています。先生に治療の手配をお願いしたいのです。どなたかご紹介いただけませんか？」

　率直な依頼に、アンドルーは当惑した。彼自身は内科医であったから、一流の内科医には沢山の知己があったが、外科医となるとロンドンには知り合いがいないのである。しかし、ふいに彼はアイヴォリーに思い当たり、明るく応じた。

「アイヴォリー氏なら信頼できると思います。どうですか？」

　ソーントン夫人もアイヴォリーの名は知っていた。「もちろん！」と夫人は頷いた。

　アイヴォリーは有名人であった。一ヶ月程前、日射病の患者を診療するためにカイロまで飛んで行ったと、多くの新聞を騒がせたばかりだ。娘をお願いする医師として、申し分ない相手だと、夫人は喜んだ。彼女の希望は、シビルをアイダ・シェリントンの医療ホームへ入れるということだけだった。友達が何人もそこに入っていて、ほかの施設へ入れる気にはならないという。

　アンドルーは帰宅すると、アイヴォリーに電話をかけた。唐突な交渉に不安はあったが、アイヴォリーはその場で快諾してくれた。翌日一緒に患者を見に行くことも決まり、アイダの施設の病室確保についても、アイヴォリーは心配ないと明言した。医療ホームが、屋根裏部屋まで満室であることは知った上で、ソーントン夫人の令嬢のためなら、一部屋あけさせることができるという話だ。思いのほかすべてが順調に進んで、アンドルーは胸を撫で下ろした。

翌朝、アイヴォリーはソーントン夫人の前で、アンドルーがすでに伝えたことを力強く裏書きし、すぐに手術が必要であると勧めたので、シビルはアイダの医療ホームに移され、二日後、彼女が落ち着いたところを見計らって手術が施行された。

手術にはアンドルーも立ち会った。アイヴォリーが心からの友情を込めて、「是非同席してほしい」と頼んできたからである。

手術自体は難しいものではなかった。実際、アンドルーもブライネリにいたころには自分でやったこともある手術だ。それをアイヴォリーは、実にゆっくりと時間をかけて進めていった。大きな白いガウンに身を包んだ姿と、がっしりとした威厳のある顔つきは、力強く、冷静な印象を漂わせていた。チャールズ・アイヴォリーほど、一般の人が思い浮かべる「偉大な外科医」というイメージと、見事に合致する男はいないであろう。その堂々たる風貌と自信に満ち溢れた物腰は、大衆小説が作り上げた手術室の英雄そのものであった。同じガウン姿のアンドルーは、手術台の反対側から、羨望と尊敬の眼差しでじっと彼を見つめていた。

それから一週間後、シビル・ソーントンが無事退院したところで、アイヴォリーはサックヴィル・クラブの昼食にアンドルーを誘った。愉快な昼食になった。アイヴォリーは実に話がうまく、気さくで楽しい人物で、最新のゴシップ話を好んで次々と持ち出した。彼と話しているとアンドルーの方まで、世慣れた社交家のような気分になってくるのである。装飾をこらしたアダム様式の天井と、切子ガラスのシャンデリアのある、サックヴィルの食堂には、多くの有名人が来ていた。アイヴォリーはそういった人たちの名前を愉快に口にした。アンドルーはこの日の経験をすっかり気に入ったが、それはまさしくアイヴォリーが意図したことでもあった。

「今度の会合には、是非君の名も加えさせてもらいたいな」

外科医がにこやかに言った。

「君の友人も沢山来る。フレディに、ポール、私もそうだし、それにジャック・ロレンスも会員なんだ。あの夫妻の結婚生活は面白いよ。二人は夫婦というより、まるで友達みたいで、それぞれ好きなように生活しているんだ」

メスを握っていたしなやかな手が、今はフォークとナイフを握って卓上を優雅に躍っていた。

「私は本気で君を会員に推薦したいと思ってる。君が私をあんまり信頼していないことはわかってるが、そんなことは気にしていない。それがスコットランド人らしい用心深さってやつだろう。確かに私はどこの病院にも勤めていない。それは私がフリーランスを好むからだ。それに君、私はとても忙しいんだよ。病院勤めの堅苦しい医者の中には、個人的な患者は月にひとりしか診ないという奴もいるが、私の場合は、週に平均十人だ。そのうちソーントン一家からも呼び出しが来るかもしれない。あっちはもう私にすっかり任せてくれていいよ。そういえば、シビル嬢の扁桃腺もなんとかしなければならないと思ったんだが、君はどう思う？　診察したかい？」

「いや、気付かなかったが……」

「そうか、一度診ておくべきだよ。かなり大きくてね、すぐにでも感染源になりそうだ。出過ぎたことだと思ったんだが、気を悪くしないでくれ。暖かい季節になったら、処置をした方がいいと言っておいたよ」

帰り道、アンドルーは考えざるを得なかった。

話してみて初めて、アイヴォリーが実に良い奴だとわかったのだ。彼を紹介してくれたハムソンにも、今さら感謝したい気分だった。今回の症例はまったく順調な経過で、ソーントン一家がとても喜んでいたことが、何よりの証拠だった。

二週間後、彼がクリスティンとお茶を飲んでいると、午後の配達でアイヴォリーからの手紙が届いた。

親愛なるマンスン

ソーントン夫人から約束の謝礼を受け取った。ついては、麻酔科医に対する場合と同様、君の受け取り分をお送りする。手術に際し、助手として鮮やかな手際を見せてくれたお礼だ。シビル嬢は、学期末に君の診察を受けたいと言っている。先日話した扁桃腺の件は、覚えているだろう。ソーントン夫人も大変喜んでいる。

敬具

C．アイヴォリー

封筒には、二十ギニーの小切手が同封されていた。

アンドルーは驚いて、その大金を見つめた。彼は手術のとき、助手らしい仕事など何もしなかったのである。しかしそのうち、金というものがいつも彼に与えてくれる温かな気持ちが、ゆっくりと胸に広がっていった。彼は満足げに笑い、手紙と小切手をクリスティンに見せた。

「まったく、アイヴォリーってのは立派な奴だと思わないか、クリス。今月の収入は新記録になるかもしれないな」

「だけど、変じゃない？」

彼女は困惑して答えた。

「これはあなたがソーントン夫人に請求したものなの？」

「違うよ、馬鹿だな」

彼は、にやにやといくらか品のない笑みを浮かべた。

「いわば、ちょっとした心遣いってものさ。俺が手術のために割いた時間に対するアイヴォリーの気持ちだよ」

「つまり、アイヴォリーさんが、自分の手術料から分け前をくれたってこと？」

彼はむっとして、急に喧嘩腰になった。

「馬鹿な！　そんな言い方をするもんじゃない！　麻酔科医が麻酔をかけた分の報酬を受け取るように、手術に立ち会った報酬を受け取っただけだ。アイヴォリーはその分も最初から見込んで請求している。当然の話だ」

「それにしても、とても大きな金額ね」

「それがどうした？」

彼は怒りを露わにして、議論を断ち切った。

「ソーントン家はとんでもない大金持ちなんだ。彼らにとっては、診療所に来る患者の三シリング六ペンスにもならない金さ」

アンドルーが出て行ったあとも、彼女は硬く緊張した目を、卓上の小切手に向けていた。アイヴォリーから夫のもとに、こんな大金が届くなど、彼女には信じられないことだった。ハムソンの紹介で顔見知りになったとはいえ、一緒に仕事をするような相手だとは考えたこともなかったし、正直に言えば、考えたくもなかったのだ。

急に、あの不安な気持ちが胸いっぱいに広がってきた。数ヶ月前、デニーとホープを迎えて色々な話をしたことは、何の変化ももたらさなかったのかもしれない。どうしてこれほど金に夢中になってしまったのか。ヴィクトリア病院で働き始めたことも、この果てしない欲望の前には何の役にも立っていない。自分の診療所でさえ、彼はますます作り置きの薬を増やし、病気など何もない人々に処方して、引き続き通院するよう熱心に勧めているのである。

彼女の頬は不安と悲哀に震えていた。座ったまま、二十ギニーの小切手をじっと見つめていると、そのまま、締め付けられ、押しつぶされそうな思いがした。やがてその震える頬を涙がこぼれ落ちていった。彼に話さなければならなかった。なんとしても、話さなければならなかった。

その晩診療が終わると、クリスティンはおずおずと夫に歩み寄った。

「アンドルー、お願いがあるんだけど、いい？　日曜日に車で郊外に出かけたいの。車を買ったとき、約束したでしょ。もちろん、冬はとても行けなかったから」

「ああ、そうだな」

彼はちょっと変な顔をしてちらりと見返したが、すぐに頷いた。

「いいよ、晴れてくれると気持ちいいだろうな」

日曜日は、彼女が期待した通り快晴で、穏やかな春の一日だった。十一時までに、どうしても診なければいけない患者だけは往診し、それから敷物とピクニック用のバスケットを車のトランクに入れて、二人は出発した。

ハマースミス橋を渡り、サリーへ向かうキングストンバイパスに入ると、クリスティンの気持ちは高揚した。ドーキングはすぐに通り過ぎ、シェアへ向かう国道を右折した。二人で郊外へ出るのは久しぶりだった。草原の鮮やかな緑色、ニレの木の若葉の紫色、風に揺れる柳の枝のきらめく黄金色、土手に群生したサクラソウの淡い黄色。そういった美しい景色に、彼女はうっとりして身を任せた。

アンドルーは道路を走る車を、次々と追い抜いていくことに夢中になっていた。

「そんなにスピードを出さないで、アンドルー」

彼女は、もう何週間も口にしたことのない柔らかな口調でささやいた。

「ほんとに綺麗ね……」

シェアに着いたのは、一時ころだった。赤い屋根の山荘が立ち並び、クレソンの苗を植えた畑の間を小川が流れていた。美しい村は、まだ、夏の旅行客の群れにかき乱されてはいなかった。二人を乗せた車は木々に包まれた丘を登り、やがて草の繁る乗馬道の近くで止まった。二人が敷物を広げた空き地は、小鳥のさえずりが聞こえるだけで、ほかにわずらわされるもののない静寂に包まれていた。

二人は日差しの下でサンドイッチを食べ、魔法瓶から注いだ珈琲を飲んだ。周りのハンノキの茂みに、沢山のサクラソウが鮮やかに咲き乱れていた。その花を摘んで、柔らかく冷たい花々に顔をうずめたら、きっと気持ちいいだろう――、そんなことをクリスティンは思いながら、傍らに目を向けた。アンドルーはなかば目を閉じ、すぐ傍に横たわっていた。心地よい静寂が、暗い不安に疲れた彼女の心を優しく包んでいた。

――二人の生活が、いつもこんな風であったなら！

アンドルーは少しの間眠たげな目を車に向けていたが、ふいに口を開いた。

「そんなに悪くない車だよな、クリス。値段のわりには、なかなかいいと思うんだ。でも展示会に行ってみると、また新しいのがほしくなるんだよ」

彼女は身震いした。

彼の飽くことのない欲望の新たな一例を突き付けられて、たちまち不安が呼び覚まされた。

「でも、まだ買ったばかりじゃない。私はこれで十分だと思うけど……」

「ふん、こいつはノロマだよ。俺たちの前をずっとビュイックが走っていたのに、気付かなかったのか？　新型のヴィテスがほしくなるね」

「でも、どうして？」

「どうしてって当然だろ。俺たちにはそれだけの余裕があるんだ。生活は良くなってるじゃないか、クリス」

アンドルーは、煙草に火をつけながら、いかにも満足げに煙を吹き上げた。

「お前が気付いていないなら、教えてあげようか、ブライネリの可愛い先生。俺たちはどんどん金持ちになっているんだよ」

その笑顔に、クリスティンは答えなかった。平和で温かな日差しの下で、急に体が冷えていくのを、彼女は感じた。そっと草をむしっては、敷物の房と無意味に撚り合わせていたが、やがてゆっくりと口を開いた。

「アンドルー、私たちって本当にお金持ちにならなきゃいけない？　私は違うと思う。どうしてそんなにお金の話ばかりになるの？　お金がなかったときだって、私たちとても幸せだったじゃない。お金の話なんてしなかった。でも今じゃ、お金以外の話なんて何も出てこない」

アンドルーはおかしそうに笑い返した。

「もう何年もひどい目に遭ってきたじゃないか。ぬかるみを歩き回ったり、ソーセージとニシンの塩漬けを食ったり、強情な委員会に犬のようにこき使われたり、暗くて汚い小屋で鉱員の奥さんたちを診察したりで、悲惨なものだった。そんな暮らしを変えるために、俺は努力をしているんだ。それに反対なのか？」

「冗談で言っているんじゃないの、アンドルー」

クリスティンの張り詰めた声が響いた。

「以前はそんな言い方はしなかった。ねえ、わかって！　あなた自身が、古い制度と慣習に押しつぶされそうになっているの。それって、あなたが一番憎んでいたものでしょ」

彼女の顔は青白く、痛々しいほどに緊張していた。

「昔、あなたが人生について話してくれたことを覚えてない？　それは未知に対する戦いだって、ひどい上り坂を諦めずに上っていくことだって言ってた。――頂上には砦がある。目には見えないけど、あることだけはわかってる。その城砦を絶対に打ち破らなければいけないって言ってたじゃない」

彼は不快げに眉を寄せた。

「ああ、俺も若かったんだな、そして馬鹿だったんだ。そいつはロマンチックな妄想だよ。周りを見てみろ、みんな同じことをしてる。つまり、できるだけ多くを手に入れようと必死になってるんだ！　それ以外に人生の目的なんてありはしないさ」

彼女は細い肩を震わせた。

なんとしても伝えなければならなかった。それ以外に道はなかった。

「アンドルー！　そんなことは間違ってる。どうか聞いて。お願いだから！　私、本当に辛いの、あなたが変わってしまって……。デニーも気付いてた。それで私たちお互いにわかり合えなくなってるのよ。あなたは私が結婚したアンドルー・マンスンじゃない。ああ！　あなたが以前のあなたに戻ってくれさえすれば……」

「俺が何をしたって言うんだ？」

顔をしかめて彼は答えた。

「お前に手を上げたり、酔っ払って暴れたり、殺人でも犯したりしたっていうのか？　どんな悪いことをしたのか、ひとつでも挙げてみろよ」

「そんなわかりやすいことじゃなくて、あなたの生き方について言ってるの、アンドルー。例えば、あの二十ギニーの小切手。表面だけ見れば、小さなことかもしれない。でもよく見ればね、ああ……その裏側には、卑劣で貪欲で不正なことが隠れているのよ」

　アンドルーが身を固くしたことに、彼女は気付いた。

　やがて彼は体を起こし、怒りを込めて彼女を睨み付けた。

「やめてくれ！　なぜまた急にそんなことを持ち出すんだ。あれを受け取って何が悪い」

「わからないの？」

　数ヶ月にわたって、抑えに抑え続けてきた感情が、一気に噴出するように、涙が溢れでた。

「お願いだからわかって、アンドルー！　自分の心まで売り渡すようなことはやめて！」

彼女はほとんど半狂乱になって訴えた。

「いい加減にしろ！」

　彼の顔は怒りのあまり、赤黒くなっていた。そしてゆっくりと、しかし切り捨てるような冷たい声で続けた。

「これが最後だぞ。今後二度と、そんなノイローゼじみた馬鹿馬鹿しいことを口にするな。毎日ことあるごとに、お説教したり邪魔したりするんじゃなくて、黙って俺に協力するってことができないのか」

「お説教なんてしてない」

彼女の言葉は泣き声になっていた。

「前から言いたかったけど、言えなかっただけ」

「じゃあ、そのまま言わなくて良い」

大きく息をついたアンドルーは、再び大声を上げた。

「いいか、二度と言うな。お前のそれは、何かのコンプレックスなんだ。お前の話を聞いていると、俺は薄汚い詐欺師か何かのようだ。俺は成功したいだけだ。俺が金をほしがっているとしたら、目的のためにそれが必要な手段だからだ。人は誰でも、肩書や財産で相手を判断する。貧乏人はこき使われるだけだ。それを俺は散々経験してきたから、これからは、人を使う側に回るんだ。わかったか。今みたいな馬鹿げたことは二度と言うんじゃない」

「わかった、もうわかったから……」

顔を覆ったまま、クリスティンは答えた。

「もう言わない。でもあなたもわかって――、いつかきっと後悔するから」

こうして二人の小旅行は台無しになった。特に彼女にとってひどいものになった。

そのあと、彼女は涙を拭いて、サクラソウの花束を作ったり、日の当たる丘でさらに一時間ほど過ごしたり、帰り道では「ラヴェンダー・レディ」という名の店に寄って、お茶を飲みながら、いつものように話をしたりしたが、もう出発したときの楽しさは戻ってこなかった。日の暮れかけた茜色の帰り道を走っているときも、彼女の顔は血の気が引いて、強張ったままであった。

アンドルーの怒りは、しかし徐々に大きなものになっていった。なぜクリスティンだけが自分をこれほど責めるのか。ほかの女性たちは、それも魅力的で社交的な女性たちは、自分のめざましい成功を喜んでくれているというのに。

数日後、フランシス・ロレンスから電話がかかってきた。彼女はジャマイカで冬を過ごしていて二ヶ月ほど不在であり、その間に、マートル・バンクホテルから何通か手紙を送ってきていた。しかしようやく帰ってきたようで、南国で吸収してきた太陽をまき散らすような明るさで、友達に会いたがっていた。日焼けのあとがなくなる前に是非会いに来てほしいという話だった。

さっそく彼がお茶の時間に訪ねていくと、言っていた通り、その両手や細い手首から、物問いたげな華奢な顔まで、ローマ神話のファウナのように、美しく日焼けしていた。久しぶりに会えるのは嬉しかったが、多くの人には無関心な彼女が、自分に対してだけは歓迎の気持ちを隠さないことが、一層彼を喜ばせた。アンドルーに向ける彼女の目は、親しげで明るく輝いていた。

実際、二人は旧知の友人のように語り合った。彼女は、旅行のこと、珊瑚の庭園やガラス底の舟で見た魚たちのこと、そして素晴らしい天候のことなどを話し、彼の方では、さらに仕事がうまくいっていることを話して聞かせた。おそらくその言葉の中に、彼自身の迷いが垣間見えたのだろう。彼女は明るく言い添えた。

「あなたって、とても真面目で、平凡過ぎるところがあると思う。私がいないと、すぐそうなってしまうんだから――。それじゃ駄目。多分働き過ぎね。あんな医院の仕事、本当に続けなきゃいけない？　私に言わせれば、もうそろそろウエストの、例えばウィンポール街とかウェルベック街辺りの一等地に部屋を借りて、そこで診療を始めてもいい時期だと思うけど」

　ちょうどそのとき、彼女の夫ジャック・ロレンスが部屋に入ってきた。背が高く、肩幅のゆったりとした人物で、アンドルーとはすでにサックヴィル・クラブで一、二度ブリッジを楽しんだ仲である。ロレンス氏は、上品にティーカップを持ち上げながら、アンドルーに会釈し、会話を妨げるつもりはないとにこやかに告げたが、さすがに二人は熱のこもった話を中断した。代わりに彼らは、ランボールド・ブレーン卿の最近の視察旅行の様子について、面白おかしく話題にした。

　しかし三十分後、チェスバラ・テラスへ車を走らせるアンドルーは、フランシスの提案を真剣に考え始めていた。ウェルベック街に診療所を構えて、何か悪いことはあるだろうか。むしろ機は熟したと言っていいではないか。もちろんパディントンの医院を辞めるつもりはない。あんな医院でも結構な利益を上げているのだから、あっさり手放すこともないだろう。しかし、ウエストに新たに診察室を用意して、両方を管理するのは難しいことではないし、その方が、郵便の宛名としてもずっと体裁が良い。事務用紙や請求書に記載する住所としても、はるかに見栄えが良い。

一連の考えがまとまってくると、彼はますます大きな征服欲に駆り立てられた。フランシスはなんと素晴らしい女性だろう。エヴァレット婦人のように頼りになるだけでなく、はるかに魅力的で、とても刺激的な女性だ。しかも彼はフランシスの夫ともうまくやっている。夫の視線を気遣う必要もない。下品な女たらしのように、こそこそ出入りする必要もないのだ。ああ！　最高の友情だ！

彼はクリスティンには何も言わず、さっそくウエストに手頃な部屋を探し始めた。そして一ヶ月後に満足すべき物件が見つかったとき、彼は朝刊を読みながら、さりげない口調でクリスティンに告げた。

「そういえば、お前にも言っておかなきゃいけなかったんだが——ウェルベック街にいい部屋を見つけたんだ。これからはそっちを上流階級の診療に使おうと思ってる」

アンドルーは新聞越しにちらりと一瞥を投げたが、クリスティンはもう何も答えなかった。

第十一話　プラザのグリルで

ウェルベック街五十七番地の部屋は、アンドルーに新たな勝利感をもたらした。

——俺もここまで来た。とうとうここまで来たんだ！

そんな喜びで有頂天になっていた。

部屋は大きくはなかったが、出窓のおかげで日当たりが良かったし、ほとんどの患者は階段を上るのを嫌がることを考えれば、一階であるということも大きな利点だった。玄関のドアには彼と一緒に複数の医師たちが立派な表札を並べており、待合室は共同だったが、診察室だけは彼個人のものだというのも、アンドルーをおおいに満足させた。

五月十九日、契約書にサインをして、いよいよ部屋が引き渡されるとき、フレディ・ハムソンは、アンドルーに同行した。フレディは、開業準備に非常に役立つことを示し、自分がクイーン・アン街で使っているスタッフの友人の有能な看護師を、彼のために見つけてきてくれた。シャープという名の、その中年の看護師は気難しい顔つきで、どこか働き疲れた印象があったが、仕事はできるようだった。

シャープ看護師について、フレディは簡潔に説明した。

「美人の看護師がほしいなんて思うようになったら、おしまいだぜ。言ってる意味はわかるよな。楽しみは楽しみ、仕事は仕事ってやつだ。この二つを一緒にしちゃいけない。別に道楽で俺たちは開業しているわけじゃない。頭の固いお前だって、それくらいはわかるだろ」

学生時代のようにアンドルーの肩を叩きながら、フレディは朗らかに笑った。

「とにかく、すぐ近くに引っ越してきたんだ。これからは俺とお前で、がっちり手を組んでやっていこうじゃないか」

フレディと家具の配置を話し合っていると、思いがけなくフランシスが姿を見せた。

偶然通りかかったので、どんな部屋を見つけたのか確かめようと思ってきたのだと、彼女は楽し気に告げた。その自然な態度も、差し出がましいことを言わないことも、彼女の魅力のひとつだ。上着もスカートも黒で統一し、高価な茶色の毛皮を首に巻いている姿も、相変わらず美しかった。彼女は軽く室内を眺めまわすと、窓のカーテンなどの装飾について、フレディとアンドルーが考えていたよりずっと趣味の良い提案を残して、あっさりと帰っていった。

彼女が立ち去ると、部屋の中は花がしぼんだように、いきなり空虚に感じられた。フレディがため息とともに旧友を眺めやった。

「お前ほど幸運な奴を、俺は見たことがないぜ。なんて魅力的な女性なんだ」

うらやましそうに目を細めながら、

「一八九〇年のグラッドストンの名言を知っているか。偉大な人間になるための一番確実な方法についてだ」

「知らないね、なんの話だよ」

そんな言葉を交わしながらも、いざ完成した部屋を見回してみると、協力してくれたフレディや、様子を見に来たフランシスの忠告が正しかったということを、アンドルーは認めざるを得なかった。適度に優雅でありながら、職業的にもふさわしい空間になっていたのである。これだけの施設であれば、診察料を三ギニーにしても、妥当な値段に見えるに違いない。

開業当初は、患者の数は多くなかった。しかし彼は、ヴィクトリア病院の彼の外来に患者を紹介してくる医師全員に、丁重な手紙を書いていた。その手紙には、もちろん患者の経過を細かく記載したが、同時に新たな診療所の紹介も書き添えておいたので、まもなく彼はロンドン中に網の目のような紹介ネットワークを持つようになり、それぞれの医師たちが個人的に患者を紹介してくるようになった。

とてつもなく忙しくなった。新しく購入したヴィテスの高級車に乗って、チェスバラ・テラスからヴィクトリアへ、ヴィクトリアからウェルベック街へ駆け回り、それに加えて、山のような往診患者もこなした。医院はいつも患者で溢れかえり、夜十時まで必死に働くことも当たり前になった。

成功という麻薬は、偉大な霊薬のように彼の血管の中を駆け巡り、あらゆる面で彼を奮い立たせた。彼は時間を見つけてロジャーズに駆け込み、新たに三着のスーツを仕立て、さらにハムソンの推薦したジャーミン街のワイシャツ店にも足を運んだ。病院での人気も不動のものだった。実際には、外来で働く時間は減少していたのだが、時間が減った分は、経験で補っているんだと、自分に言い聞かせた。

久しぶりに行き合った友人に対してすら、愛想笑いを浮かべて、

「急いでいるんだ、君、とにかく忙しくてね」

そんな、おざなりの挨拶をするだけになっていた。

ある金曜日の午後、ちょうどウェルベック街に開業して五週間が過ぎていたが、初老の婦人が、喉の症状を訴えて受診した。診てみると軽い喉頭炎だったが、彼女は診断に不満を述べて、別の医師への紹介を希望した。いささかプライドを傷つけられつつも、誰に紹介すべきか、アンドルーは一考した。ロバート・アベイ卿のような人物を、こんなことで煩わすのは、馬鹿げた話だった。ふいに彼はすぐ近くにハムソンがいることを思い出して、顔を明るくした。フレディはこの頃とても親切にしてくれていて、どこの馬の骨とも知れない相手に紹介するよりは、この友人に三ギニーを「拾わせる」方がずっといいと考えたのだ。アンドルーは紹介状とともに、彼女を旧友のもとに送り込んだ。

一時間も経たないうちに、彼女は戻ってきた。しかもすっかり機嫌が良くなっていた。自

分の気持ちを落ち着かせ、申し訳なさそうに、彼とフレディの両方に満足していること、特にアンドルーに感謝していると告げた。

「戻ってきてすみません、先生。ただ診ていただいたお礼を言いたかったんです。ハムソン先生にお会いしましたが、あの先生もこちらの診断に間違いはないと明言してくれました。それから……それから処方も先生のもので、まったく変える必要はないとおっしゃっていました」

七月に入って、シビル・ソーントン嬢の扁桃腺の摘出術も無事終わった。扁桃腺はかなり肥大していたし、最近、医学雑誌に扁桃腺の感染が、リウマチの原因になる可能性があるという論文も掲載されていたため、治療を迷う必要はなかった。アイヴォリーは、実に退屈なほど慎重に、その手術を行った。

「私は扁桃腺のようなリンパ組織の切除は、ゆっくりやることにしているんだ」

手を洗いながら、彼はアンドルーにそう言った。

「君が見た連中はもっと素早く処置をするんだろうが、私はそういうやり方はしないんだよ」

処置が終わると、アンドルーのもとにはまたアイヴォリーから小切手が郵送されてきた。それを受け取ったときにフレディも居合わせたのは、最近二人がお互いの診察室や外で、しばしば顔を合わせるようになったためだ。ハムソンは、以前アンドルーが送った喉頭炎患者の返礼として、すぐに、ほどよい胃炎の患者を紹介してきた。そして今では、多くの患者が紹介状を持って、ウェルベック街とクイーン・アン街の間を行き来するようになっていた。

「なあ、マンスン」

フレディが言った。

「俺は嬉しいよ、お前が昔の、頑固で融通の利かない態度を捨て去ってくれてな。それでも……」

フレディは、アンドルーの肩越しに、横目で小切手を見やりながら、

「お前はまだ、オレンジの甘い汁を完全に搾り取っているわけじゃないんだ。まあ俺に任せてくれ。そうすりゃ、お前が持っている果実には、まだまだたっぷりと果汁が残っていることがわかるぜ」

アンドルーは笑わずにはいられなかった。

その晩、彼は帰り道を運転しながら、いつになく明るい気分になっていた。煙草がなかったので途中で車を停め、オックスフォード街の煙草屋に立ち寄った。そして店から出てきたところで、偶然彼はすぐ傍のショーウインドーの前をぶらついている女性に目を留めた。驚いたことに、ブロードウェン・ページだった。

ブロードウェンの様子は、かつてのブライネリの騒々しい女主人から、見窄らしいほどに変わっていた。まっすぐに胸を張っていた姿は面影もなく、ぼんやりと無気力で、彼が声を

かけたときに向けられた目も、無関心で活気がなかった。

「ブロードウェンさん」

彼は歩み寄った。

「いや、リース夫人と今はお呼びするべきですか。覚えていますか、医師のマンスンです」

ブロードウェンは、アンドルーの立派な服装や、いかにも自信に溢れた雰囲気に戸惑いを見せたが、すぐに小さくため息をついた。

「覚えていますよ、先生。お元気そうでなによりですね」

そんな言葉を口にしながらも、どこか怯えたような様子で、少し離れた歩道で苛々と待っている頭の禿げた男の方に目を向けた。そして彼女は不安げな口調で、会話を打ち切るように言った。

「すぐ行かないといけないんです、先生。夫が待っていますから」

足早に立ち去る背中を見送ると、申し訳なさそうに頭を下げる彼女に、リースの薄い唇が、手厳しい言葉を投げつけているのが見えた。いつまで待たせるんだと、散々妻をなじったあと、一瞬、銀行支店長の冷ややかな目がまっすぐにこちらに向けられたが、すぐに二人は人混みの中に消えていった。

この光景が、そのあともアンドルーの頭からなかなか離れなかった。チェスバラ・テラスへ帰ってリビングに入ると、クリスティンが編み物をしていた。傍のテーブル上に、すでに紅茶の準備ができていたのは、車の音を聞いて、彼女が整えたからであろう。彼は様子を窺うように、ちらりと視線を向けた。今見てきた光景を彼女に話し、二人の間に鬱積した行き違いの数々を、なんとか片付けたかった。しかし彼がカップを手に取りながら口を開くより先に、クリスティンの方が静かに告げた。

「午後に、またロレンス夫人から電話があったの。特に言づてはなかったけど」

思わぬ名前に、彼の頬が赤くなった。と同時にもうその声は険しさを含んでいた。

「『また』ってどういう意味だ？」

「この一週間で、電話はもう四回目だから」

「だから何だって言うんだ？」

「別に何も。私、何も言ってないでしょ」

「言いたいことがあれば言えばいいじゃないか。あの人が電話をしてきたからといって、俺にどうしろって言うんだ」

彼女は何も言わず、編み物に視線を落とした。静かに座っていても、彼女は心の中に溢れる哀しみを必死に押し殺していた。そのことに、しかしアンドルーは気付くことができなかった。

「俺が浮気でもしていると思っているのか。彼女は、とても立派な女性だ。それにあの人のご主人は俺の大事な友人のひとりじゃないか。二人とも、とても愉快な人たちだ。そこらにいるゴシップまみれの野良犬のような連中とは違うんだぞ、まったく……」

彼は紅茶を一気に飲み干して立ち上がった。そのまま乱暴に部屋を出たものの、すぐに深い後悔の念が押し寄せてきた。そして診察室に逃げ込んで煙草に火をつけたときには、もう惨めな気持ちでいっぱいになっていた。

最近クリスティンとの間がどんどん険悪になっている。もちろん彼だって、そんなことは望んでいない。にもかかわらず、互いの溝は確実に深まっていた。それは、成功の輝かしい大空に浮かぶ一片の真っ黒な雲だった。

二人は、これまでずっと理想的で幸福な結婚生活を続けてきた。思いがけずブロードウェンに出会ったことで、ブライネリでクリスティンに夢中になっていたころの優しい記憶が戻ってきた。今ではもう、かつてのように彼女を崇拝しているわけではなかったが、しかし、しかしそれでも……彼は確かにクリスティンが好きだった。

ここ数ヶ月の間にも、彼は、もう何度か彼女を傷つけていた。そんなことを思い返しているうちに、彼は、なんとか仲直りをして、彼女を喜ばせたいと考えていた。どうすればいいか、必死に悩んだあげく、突然彼は目を輝かせた。時計を見れば、ローリエが店を閉じるまでまだ三十分ある。次の瞬間、彼は車に飛び乗り、クラムのもとに相談に駆け込んでいた。

彼が自分の思いを話すと、クラムはすぐに、そして熱烈に賛同した。二人は真剣に話し合い、それから店の奥へ行き、様々な毛皮を見て回った。クラムは実に無駄のない手つきで、毛皮を撫で、光沢や銀の色調や、その他こういう特別な毛皮を見つけるときの注意点を教えた。クラムは、一、二度穏やかに彼の意見を修正し、何が良くて、何が良くないかを、的確に指摘した。最後に彼が選び出した品には、クラムも心から賛成した。そして彼女はウィンチ氏を探しに行ったが、すぐに嬉しそうな顔で戻ってきた。

「ウィンチさんはこれをあなたに原価でお譲りすると言っています」

　思わぬ好意だった。そして幸先のいい話だった。

「そうなると五十五ポンドになりますが、先生、これは本当にそれだけの価値があると思います。とても美しい毛皮です。奥様も間違いなく喜んでくれますよ」

　次の土曜日の十一時、アンドルーは、蓋の上に、独特のブランドマークが芸術的に意匠してある濃いグリーンの箱を持って、リビングに入っていった。

「クリスティン！」

　彼は呼びかけた。

「こっちへおいで」

　彼女はちょうど、ベネット夫人と一緒に二階でベッドを整えているところだったが、急な呼び声に不思議そうな顔をしつつ、息を弾ませながら下りてきた。

　いよいよという場面になって、さすがに彼は息詰まるようなぎこちなさを感じつつ、生真面目に続けた。

「どうだ、見てみな。お前に買ってきたんだ。いや、わかってる。俺たちは最近うまくいっていなかった。でも、これは是非お前に……」

そこで言葉に詰まった彼は、まるで小学校の男子生徒のように、不器用にクリスティンに箱を差し出した。

彼女はひどく青い顔をしながら、箱を開けた。紐を解く手が震えていた。そしてすぐに、びっくりしたように小さな歓声を上げた。

「なんて綺麗！　ほんとに綺麗な毛皮！」

箱の中には、銀色の美しい毛皮が入っていた。二枚の銀ギツネの毛皮を、流行の優雅な型に縫い合わせた、両表のストールだ。すぐに彼はそれを手に取り、クラムがやったように手で整えながら、上擦った声で言った。

「気に入った、クリス？　着てみて。経験豊かなハーフバックが選ぶのを手伝ってくれたんだ。最高級品だよ。これ以上の物はない。値段もだ。どう？　この光沢も背中の銀の色合いも。みんなが特に気を配るところらしい」

彼女の目に涙が溢れ出した。たまらなくなって、彼女はアンドルーを顧みた。

「本当に私のことを大切に思ってくれてるのね、アンドルー。そう思えるだけで、私はもう何もいらない」

なんとか気持ちを落ち着かせながら、彼女は毛皮を羽織ってみた。まったく素晴らしかった。しかしそれだけでは、彼は満足しなかった。この和解を、もっと完全なものにしたかったのだ。

「いいかい、クリス。せっかくだから、ちょっとしたお祝いをしたいんだ。今日は外で一緒に昼食を摂ろう。一時にプラザのグリルにおいで」

「ええ、アンドルー」

そこで彼女はちょっと迷いがちに、

「でも、今日はお昼にシェパード・パイを作ったの……。あなたがとても好きだったでしょ」

「いいさ、いいさ」

彼の笑い声は、ここ何ヶ月もなかったほど朗らかなものだった。

「家にばかりいるもんじゃない。一時だぞ。プラザホテルで、色の浅黒いハンサムな紳士と待ち合わせるんだ。お前は赤いカーネーションなんかつけてこなくてもいい。その毛皮ですぐわかるからな」

午前中、彼はすっかり満足した気持ちで過ごした。

俺はまったく馬鹿だった。クリスティンを放っておくなんて……。だいたい女性っていうのは、色々かまってもらったり、外に出かけて楽しい時間をすごしたりってことが、好きなものじゃないか。そういう意味でプラザのグリルは絶好の場所だろう。ロンドン中の有名人が集まる華やかなグリルなんだから。

しかし時間になってもクリスティンはなかなか来なかった。めったにないことなので、彼はいささかやきもきしながら、ガラスで区切られた小さなラウンジに座り、良い席が早々と埋まっていくのを眺めていた。彼女が慌ただしく入ってきたのは、一時を二十分も回ったころである。

「ごめんなさい、アンドルー」

喘ぐようにクリスティンは言った。

「私、本当に聞いてみたのよ。そしてずっと待ってたの。そのうちやっと、私がいたのはグリルじゃなくて、レストランの方だってわかって……」

騒音、人混み、着飾ったウェイターたちの姿という慣れない場所に加えて、三十分近くも間違った場所で待っていたという事実に、彼女はすっかり狼狽した様子だった。

二人が通されたのは、厨房の出入り口に近い柱の影にある、居心地の悪い席だった。おまけにその辺りはひどい混み合い方で、テーブル同士も近く、客たちはまるで互いの膝の上にでも座っているような具合だ。ウェイターたちはテーブルの間を、曲芸師のように飛び回っていた。熱気がこもっている中を、大学の応援合戦のように、喧噪が高まったり鎮まったりを繰り返していた。

「さあ、クリス。何を頼む」

アンドルーが快活に言った。

「あなたに任せてもいい？　アンドルー」

クリスは小声で遠慮がちに答えた。

彼は豪華な昼食を注文した。キャヴィア、特製ポタージュスープ、若鶏の煮込み、アスパラガス、イチゴのシロップがけ、それにワインは一九二九年のリープフラウミルヒをボトル一本。

「ブライネリ時代は、こんなものも何も知らなかったな」

陽気な空気を作ろうと、アンドルーは声を上げて笑った。

「あの頃は楽しみなんて何もなかったよな、クリス」

彼女の方も、彼の気持ちに応えようと懸命に明るく振る舞った。キャヴィアを褒めたり、たっぷりのスープを懸命に飲み干そうとした。

アンドルーは、人混みを目で示しながら、朗らかに話した。颯爽と歩いて行く映画スター、六回も夫を変えたというアメリカ人女優、そのほか色々な著名人……。アンドルーが次々と見分けて説明していく様子に、クリスティンは必死で興味を示そうと努めた。しかしグリルの浮薄な空気は、彼女を疲れさせるばかりだった。男たちはやたらとめかし込み、髪の毛はオイルで光っていた。女たちは皆、ブロンドに黒ドレスに厚化粧で、尊大なすまし顔をして座っているように見えた。

　ふいにクリスティンはめまいを感じた。ふわりと気が遠くなるような感覚があった。彼女は、ずっと自然で飾り気のない生活を好んできたが、しかし最近は、張り詰めた空気の中で、すっかり神経をすり減らしていた。最高級の毛皮と安物のドレスとの不釣り合いも気になった。周りの女性たちが、じろじろと自分を見ている視線にも気が付いていた。

　自分が、蘭の温室に紛れ込んだ雛菊のように場違いなことを彼女は悟った。

「どうしたんだ？」

　急にアンドルーが問うた。

「楽しくないのか？」

「ううん、そんなことない」

　弱々しく答え、笑おうとした。しかし彼女の唇は硬く強張っていた。たっぷりとクリームのかかったチキンを、味もわからぬまま、なんとか飲み込んだ。

「お前は俺の言うことなんて、何も聞いてないんだな」

　彼は少しむっとしたように言った。

「ワインも全然飲んでいないじゃないか。なんだよ。せっかく夫婦そろって出かけてきたってのに……」

「少し水をもらえない？」

　力なく彼女は言った。ほとんど叫びたいくらいだった。ここは自分のいるべき場所ではなかった。髪をきらびやかなブロンドに染めてもいないし、入念な化粧もしていない。ウェイターまで自分をじろじろ見ている。なんとか震える手でアスパラガスの茎をつまみ上げた。その途端アスパラの頭が折れて落ち、新しい毛皮をソースだらけにしてしまった。

　隣のテーブルの眩いブロンドの女性が、おかしそうに笑いながら連れ合いの方に顔を向けた。その笑みに、アンドルーも気が付いた。そしてもう、陽気な雰囲気を作ることを諦めてしまった。食事は寂寞《せきばく》たる沈黙のうちに終わった。

　プラザホテルから帰宅したあと、アンドルーはすぐに往診に出かけて行った。二人の気持ちは、以前にも増して離れてしまったようだった。特にクリスティンの胸の苦しみは、耐えがたいものになっていた。すっかり自信を失い、本当に彼の妻としての資格があるのかとさえ思うようになっていた。その夜リビングで、彼女は彼の首に腕を回し、改めて毛皮と食事の礼を言いながら、感謝のキスをした。

「お前が喜んでくれれば十分さ」

　アンドルーは淡々と答えた。

　そしてそのまま自分の部屋へ行ってしまった。

第十二話　スティルマン

　ちょうどこの時期に起こったある出来事によって、アンドルーの注意は家庭内の難題から逸れることになった。彼はトリビューン紙で、ひとつの記事に目を留めた。アメリカ合衆国ポートランドの有名な臨床研究家、リチャード・スティルマン氏が、インペリアル号でイギリスを訪れ、ブルックスホテルに滞在しているというのである。

　かつてのアンドルーであれば、新聞を片手に興奮してクリスティンのもとに駆け寄ったに違いない。

「見てみな、クリス！　リチャード・スティルマンが来てるんだ。覚えてるか。僕はあの人とずっと文通していたんだ。会ってくれるかはわからない。けど……けど僕は是が非でも彼に会いたいんだ！」

　しかし今の彼は、もうクリスティンのもとに駆け寄ることはなかった。代わりに彼はトリビューン紙に視線を落としたままあれこれと思案を巡らし、しがない医療助手としてではなくウェルベック街の開業医としてスティルマンに会えることを喜んだ。そしてこのアメリカ人に自分を思い出してもらうために几帳面な手紙をタイプライターで打ち、水曜日にプラザホテルのグリルで昼食をともにしたいという旨を伝えたのである。

翌朝スティルマンから電話があった。穏やかで、気さくで、歯切れのよい声が聞こえた。

「お話ができて光栄です、マンスン先生。昼食がご一緒できるのは嬉しい。しかしプラザはやめておきましょう。あそこはもう嫌になったんですよ。私のホテルで昼食はどうですか？」

アンドルーが出かけて行くと、スティルマンはブルックスホテルのスイートルームで待っていた。静かな落ち着いたホテルで、プラザの喧噪が恥ずかしいくらいだった。

スティルマンの第一印象に、アンドルーは少なからず失望した。ひどく暑い日で、朝から忙しかったこともあり、わざわざ会いに来なくても良かったのではないかと思いかけたほどだ。このアメリカ人は五十五歳くらいの小柄な痩せた背格好で、小さな体に不釣り合いなほど大きな頭と突き出た顎をしていた。子供のような淡い桃色の顔をしていて、真ん中で分けられた明るい色合いの髪は、かなり薄くなっていた。

しかしアンドルーは、スティルマンと握手を交わしながら、その氷河のように青く、落ち着いた瞳を見た瞬間、小さな体軀の中に潜む圧倒的な力を直感し、ほとんど衝撃を受けていた。

「わざわざ来ていただいて申し訳ない」

リチャード・スティルマンは、誰もが安心するような穏やかな声で告げた。

「私たちアメリカ人は、プラザが好きだと思われているんでしょうな。しかしあそこに行くのは、成り金ばかりですよ」

素朴な笑みを浮かべた彼は、そこでちょっと言葉を切ってから、

「ところでせっかくお会いできたんです。あの素晴らしい粉塵曝露の論文について、改めてお祝いを言わせてください。あの折はセレサイトについて出過ぎたことを言って、失礼しました。そのあとは、どうされていますか？」

和やかに言葉を交わしながら二人がレストランに下りていくと、給仕頭がすぐに彼に気が付いて歩み寄ってきた。

「あなたは何にしますか。私はオレンジジュースで」

スティルマンは気楽にそう言って、卓上の長いフランス料理のメニューには目も向けず、

「それから羊のカツレツを二つ。珈琲も」

アンドルーも自分の分を注文しながら、この人物に対する敬意がゆっくりと増していくのを感じた。スティルマンの傍にいれば、誰でもその言動に興味を持たざるを得なくなるに違いない。アンドルーがおよそ知っている彼の経歴は、相当にユニークなものだった。

リチャード・スティルマンはマサチューセッツ州の旧家の出身で、何代にもわたってボス

トンの法律関係に携わっていた。しかしその家柄にもかかわらず若きスティルマンは、医学の道を志し、十八歳のときに父親を説き伏せて、ハーヴァード大学で勉強する許可を得た。二年間、彼はこの大学の医学課程に在籍したが、その間に突然父が他界した。リチャードと彼の母と妹は、にわかに生活に困窮したのである。

この苦難の中で、家族を支える方法を模索したとき、ジョン・スティルマン老人、すなわちリチャードの祖父は、孫に対して医学の道を諦め、代々受け継がれてきた法律家の道に戻るよう要求した。祖父は頑固であり、議論は無駄であった。結局リチャードは、医学ではなく、退屈な三年間を経て法学の学位を取得せざるを得なかった。一九〇六年、彼は家族が営んでいるボストンの法律事務所に入り、四年間、この法律業に従事したのである。

しかし、心から専念したわけではなかった。微生物学、特に細菌学に、学生時代から魅了されていた彼は、ビーコンヒルの屋根裏部屋に小さな実験室を作り、事務員を助手として、暇さえあればそこに情熱を傾けていた。実際、この屋根裏部屋が後年の「スティルマン病院」の起源なのである。

リチャードは単なる素人ではなかった。それどころか彼は最先端の技術力を示し、しかも、ほとんど天才的な独創性も見せた。一九〇八年の冬、最愛の妹のメリーが急性肺結核で亡くなってからは、結核菌の研究に全精力を注ぎ込むようになった。彼はピエール・ルイスとルイスの弟子であるジェームズ・ジャクソン・ジュニアの初期の研究に注目した。またラエンネックのライフワークである聴診に関する研究を調べているうちに、肺の生理学も学ぶようになり、そのなかばで新型の聴診器も発明した。そして限られた設備の中で、治療血清を作り出す最初の試みに着手したのである。

一九一〇年、祖父のジョン・スティルマンが亡くなり、同じ年に彼はついにモルモットの結核を治療することに成功した。この二つの出来事の結果はすぐに現れた。スティルマンの母親は、息子の科学研究にずっと同情の目を向けていた。ゆえに彼が、ボストンの法律関係を処分し、祖父からの遺産でオレゴン州ポートランド近くの農場を買い求めて、そこに結核療養所を作ることを望んだときも、母は反対しなかった。かくして彼は生涯をかけた真の事業に乗り出すことができるようになったのである。

すでに大切な多くの年月が浪費されていたから、今さら医学の学位を取ろうとは彼は思わなかった。ほしいのは進歩であり、成果であった。まもなく彼は馬から血清を作り出し、続いて牛のワクチンでジャージー種の牛の集団免疫に成功した。同時に彼は、エール大学のヘルムホルツやウィラード・ギブス、その後進のビザイヨンやジンクスといった物理学者たちの基礎的な知見を、損傷した肺の回復に応用し始めた。以後彼は、肺の治療への道をまっすぐに進むことになる。

新しい療養所での治療の試みは、まもなく実験室での成功をはるかにしのぐ、卓越した業績を示し始めた。彼のもとに集まってきた患者たちの多くは、サナトリウムからサナトリウムへと渡り歩き、もはやはっきりと治療不能と判断された人々だった。しかし彼らの治療に成功したことでスティルマンが手に入れたのは、残念ながら、医療者たちからの非難や言いがかりや敵意ばかりであった。

スティルマンの新たな戦いが始まった。以前とは別のさらに長期にわたる闘争、すなわち自分の仕事を世間に認めさせるという戦いである。彼は療養所の建設に全財産を投じたが、それを維持するためにも莫大な費用がかかっていた。彼は宣伝を嫌い、仕事を商業化するあらゆる勧誘に抵抗した。幾度となく、反対派たちの根回しによる物質的な困窮にさらされ、さすがの彼も挫折するのではないかと思われたときもあった。しかし不屈のスティルマンはすべての危機を乗り越えた。全国規模の有名新聞が彼に反対する論陣を張ったときでさえ、彼は倒れなかった。

やがて誤解の時代は過ぎ、非難の嵐も鎮まっていった。反対派たちも少しずつ、嫌々ながらも、スティルマンを認め始めた。一九二五年、ついにワシントンから視察団が訪れ、彼の仕事と施設に対する賞賛に溢れた報告書を提出した。こうして認められるようになったスティルマンのもとには、個人や財団のみならず、公的な機関からも多額の寄付金が集まるようになった。それを使って、彼は施設をさらに拡張し洗練させていき、その結果完成したスティルマン病院は、最先端の設備と技術に加えて、血清用のジャージー牛とアイルランド馬の群れを所有した、オレゴン州の名所にまでなった。

現在でもスティルマンにまったく敵がいないわけではない。例えば一九二九年には解雇された研究員が、スキャンダルの炎を巻き起こしたこともあったが、彼ももうそんなことには免疫ができていたから、特別な混乱も起こらなかった。彼は二十五年近く前のビーコンヒルの屋根裏で最初の細菌培養を始めたころと変わらぬ、静けさと節度とを持ち続けたのである。

そんなスティルマンが、今、ブルックスホテルのレストランに腰を下ろし、穏やかで優しげな目をアンドルーに向けていた。

「とても良い土地ですな、イギリスは」

彼は言った。

「私はこの国が気に入っているんです。アメリカの夏はこんなに涼しくはない」

「今回は講演旅行に来られたのですか？」

「いいえ、講演はやりません」

スティルマンは笑った。

「うぬぼれではありませんが、講演ではなく実績で語りたいといつも思っているんですよ。実際、今回はこっそりやってきたんです。こちらのクランストン氏が……、あの素晴らしい小型自動車を製造しているハーバード・クランストン氏のことですが、彼が一年程前、ふいにアメリカの私のもとに来ましてね。ずっと喘息に苦しんでこられたのを、私が……いや、我々の病院が治療したんです。それ以来こちらに来て、ポートランドと同じような病院をイギリスにも開くように、たびたび言ってきまして。六ヶ月程前にとうとう私も承諾したんです。それから計画を進めて、もう建物も……美しい森に囲まれているので我々はこれを『ヴァン・ヴェール』と名付けていますが、このヴァン・ヴェールも、ハイウィコム近くのチルターン丘陵に、おおかた完成しつつあります。開業までは私が仕切りますが、そのあとはマーランドという助手に引き継ぐ予定です。率直に言うと、私はこれをひとつのテストケースと考えています。特に私の方法を、気候や人種という側面から検証する前途有望なテストケースですよ。財政は楽ではありませんが、たいして重要じゃありません」

　アンドルーは思わず身を乗り出していた。

「とても興味深い話です。是非その施設を拝見したい」

「完成したら是非来てください。我々は、喘息の革新的な治療体制を構築するつもりです。クランストン氏の希望ですからね。それから少数ながら初期の結核患者も受け入れるつもりです。ちなみに今、少数ながらと言いましたが……」

　彼は微笑し、

「これは自分が、いくらか呼吸器疾患に詳しい生物物理学者に過ぎないということを忘れないためですよ。アメリカでは、患者が多過ぎてどうにもなりませんでしたが……。ええと、なんの話でしたか――ああ、そうだ。初期結核の話でした。きっとあなたも興味を持たれるはずだ。新しい人工気胸法を施行しているんです。それこそ、最先端のね」

「エミール・ウェル法のことですか？」

「いやいや、もっと優秀な方法です。圧変動に伴うリスクがない」

　スティルマンの目が鋭く輝いた。

「固定式の気胸ボトルの難点はご存じでしょう。胸腔内圧と液体圧が等しくなると、ガスの流入も止まってしまう。しかしうちの病院では補助圧力チャンバーを考案したんです。是非見に来ていただきたいんだが、それを使えば正確な陰圧を維持したままガスを注入できる」

「しかし」とアンドルーは素早く問いかけていた。

「空気塞栓の危険性は？」

「そのリスクは完全に取り除きました。なに、とても単純な仕掛けです。ガスを注入するときに、穿刺針のすぐ傍にブロモホルム圧力計を設置して、圧力低下を避けるんです。十四センチの変動があっても、一ccのガスが入るだけ。つまり我々の穿刺針は完全な調節機能を持っていて、サングマンのものより確かに優れているのです」

　アンドルーは心底感銘を受けていた。

　自分がヴィクトリア呼吸器病院の医師という名誉ある立場であることも、今の彼には関係なかった。

「つまり……」

　彼は慎重に言葉を選びつつ続けた。

「胸膜にかかる負荷を皆無に近いほど減少させたということですね。まったくスティルマンさん、私には本当に意外で、驚くべきことのように思われます。あなたがこういったことすべてを成し遂げてこられたことが……。ああ、申し訳ありません。ひどい言い方かもしれませんが、私の言いたいことはおわかりでしょう。つまり……多くの医者たちは、いまだに古い器具を使い続けているというのに……」

「不思議なことではありませんよ、先生」

答えるスティルマンの目は、楽しげだ。

「最初に人工気胸法に注目したカースンが、生物学の評論家に過ぎなかったことを、忘れてはいけません」

そのあとの二人の話題は一層専門的な内容になった。肺尖剝離《はいせんはくり》術や横隔膜《おうかくまく》切除術について議論し、ブラウエルの四点法から、油胸術、さらにはフランスにおけるベルノンの業績、すなわち結核性膿胸《のうきょう》に対する胸腔内大量注入療法についても語り合った。スティルマンが時計を見て、クランストンとの約束の時間にすでに三十分も遅れていると驚いて声を上げるまで、議論は尽きなかった。

アンドルーは、興奮で胸が高鳴ったまま、ブルックスホテルを出た。しかしそのあとから、まるで反動のように、今の自分の仕事に対する不信感と、妙に混乱した気持ちが襲ってきた。

――あの男と話したおかげで、俺は調子が狂ってしまったのか。

腹立ち紛れにアンドルーは自問した。

チェスバラ・テラスに戻って来たときも、気分は冴えないままだった。

家の前に車を停め、とりあえず曖昧な表情を作って車を降りた。クリスティンとの間には、いまやそんなぼんやりとした空白が必要になっていた。この頃の彼女は、ただ無表情のまま従順に答えるだけになっていたので、彼としてもときに腹立たしく感じることがあっても、同じような態度で応じるしかなくなっていたのである。

彼女はもう、彼には踏み込めない自分だけの世界に閉じこもっていた。いつも静かに本を読むか、手紙を書いていた。ときにはフロリーと遊んでいる姿も見かけたが、それは市場で買ってきたカラフルなコインで遊ぶ、子供っぽいゲームだった。一方で彼女が、ひっそりと教会に通い始めたことは、アンドルーを激高させた。ブライネリ時代、彼女がワトキンズ夫妻と教会に通っていたときは、アンドルーは何も不満を感じなかったが、今、これだけ互いに気持ちの離れてしまっている状況では、神への祈りは自分に対する当てつけのように見えたのである。

その夜、帰宅した彼がリビングに入っていくと、彼女はひとりでテーブルに両肘をついて本を読んでいた。最近使い始めた眼鏡をかけ、本を前にして読みふけっている小柄な姿は、勉強中の女学生のようだった。ふいに自分が除け者にされたような腹立たしさが、彼の胸に込み上げてきた。足早に歩み寄ると、肩越しにいきなり彼女の本を取り上げた。彼女はそれを隠そうとしたが間に合わなかった。表紙には「ルカによる福音書」という文字が見えた。

「神様か！」

戸惑いつつも、乱暴に言い捨てた。

「こんなものを読んでいたのか。今や聖書に夢中というわけだ」

「なぜいけないの？　私はあなたに出会う前から読んでいたんだから」

「なるほど、そうだっけか？」

「そうよ」

答える彼女の目には、妙な痛ましさが見えた。

「きっとプラザに来るあなたのお友達にはわからないだろうけど、これも立派な文学なの」

「そうかもな。ところで、気付いていないようだから言っておくが、お前は最近ひどいノイローゼになっているぞ」

「きっとそうね。それも全部私が悪いの。でもこれだけは言わせて。たとえひどいノイローゼになっても、自分を売り渡してしまうよりはいいと思ってる。どんなに沢山のお金を手に入れても、心が死んでしまったら何も残らないんだから」

彼女はふいに言葉を切ると、唇を噛みしめ、溢れそうになる涙をこらえた。なんとか必死に気持ちを落ち着かせようとしているようだった。そして、苦悩に満ちた目を、それでもまっすぐに向けて彼女は告げた。

「アンドルー。私、しばらくどこかへ行った方が、お互いのためにいいんじゃないかと思う。ヴォーン夫人が手紙をくれて、二、三週間、遊びに来ないかって誘ってくれたの。この夏ニユーキーに別荘を借りたんだって――。私、行くべきだと思わない？」

「いいさ、勝手に行ってくればいい」

彼はくるりと背を向けて、さっさと部屋を出て行った。

第十三話　クロスウェイズ

クリスティンのニューキーへの出発は、アンドルーに、大きな安堵と素晴らしい開放感をもたらした。しかしそれも三日間のことだった。そのうち、今彼女は何をしているだろうかとぼんやり考えたり、いつ帰ってくるだろうかと落ち着きなく苛々する日々がやってきた。今、自分は自由なのだと言い聞かせてみるのだが、かつてアベララウにいたとき、彼女がブリドリントンに出かけて行って、すっかり勉強が手に付かなくなったあのときと同じような空虚な感覚に陥った。

ふとした折に彼女の姿が眼前に浮かび上がることがあった。昔の若く潑剌《はつらつ》としたクリスティンではなく、いくらか頬がこけ、丸眼鏡の奥に近視の目をのぞかせた大人びた顔だった。美しくはなかったが、そこには、彼の心を捉えて放さない揺るぎない何かが確かにあった。

彼はよく外出しては、フレディやアイヴォリー、ディードマンたちとクラブでブリッジを楽しんだ。最初に会った日には色々混乱も感じたスティルマンにも、たびたび会いに出かけた。スティルマンはブルックスホテルと完成間近のハイウィコムの医療施設を足繁く往来していた。一方で、デニーにもロンドンに会いに来ないかと手紙を送ったが、着任早々出かけてくるのは容易ではないらしい。ホープはケンブリッジに出ていて、なかなか声をかけにくかった。

彼はときどき気まぐれのように病院で臨床研究を再開しようとした。しかしできなかった。まったく集中できないのである。その落ち着かない気持ちのままに、銀行支店長のウェイドのもとに、投資の相談を持ち込んだ。結果は十分に満足のできるもので、万事順調だったから、今度はウェルベック街に自由保有権まで含めた大きな家屋敷を買う計画を立てた。莫大な投資だったが、巨額の利益をもたらす見込みであり、チェスバラ・テラスの家は、横の医院だけを残して売り払うことにした。もちろん建築会社に、うまく工事を進めてくれるよう依頼することも忘れなかった。

彼は風もない暑い夜を、ろくに眠ることもできぬまま、投資の計画や診療に追われ、神経をすり減らし、クリスティンに会えない寂しさを紛らわすように、無意識にベッドサイドのテーブルに手を伸ばして煙草を探すのだった。

そんな生活の中で、彼はフランシス・ロレンスに電話をかけた。

「ここのところ、ずっとひとりなんです。夜にでも、どこかへ出かけませんか？　ロンドンはひどく暑い」

彼女の声は落ち着いていて、不思議に慰めるような響きがあった。

「それは名案ね。そろそろあなたが電話をくれないかって期待していたところなの。クロスウェイズをご存じ？　エリザベス朝の建物がちょっと派手だけど、でも川辺が最高に綺麗なの」

　翌日、彼は一時間足らずで夕方の診察を片付けてしまうと、八時前にはナイトブリッジに彼女を迎えに行って、チャーツィー方面に車を走らせた。二人を乗せた車は、郊外に出ると、ステーンズの外れの平坦な菜園地帯を抜け、鮮やかに輝く夕日を追いかけるように真西に向かった。

　彼の隣に座ったフランシスは、ほとんど話さなかったが、その異国風の魅力的な存在感は、車の中に静かに溢れていた。彼女は、子鹿の皮の薄い上衣にスカート姿で、小さな頭には黒い帽子をぴったりとかぶっていた。アンドルーは、その完璧なまでに優雅で、洗練された姿に圧倒される思いであった。彼の手のすぐ傍にある、手袋をしていない方の彼女の手は、白くほっそりとして、不思議なほど表情豊かに見えた。どの長い指先も、美しい緋色の卵形に整えられていた。非の打ち所もなかった。

　クロスウェイズは、彼女が言った通り、テムズ河畔の見事な庭園の中に建つ、素晴らしいエリザベス朝時代の屋敷であった。その庭園には、装飾的に刈り込んだ植木や可憐な百合の花の咲いた池が配されていたが、それらは、この屋敷がナイトクラブへと改装される際に加わった現代風の設備や、卑俗なジャズバンドの演奏によって、すっかり損なわれていた。彼らは、すでに高級車でいっぱいになっている中庭へ車を乗り入れた。すぐに駆け寄ってきた給仕は、上辺だけを着飾った浮薄な装いだったが、建物の方は、年代物のレンガが藤の蔦の影でつや光りしていたし、何本もの背の高い煙突は悠々と空に向かって佇立して、豊かな歴史の風韻を漂わせていた。

二人はレストランに入った。ぐるりとテーブルが並べられた広間は、床がよく磨かれ、調度も洗練されており、そこに多くの客の姿が見えた。出迎えた給仕頭は、プラザホテルの尊大な給仕の兄弟かと思うほどよく似ていた。アンドルーは、この給仕頭なるものが嫌いで、苦手でもあったが、ここにきて初めてその理由を理解した。それは彼が今までフランシスのような女性を伴ってこなかったからなのだ。フランシスが軽く一瞥を投げかけただけで、二人は広間の中でも最上の席に恭しく通された。二人を取り囲んだ給仕たちのひとりは、アンドルーのナプキンを速やかに広げて、慎重に彼の膝にかけてくれた。

フランシスはわずかなものしか注文しなかった。

「サラダにメルバ・トースト、ワインはいらない、冷たい水を」

そんな質素な注文にも、給仕頭は、かえって身分の高い証拠とでも思ったように、かしこまって頭を下げた。アンドルーは、ふいに不快なめまいのようなものを感じた。

——もし自分がクリスティンとここに来て、こんな些末な食事を注文すれば、嘲笑されたあげくに往来へ放り出されるだけではないか……。

そんな思いが胸をよぎっていた。

ふと我に返ると、フランシスが微笑を向けていた。

「お互いに知り合いになって、もうずいぶん経つのに、あなたが誘ってくれたのは、これが初めてね」

「迷惑だった？」

「それほどでも」

ほのかな笑みと魅惑的な言動が、彼のささやかな動揺を打ち消し、気持ちを高揚させた。緊張も解けて、自分も気の利いた答えが返せるような気分になり、上流階級の仲間入りを果たしたような楽しささえ感じていた。見当違いのうぬぼれや、俗物的な勘違いなどではない。彼女のゆったりとした振る舞いが、彼を包み込み、自然にそんな空気を作り上げてしまうのである。隣席の客たちは興味深そうにこちらに視線を向けていた。男たちは賛嘆の目を投げかけていたが、彼女はまったく意に介していなかった。アンドルーは、彼女といかにも親密な関係である様子を見せつけずにはいられなかった。

「こんなことを言ったら、あなたは自惚れてしまうかもしれないけど――」

彼女は水の入ったグラスにそっと触れながら言った。

「私、本当は今日、劇場に誘われていたの。前から約束があったのを断って来たのよ、ニコル・ワトソンとの約束。彼を覚えてる？　彼がバレエに誘ってくれていたの。私がバレエが好きだって知っているのね。あなたは子供っぽい趣味だって笑うかな？　あの有名なマシーンの舞台があったのよ」

「ワトソンなら覚えているよ。パラグアイ探検の話は面白かった。頭のいい人だ」

「とても楽しい人よ」

「けれど、バレエを観るには、暑過ぎると思ったんじゃないか？」

彼女は微笑んだだけで答えず、手元のエナメルの箱から煙草を取り出した。箱の表面には、淡い色彩で、フランソワ・ブーシェの見事な細密画が描かれていた。

「そういえば、ワトソンが君を追い回しているという噂は耳にしたことがある」

彼は熱のこもった声で続けた。

「あなたのご主人はどう思っているのかな？」

今度も彼女は何も答えなかった。ただ、いささか無粋な彼の言葉を非難するようにわずかに片方の眉を上げただけだった。しばらく間を置いてから、彼女は言った。

「わからない？　ジャックと私は最高の親友なの。でもお互いにそれぞれの友人たちがいる。彼は今、海辺の町のジュアンにいるけど、その理由について聞いたりはしない」

それから少し軽やかに、

「踊らない？　少しだけ」

二人は踊った。彼女は彼の腕に身を預け、見とれるような優雅さで、しかも淡々と踊った。

「僕はあまり得意じゃなくてね」

席に戻りながら彼はつぶやくように告げたが、そんな話し方まで彼女に似てきたかもしれない。

「無茶言うなよ、クリス。俺はタップダンサーじゃないんだぞ」

そんな風に笑って不平をこぼしていた日々は、はるか遠くへ過ぎ去っていた。

フランシスは何も答えなかった。それがまた特別彼女らしい態度だと、アンドルーは感じた。他の女性であれば、お世辞を言ったり、そんなことはないと否定したりして、どこかぎこちない気分にさせてしまうに違いない。急に彼は、衝動的な好奇心で口を開いた。

「ひとつ教えてくれないか。どうして君はこんなに僕に親切にしてくれるんだ？　君は色々なことで僕を助けてくれる……もう何ヶ月も前から」

「あなたは女性にとって、とても魅力があるの。あなたの一番の魅力は、あなた自身がそれに気付いていないこと」

「いや、しかし……実際……」

彼は顔を赤くしながら、抗議をするように応じた。

「僕としては、医者としても少しは認めてもらいたいところだよ」

彼女は手で煙草の煙をゆっくりと払いながら、笑った。

「あなたはきっと、納得しないでしょうね。もちろん、あなたは素晴らしいお医者さんよ。

私たち、この前の夜グリーン街であなたの噂をしていたの。ルロワ嬢は、あの会社の栄養管理者にだいぶ飽きてきたみたい。可哀想なランボールド。ルロワのぼやく声を聞いたら、彼も笑ってはいられないかもね。『あのおじいちゃんには、そろそろ引退してもらってもいいんじゃない』なんて言うんだから。でもジャックもその意見に賛成してた。みんなもっと若くて、活力のある人を管理者に据えたいと思ってる。いわゆる『将来性のある人』よ。彼らは医学雑誌に大規模な宣伝広告を打つことを計画しているみたい。専門家たちの注目を集めたいのね。ルロワが言うところの、科学的な裏付けがほしいのよ。でも、言うまでもなくランボールドは、専門家たちの間では相手にされていない」

　フランシスが独り言のように話す声に、アンドルーは真剣に聞き入っていた。しかしふいにフランシスは、気まぐれのように話題を転じた。

「なんで私、こんな話をしているの？　せっかくの素敵な夜が勿体ない。そんな怖い顔しないで。まるでこれから私を――それとも給仕かバンドリーダーでも――暗殺しそうな顔じゃない。でもあそこの男なら暗殺してもいいかもね、なんだか気に入らないんだもの」

　フランシスは優しげに目を細めた。

「最初に会ったときから、あなたは全然変わらない。あの試着室に入ってきたときのことよ。傲然としていて、誇り高くて、神経質で……少し滑稽な感じ。そしてあのとき……可哀想なトピー。普通に考えれば、ここに座っているべきなのは、彼女の方なのに」

「彼女じゃなくて、本当に良かったよ」

　そんなありきたりの返事に、フランシスの表情は変らない。

「私を平凡な女だと思わないでね。そんなのとても耐えられないから。私たち、それなりに知的な人でありたいでしょ。だから私たち……いえ、少なくとも私だけは、崇高な情念なんて信じない。意味はわかる？　人生はとても楽しいものだって思うの、友達がいればね。そしてその友達と少しばかり一緒に過ごすことができれば、なおのこと」

　実際、彼女はとても楽しそうな目をしていた。

「これじゃまるでロセッティね……、こんなのいけない」

　微笑みながら彼女は煙草ケースを手に取った。

「ここは風通しが悪いから、そろそろ行きましょ。川の上の月を見せてあげる」

　彼は支払いを済ますと、彼女のあとについて、細長いガラス窓のついた通路を抜けて外へ出た。その窓も、歴史ある立派な壁を打ち抜いて嵌め込まれており、いわば貴重な建物への暴虐行為のあとであった。

　手すりを巡らせたテラスに出ると、浮薄なダンスミュージックもかすかにしか聞こえなくなった。二人の前には、広い芝生の道が川へと延びていた。彼女の言った通り夜空には美しい月があり、降り注ぐ月明かりを受けて、刈り込まれたイチイの並木が、道に暗い影を落としていた。広々とした芝地の向こうに、青白く点々と見えるのはアーチェリーの標的であろうか。その向こうに、銀色に輝く水面が見えた。

二人は川まで下っていって、岸辺のベンチに腰を下ろした。彼女は帽子をとり、ゆったりと動いていく川の流れを見つめた。ふいにスピードを上げて遠ざかっていく高級車のエンジン音が鳴り響き、絶え間ない川のさざめきと奇妙に入り交じって聞こえた。

「不思議な夜の音……」

彼女が言った。

「古いものと新しいもの。車のサーチライトと月明かり。それがこの世界」

彼はそっと彼女にキスをした。

彼女は何の抵抗も示さなかった。彼女の唇は温かく、乾いていた。

「いい感じ。でもとても下手ね」

「もっとうまくできるさ」

彼はフランシスをじっと見つめ返した。

彼の心は落ち着かなかった。自信が持てず、恥ずかしく、ぎこちなかった。苛立ちながら、こんな夜に、こんな魅力的な女性と一緒にいるなんて、素晴らしいことじゃないかと懸命に自分に言い聞かせた。小説の筋書きのように、夢中になって彼女を両腕で抱きしめたって、いいはずなのだ。にもかかわらず、彼が意識したのは、自分の窮屈な体勢や、煙草を吸いたいという衝動や、生来の消化不良を思い起こさせるサラダの酢の味といったものばかりだった。

不可解なことに、目の前の水面にクリスティンの顔が映っていた。疲れ切って、痛ましげな顔だ。チェスバラ・テラスに引っ越してきて、あの大きな両開きのドアにペンキを塗ったときのブラシから飛んだペンキの痕が、寂しげにその頬についていた。

彼は狼狽し、苛立った。

――自分は、やむを得ない境遇の結果として、ここに来ただけなのだ。それに自分だって、ひとりの男だ。引退間際の老人ではない。

彼は勢いに任せて、もう一度フランシスにキスをした。

「きっとあなたが覚悟を決めるまでには、まだ一年くらいは必要みたい」

彼女の優しげな目は、楽しそうに輝いた。

「そろそろ帰った方がいい時間ね、先生。この夜の空気は……私たちには、ちょっと危険じゃない？」

彼は手を貸して彼女を立ち上がらせたが、車まで歩いて行く間、彼女はその手を軽く握ったままだった。彼は派手なバロック様式の衣装を着た駐車場係に、一シリングを投げてやり、ロンドンへ向けてアクセルを踏み込んだ。車の中で、彼女はずっと沈黙していたが、とても幸せそうに見えた。

しかし彼は一向に楽しくなかった。自分が、犬かピエロにでもなった気分だった。自己嫌悪と失望の中で、あの暑苦しい部屋に戻り、孤独なベッドに転がり込むのが恐ろしかった。心は冷え冷えとし、頭の奥が痛んだ。クリスティンに恋をしたころの悩ましくも甘美な思い出や、新婚生活を夢中になって過ごしたアベラ ラウでの記憶が、目の前をかすめていったが、それを彼は、乱暴に追い払った。

　車がフランシスの家に着いたときも、彼の心は頼りなく宙を彷徨っていた。車を降り、彼女のためにドアを開け、それから歩道に並んで立って、彼女がバッグから家の鍵を取り出すのを見守っていた。

「上がっていくでしょう？　使用人たちはみんな寝ているから」

　躊躇いがちに彼は答えた。

「もうずいぶん遅い時間だよ」

　彼女は聞こえなかったように、鍵を片手に玄関の石段を上がった。そのあとを人目を忍ぶようについていく彼の目に、古びた買い物袋を持って市場を歩くクリスティンの姿が、淡く霞んで浮かんでいた。

第十四話　歯科医の頼み事

三日後、アンドルーは、ウェルベック街の診察室に腰掛けていた。暑い午後で、開け放った窓を通して、往来のひどい騒音や排気ガスが流れ込んできた。

彼はすっかり疲れ切っていた。週末にはクリスティンが帰ってくることに不安を覚え、電話が鳴るたびに神経をとがらせた。これから一時間のうちに六人の三ギニーの患者を片付け、夕食にフランシスを連れ出すために、自宅の診療の方も手早く終わらせてしまわなければならない。考えただけで、妙な汗が流れた。シャープ看護師が、いつも以上に険しい顔で入ってくるのを、彼は不快な心地で見返した。

「先生に会いたいという、ひどい身なりの男が来ています。患者ではなく、セールスマンでもないと言っています。名刺はありません。ボーランドと名乗っています」

「ボーランド！」

アンドルーは思わず繰り返した。と同時にその顔が明るくなった。

「コン・ボーランドじゃないのか？　入れてくれ、すぐにだ」

「ですが、患者さんが待っています。十分後にはロバーツ夫人も……」

「ああ、ロバーツ夫人なら心配ない！　とにかく私の言う通りにしろ」

乱暴な言葉に、シャープ看護師はむっとして眉を寄せた。今までこんな言われ方をしたことは一度もないと答えかけたのを、なんとか彼女は抑え、ふんと鼻を鳴らして部屋を出て行った。やがて案内されてきたボーランドを、アンドルーはほとんど飛び上がるようにして迎えた。

「コンじゃないか！」

「やあやあ！　どんな調子だい！」

コンは開けっぴろげな笑い声を響かせながら、弾むように入ってきた。間違いなく、赤毛の歯科医本人だった。まるで今木造のガレージから出てきたかのように、だぶだぶの青い服を無造作に着込み、大きな茶色いブーツを履いていた。いくらか年は重ねたが、唾だらけのブラシのような口髭や、野性的なぼさぼさの髪、豪快な話し声は昔と変わりなかった。

彼はアンドルーの背中をどんと叩いた。

「嬉しいじゃないか、マンスン！　また会えるなんてな！　しかも、なんて見事な出世ぶりだ。だが百万人の中にいたって、俺は見間違えることはないぞ。立派、立派！　それにしてもたいしたもんだ。この土地も、部屋の中の何もかも、一流じゃないか」

コンは、冷ややかな目を向けて立っているシャープにも、陽気な笑顔を向けながら、

「君んとこの看護師は、俺が歯科医だと名乗るまで、中に入れようとしなかったんだ。しかし本当なんだぞ、看護師さん。この粋でおしゃれな先生は、ついこの前まで俺と一緒にど田舎の医療組合で働いていたんだ。山奥のアベラウってとこでな。君がもしあっちへ行くことがあったら、いつでも立ち寄ってくれ。俺も女房も、喜んでお茶くらい差し上げようじゃないか。旧友マンスンの友人なら、いつでも大歓迎だ」

シャープ看護師は、一瞥を投げかけただけで、速やかに部屋を出て行った。もちろんそんなことを気にかけるコンではない。くるりとアンドルーを振り返って、

「美人とはいえんな、マンスン。しかし、しっかりした女性だ。間違いない。結構、結構。君は元気だったか？　愉快にやってるか？」

コンはアンドルーの手を握って離さず、嬉しさのあまり盛んにそれを上下させた。

アンドルーにとって、今日のような無気力な日にコンと再会できたことは、なによりの清涼剤だった。アンドルーはなんとか手を離すと、ひとまず回転椅子に腰を下ろしてコンに煙草を勧めた。コンは、片方の汚い親指で脇の下を掻きながら、もう片方で火をつけたばかりの煙草をつまみつつ、来訪の理由を説明した。

「ちょっとした休暇なんだ、マンスン。それに二つ三つ用事があってな、女房がまとめて片付けてきたらって言ったんだ。わかるだろ。俺は、ブレーキを調整するスプリングの発明やなんかで働き詰めだったんだ。時間さえあればそれに専念していた。年寄りの白髪の数学者

が鑞燭の光の下でも研究を続けたみたいにな。しかしせっかくの発明品に、誰も見向きもしないんだ。でも気にしない、気にしない。なるようになるんだ。もうひとつの問題に比べりゃ、たいして重要じゃない」

コンは、煙草の灰をカーペットの上に落として、いくらか真剣な顔になった。

「聞いてくれ、マンスン。メリーのことなんだ。君もメリーは覚えているだろう。あいつは君のことは忘れていないぞ。最近あいつ、可哀想なことに、すっかり元気がないんだ。ルウェリンのところに連れて行ったんだが、あの野郎、ちっとも治してくれやしない」

段々コンの声に熱が加わり、不穏な調子を帯びてきた。

「その上ひどい話なんだが、マンスン、あいつは失礼にも、メリーが結核じゃないかって言いやがる。十五年前に、メリーの叔父のダンがサナトリウムに行ったのを最後に、ボーランド家の結核は終わったはずなんだが、終わりじゃないかもしれないって言うんだ。そこでだ、マンスン。旧友のよしみで、力を貸してくれないか？　今や君は高名な大先生だ。アベラロウでも噂になるくらいのな。俺たちのためにメリーを診てくれんか。あいつがどんなに君を信頼しているか、とても伝え切れんくらいだ。俺たちだってそうだ。俺も女房も、みんな同じ気持ちだよ。だから女房が言うんだ。『マンスン先生のところに行って、お願いしてきて。もし娘を診てくれるんなら、都合がいいとおっしゃるときにいつでも連れて行きましょう』ってな。どうだろうか、マンスン。もしどうしても忙しいなら、ただそう言ってくれればいい。俺はすぐ退散する」

アンドルーはいかにも不本意だといった顔で、首を振った。

「そんな言い方はしないでくれ、コン。君に会えて、僕がどんなに喜んでいると思ってるんだ。おまけに可哀想なメリー。メリーのためなら、できることは何でもやるよ」

シャープ看護師が意味ありげな態度で部屋に入ってきても、彼は構わずにコンとの会話を続けた。とうとう彼女の方が耐えかねて口を開いた。

「もう五人も患者さんが待っているんですよ、マンスン先生。それに予約の時間を一時間以上も過ぎているんです。こんなことは初めてで、私も患者さんにどう答えていいかわかりません」

それでも彼はまだコンを離そうとせず、ドアまで送っていって、名残惜しげに声をかけた。

「そんなにすぐに家に帰らせないぞ、コン。どのくらい滞在しているんだ？　三、四日か。それは朗報だ。どこに泊まってる？　ウエストランドか。ベイズウォーターの向こうじゃないか。それはいけない。せっかく近くに来たのに、どうして僕の家に泊まっていかない。部屋は沢山あるんだ。クリスティンも金曜日には帰ってくる。あいつも君に会えれば喜ぶはずだ、みんなで昔話でもしようじゃないか」

翌日、コンはさっそくチェスバラ・テラスへ鞄を運んできた。

夜の診療が終わると、二人は連れだって、パラディウム・ミュージック・ホールの第二公演を観に出かけた。コンと一緒にいると、どの場面もとてつもなく面白かった。この歯科医があまりに大声で笑うので、最初は面食らったが、周りの客たちにも段々それが伝わっていき、やがてコンが笑うたびに、誰もが同感だといった様子で振り返って笑いかけてきた。

「最高だな！」

コンは座席で転げ回るように楽しんでいた。

「あの自転車に乗っていた奴を見たか！　昔を思い出すじゃないか、マンスン」

幕間になると、二人はバーに入った。コンは帽子を頭の後ろに引っかけ、口髭をビールの泡だらけにし、楽しさのあまり、ブーツから根が生えたようにそこから動かなくなった。

「俺はなんて言ったらいいかわからんよ。とにかく最高に楽しい時間だ。君はなんて良い奴なんだ！」

コンの率直な裏表のない笑顔を見ると、アンドルーは、なぜか自分のことを薄汚い偽善者のように感じた。

公演が終わると、二人はカデロへ立ち寄って、ステーキを食べビールを飲んだ。それから家に帰ると、暖炉に火をおこして話し込んだ。二人は語り合い、煙草を吸い、さらに何本かのビールを空けた。

「ルウェリンと戦ったときのことを覚えているか、マンスン。アーカートやほかの連中はさっさと逃げ出したよな。アーカートと言えば、相変わらず元気にやっていて、君によろしくと言っていたぞ。なんにしてもあのときは、俺たち二人だけが残って、ビールを全部空けちまったよな」

そうやって話している間だけはアンドルーも、最近の我が身を取り囲む複雑怪奇な物事の数々を忘れることができた。

診療がもたらす過度の緊張、ルロワが自分を指名する可能性、ヴィクトリア呼吸器病院での昇進のチャンス、投資事業の進行具合、そしてフランシス・ロレンスの繊細で優雅な魅力と、クリスティンの非難するような冷ややかな目……。こういった事柄すべてをコンの大声がかき消してくれた。

だが、翌日はやってきた。クリスティンが帰ってくる日である。

アンドルーは平静でいられる自信がなかったので、ボーランドの存在が救いだとばかりに、何も知らない彼を駅のプラットホームまで連れて行った。列車が入ってくると、一層動悸は激しくなり、痛いほどだった。クリスティンの小さな見慣れた顔が雑踏の中に見えた。その緊張で硬くなった顔を見ると、彼は苦痛と後悔で、胸も張り裂けそうになった。彼は、何もかも振り払って、必死で平静な態度を繕った。

「おーい、クリス！　もう帰って来ないのかと思ったぞ！　どうだ、彼を覚えているか。そうだ、コンだよ。びっくりしただろ、あのコン・ボーランドだ！　全然変わってないだろ。今、うちに泊まってるんだよ、クリス。細かいことは車の中で話す。車はすぐそこだ。楽しく過ごせたか？　おいおい、どうしたんだ。自分で鞄を運ぶなんて」

　クリスティンにとっては、思いがけない出迎えだった。青白かったその頬に、ほのかな血の気が戻ってきた。彼女もまた、不安を抱え、神経をとがらせながらも、新しくやり直そうと思って戻ってきたのだ。これなら希望が持てるかもしれない。そう思った彼女は、コンと一緒に車の後部座席に落ち着くと、ときどきアンドルーの背中に目を向けながら、努めて明るく振る舞った。そして家に着くと、玄関の前で大きく深呼吸をした。

「やっぱり、自分の家はいいものね」

　それから少し窺うようにアンドルーを顧みた。

「寂しかった？　アンドルー」

「そりゃそうだ。みんなそうだよ。ベネットさんも、フロリーもだ。ああ、コン！　何をやってるんだ？」

　彼はすぐに出て行って、スーツケースを運ぶコンを、大げさに手伝った。しかし午後にはいくつもの往診の予定があり、のんびりくつろいでいる暇はなかったから、「お茶の時間には必ず戻る」と言って彼は家を出た。そして車に乗り込んでひと息ついた。

　――良かった、とりあえず大丈夫だ。それにしてもあいつ、ゆっくり休んだにしては、全然顔色は良くなってないじゃないか。いや、何にしても気付かれなかったんだ。今はそれが一番大事だ。

彼の帰宅は遅かったが、いつになく快活で、上機嫌だった。そのおかげでコンまで一層陽気になった。

「いや、愉快だな。君は以前よりずっと明るくなったじゃないか、マンスン」

夕食の折、アンドルーはクリスティンの、何か訴えるような視線を感じた。彼女はメリーの話を聞いて心配していたのだ。すぐにでも、できるなら明日にでも、メリーに来るように電報を打ったらどうかと、彼女はコンに提案した。一刻も早く、できる限りのことをしてあげたいと言う彼女に、アンドルーも大きく頷き返した。

アンドルーが予想したより、物事は速やかに進んだ。翌朝コンが送った電報に、「明日の昼前には着く」とメリーが返信してきたのだ。クリスティンはすぐに迎える準備に忙殺された。そんな風に次々と訪れる騒ぎが、アンドルーの浮ついた空元気も覆い隠してくれた。

翌日、予定通りメリーが到着した。

途端に、アンドルーは医師としての冷静な観察眼を取り戻した。一見して、彼女の状態は良くなかったのだ。何年か見ない間に、彼女は、細く骨の浮き出た肩をした、痩せこけた二十歳の少女になっていた。何よりも、その不自然なほど白く美しい顔色を見た途端、アンドルーは、容易ならざる病状であることを直感した。

彼女は長旅に疲れていたが、アンドルーたちに再会できたことを心から喜び、傍に座って話していたいと言ったが、夕方の六時にはベッドに横になるように説得された。それからアンドルーは二階に行って、彼女を診察した。

彼が二階にいたのは十五分ばかりで、すぐに客間のコンとクリスティンのもとに戻ってきたが、その顔には張り詰めた緊張があった。

「おそらく、間違いないだろう。左の肺尖部だ。ルウェリンの診断はきわめて正確だよ、コン。でも心配ない。まだ初期の段階だ。できることは沢山ある」

「つまり君は」とコンが沈鬱な顔で、探るように問うた。

「あいつは治るというんだな」

「ああ、そうだ。そう思ってくれていい。もちろん、あの子から目を離さず、常に経過を見て、最善を尽くすという条件付きだがね」

そこで彼は少し眉を寄せてから、

「しかし、コン。アベラウは、あの子にとっては良くない土地だよ。いや、初期の結核を自宅で治そうというのが、そもそもの間違いなんだ。あの子をヴィクトリア病院に預けてくれないか。僕はサラグッド医師をよく知っている。必ず入院させてくれるはずだ。そうすれば僕も常に目を光らせていられる」

「マンスン！」

コンは大迫力で叫んだ。と同時にアンドルーの両手を握りしめていた。

「こいつは本物の友情ってやつだ。あの子がどんなに君を信頼しているか、君には想像がつかんだろう。君以外に、いったい誰があの子を治せるものか！」

アンドルーはすぐにサラグッドに電話をかけにいった。そして五分後には戻ってきて、週末にヴィクトリア呼吸器病院にメリーを入院させられるという話をコンに伝えた。コンはもう何もかも解決したかのように、晴れ晴れとした顔になった。呼吸器専門の病院に入院し、アンドルーが診察し、サラグッドが監督するのである。楽観主義のコンにとっては、メリーはもう治ったも同然であった。

それから慌ただしく二日間で準備を整えると、土曜日の午後、予定通りメリーは入院し、コンは、パディントン行きの汽車に乗って帰っていった。

一連の忙しさのおかげで、アンドルーはいつのまにか普段の落ち着きを取り戻していた。診察室に出て行くときに、クリスティンの腕を取って、気軽に声をかけることさえできるようになっていた。

「ようやく二人の時間に戻れて良かったな、クリス。ひどい一週間だったじゃないか」

すこぶる調子のいい響きだった。しかし彼は、彼女の表情に気付かなかった。

アンドルーが出て行くと、クリスティンは部屋にひとりで座り、両手を膝の上に置き、頭を垂れたまま、身じろぎもしなかった。

帰ってきたときには、希望があったのだ。しかし今は恐ろしい不吉な予感だけが広がっていた。

――いったいどうしたらいいのか。いつまでこんなことが続くのだろうか？

クリスティンは、青ざめた顔のまま、何もない足元をじっと見つめ続けていた。

第十五話　悲劇

次々と訪れる成功は、さながら決壊したダムから放出された濁流のように地響きを立て、問答無用でアンドルーを押し流していった。

ハムソンとアイヴォリーとの連携は、より緊密になり、さらに多くの利益を生み出していた。その上ディードマンは、ゴルフで一週間ル・トゥーケに出かける間、アンドルーにプラザでの代診を頼み、お礼として十分な金を送ってきた。以前はディードマンの代診はハムソンが務めていたのだが、最近二人の仲があまりうまくいっていないことに、アンドルーは気付いていた。

また、ある有名な映画女優の主治医になったことは、彼の自尊心をおおいにくすぐった。彼は、その美しい痙攣患者の寝室にまっすぐ入っていき、サテンのシーツの上に腰を下ろし、痩せた体を診察し、ときには一緒に煙草を吸うことさえできたのだ。

だが何よりも彼を得意がらせたのは、ジョーゼフ・ルロワから特別に目をかけられるようになったことだ。一ヶ月前、彼は二度ルロワ氏と昼食をともにし、相手の胸中に重要な計画があることに気付いた。一度目の食事はなにげない会話に終始したが、二度目の昼食のときに、ルロワ氏は思わせぶりに言ったのだ。

「なあ、先生。わしは先生と一緒に仕事をしてもいいんじゃないかと思うとる。今わしは、大きな事業に乗り出そうとしているんだが、そいつには優れた医学的助言が必要だ。ただのホラ話はいらん。ランボールド老人は、自分の摂取カロリーほどの価値もない男だ。喪章でもつけて、放り出してやるさ！　それにいわゆる専門家の肩書を持った連中に、あれこれ口を挟まれて振り回されるのもごめんだ。わしに必要なのは、冷静な医学顧問であって、君が適任じゃないかと考え始めとるんだ。知っとると思うが、うちの商品は十分な人気を得て、大衆に広く受け入れられておる。しかし正直なところ、そろそろ、もっと科学的な領域に踏み込むべき時期ではないかと考えとる。牛乳の成分を分析し、電気分解や光線処理を施して、錠剤化する。ビタミンB入りの『クレモ』、栄養失調やくる病に効果のある『クレモファックス』……わかるだろ、先生。さらに我々が、専門的な領域に踏み込むことができれば、医療業界全体から援助と理解を得られるかもしれない。それはつまり、医師たちひとりひとりを潜在的なセールスマンに作り替えることができるということだ。これがすなわち先生、わしの言う科学的な宣伝であり、科学的アプローチというわけだ。そして社内に若くて科学的精神に溢れた医師を置けば、将来あらゆる事態に有益な助言をもらえると信じとるんだよ。わしの言葉を、しっかりと理解してもらいたい。こいつは完璧に裏表のない科学的で論理的な話だ。我が社は、まだまだ発展途上だがね、しかし考えてみてくれ。一般の医師たちがやたらと推奨している無意味なサプリメント——例えば、『マロビンC』だの、『ヴェガトグ』だの『ボーンブラン』だのいうものについてだ。ああいうものを見れば、人々の健康水準の向上という社会問題において、我々こそ本当に貢献できる存在だと考えていいわけじゃないか」

しかし、何缶もの「クレモファックス」より一粒の新鮮なグリーンピースの方が多くのビタミンを含んでいるだろうというアンドルーの考えは、変わっていなかった。だが、重役として受ける報酬などではなく、ルロワ氏から評価されているということが、彼をおおいに満足させた。

ルロワ氏のさらなる事業拡大によって、アンドルーもまた多くの利益を受け取るだろうと言ったのは、フランシスである。ああ！　彼女とともに過ごす時間は、アンドルーにとって特別であった。彼女のもとに立ち寄り一緒にお茶を飲み、この洗練された魅力的な女性が、ふいの親しげな微笑とともに投げかけてくる眼差しを受け止めることは、大きな喜びであった。

彼女との関係によって、彼もまた、自信をつけ、洗練され、如才なく振る舞うようになっていった。無意識のうちに、彼は彼女の哲学を吸収した。彼女が導くままに、表面的な事柄ばかりに注意を払うようになり、内面的な物事には何の関心も向けなくなっていったのである。

彼はもうクリスティンと顔を合わせても、まったく動揺するようなことはなくなった。フランシスと一時間過ごしたあとでも、平然と家に帰ってくることができた。彼はこの自分の変化を不思議に思うことさえなかった。もし気付いたとしても、自分はロレンス夫人を愛しているわけではないし、クリスティンは何も知らないし、何より男というものは人生の中で、何度かはこういう奇妙な袋小路に入り込むことがあるものだと主張しただけであろう。自分だけは違うという理由などないのである。

一方で、その償いのように、彼はクリスティンに必要以上に優しく接し、会話にも気を配り、自分の計画も皆彼女に伝えるようになった。クリスティンは笑顔の夫から、来春にはウェルベック街に家を買い、準備ができ次第、チェスバラ・テラスを引き払うという話を聞かされた。彼女は今ではもう、一切の議論をせず、非難の言葉を口にすることもなくなっていた。すっかり無気力になっていた。彼女が仮に、何か切実な思いを抱えていたとしても、アンドルーがそれに気付くこともなかっただろう。彼の方も、立ち止まって何かを考えるには、あまりに忙しい日々を送っており、その多忙さが、一層後押しして、まるで自分がとてつもない実力者でもあるかのような錯覚をもたらしていた。彼は活力に満ち溢れ、結果として自分自身や、自分の運命さえ自在に支配できると思い込むようになっていたのである。

こうした日々の中で、彼は突然、棍棒で頭を殴りつけられるような衝撃的な事件に直面することとなった。

九月五日の夕方、近所の小さな商店主の妻がチェスバラ・テラスの診療所にやってきた。ヴィドラーという小柄でおしゃべりな中年女性で、よく動く明るい目をしていた。近隣のリゾート地であるマーゲイトどころか、ロンドン市内のボウベルズより遠くへは行ったことがないという、生粋のロンドン子である。

アンドルーは、ヴィドラー一家のことはよく知っていた。開業した当初、ちょっとした病気で小さな男の子を診察したことがあったし、最近では、靴の修理をヴィドラーの店に頼んでいたのである。主人のハリー・ヴィドラーは責任感のある働き者で、パディントン街の端で、「修理商会」という堂々とした看板を掲げて二つの店を経営し、それぞれ靴の修理と衣服のクリーニングをやっていた。ハリーはたくましい体格の男で、腕まくりをして膝の間に靴型を挟んで仕事をしたり、クリーニング屋が忙しいときは、二人も従業員がいるというのに、自分から洗濯板を使ったりする姿がよく見られたものであった。

ヴィドラー夫人が来たのは、夫のハリーに関する相談だった。

「先生」

彼女はいつもの歯切れの良い口調で話し出した。

「主人の調子が良くないんですよ。もう何週間も体調が悪そうなんです。お医者さんのところに行くように言っているんですが、あの人は嫌がっていて……。明日診に来てもらえませんか？　寝かせておきますから」

アンドルーは必ず行くと約束をし、翌朝にはすぐ往診に出かけた。

ヴィドラーはベッドに横になりながら、数ヶ月前から腹の張り感と腹痛があると話したが、実際診察してみると、その腹囲は異常に大きくなっていた。酒の飲み過ぎか、座り仕事が多いせいかなどと、ヴィドラーなりに考えていた理由を説明したが、アンドルーは率直にこれを否定した。診断は大きな嚢胞であり、ただちに危険というほどではないが、手術を要する病変であることは確かであったのだ。

彼はヴィドラー夫妻を安心させるためにできるだけ丁寧に説明した。こんな単純嚢胞でも放置しておけば増大して厄介なことになる場合もあるし、切除してしまえばすっかり良くなるという内容である。手術そのものについては、ほとんど何も心配していなかったため、彼は、ヴィドラーに近くの公立病院にすぐ入院するよう勧めた。

ところが途端にヴィドラー夫人が手を上げて遮った。

「いけません、先生。ハリーをそこらへんの適当な病院に入院させるなんて！」

夫人は懸命に落ち着こうとしながらも、早口で続けた。

「こんなこともあるかもしれないと、前から私も考えていたんです。主人はずっと働き過ぎだったんですから。でも、ありがたいことに、なんとかできるくらいの用意はあるんです。もちろん私たちは裕福じゃありませんけどね、先生、でもいくらかの貯金はあるんです。今がまさにそれを使うときじゃないですか。私はハリーに、紹介状をもらうために偉い先生に頭を下げさせたりなんてさせませんし、貧乏人みたいに共同病室に放り込まれるような目にも遭わせません」

「しかし、ヴィドラーさん、そこは私がなんとか……」

「いいえ、主人は私立の医療ホームに入院させてください、先生。この辺りなら沢山あるはずです。それから手術ができる、信頼できる外科の先生も見つけてください。約束ですよ。私がここにいる限り、ハリー・ヴィドラーを公立の病院になんて、絶対入院させませんから」

　彼女の決意が固いものであることは間違いなかった。それにハリーの方も、こんな状況に陥った以上は妻と同意見で、最善の処置を望んでいる様子であった。

　その夜、アンドルーはアイヴォリーに電話をかけた。最近では、こういう助力が必要になった場合は、ほとんど機械的にアイヴォリーに頼むようになっていた。

「また力を貸してほしいんだ、アイヴォリー。腹部の手術が必要な患者がいる。ただ、ずいぶんな働き者だが、金持ちじゃない。まあつまり、君にとっては、あまり得るもののない患者だと思うんだが……。ただ、引き受けてくれれば、恩に着るよ。一般的な料金の三分の一でどうだろう」

アイヴォリーはとても愛想良く引き受けてくれた。自分の力の及ぶ範囲なら親友マンスンのために喜んで力を貸すという返事だ。アンドルーは四、五分ほどアイヴォリーと、この症例について話し合い、それからヴィドラー夫人にも電話した。

「チャールズ・アイヴォリー氏と話をしたところです。ウエストエンドの外科医で私の特別な友人です。明日、私と一緒に行ってご主人を診察するつもりです。十一時ですが、よいですね、ヴィドラーさん。それからアイヴォリー先生の話だと……もしもし？　いいですか？　彼の話だと手術が必要なら三十ギニーかかるということです。彼の場合、普通は百ギニーか、もしくはそれ以上ですから、そんなに悪くはない金額だと思いますよ」

「はい、先生、はい……」

答える声は不安に震えていたが、なんとか安心しようと努めているようだった。

「本当にありがとうございます。それくらいは、なんとか都合がつきますから」

翌朝、アイヴォリーとアンドルーは二人で診察に出かけ、その翌日、ハリー・ヴィドラーは、ブランズランド広場の医療ホームに入院となった。

それはチェスバラ・テラスからほど近い、昔ながらの簡素なホームで、設備は旧式だが、料金はそれほど高くないという、この辺りにはいくらでもある施設のひとつである。患者のほとんどは、半身麻痺や慢性心不全などの寝たきりの高齢女性たちで、床ずれの管理に多大な労力が必要になるような人々だ。ここも、ロンドンでアンドルーが足を運んだことのある他の施設と同じく、もともとは医療のために作られた建物ではないため、昇降機はなく、手術室もかつては温室だった場所を作り替えただけであった。しかし管理者のバクストンは看護師長の資格を持つ、働き者の女性であり、欠点は色々あるにしても、このブランズランド医療ホームは、きわめて清潔で、リノリウムの床は廊下の隅々まで輝いていた。

手術は火曜日に決まり、午前中はアイヴォリーが多忙のため、午後二時という通常よりは遅い時間に予定された。

当日、アンドルーの方が先にブランズランド広場に到着した。

アイヴォリーは定刻きっかりにやってきて、麻酔科医とともに車から降りてくると、お抱えの運転手が医療器具の入った大きなバッグを運び入れるのを静かに見守った。その姿は、ここから先は誰にも邪魔させないといった決然たる空気を感じさせた。

アイヴォリーは明らかにホームの小ささに驚いたようだったが、温和な態度はまったく崩さなかった。待合室で待っていたヴィドラー夫人に、穏やかに声をかけて安心させると、彼は持ち前の落ち着き払った態度でバクストン看護師長や看護師たちの信頼を勝ち取り、滑稽なほど小さな手術室に入って行った。

準備が整うと、ハリーが覚悟を決めたように黙って手術室に入ってきた。このあとの厳しい戦いを受け入れたように、彼は堂々と衣服を脱いで看護師に渡し、狭い手術台に横になった。麻酔科医がその顔にマスクを当てようとしたとき、ハリーはアンドルーに笑ってみせた。

「こいつを終わらせて、元気になりますよ」

そう言って彼は目を閉じ、ほとんどむさぼるように、エーテルを大きく吸い込んだ。バクストン看護師長が包帯を手に取った。ヨードを塗った腹部は、不自然に盛り上がり、てかてかと光る小山のように見えた。

手術が始まった。

彼はまず腰部の筋肉にたっぷりと筋肉注射をしながら、

「ショックに備えるんだ。いつもこれを使うんでね」

物々しい口調でアンドルーに告げてから、いよいよ切開に取りかかった。

大きく、素早くメスを動かすと、切開創からたちまち滑稽なほど大きな病変が現れた。嚢胞は、ちょうどぱんぱんに膨れた濡れたフットボールのように滑り出た。アンドルーが小さく頷いたのは、診断が正しかったことを確認できたからだ。このろくでもない付属物がなくなればヴィドラーも楽になるだろう。アンドルーは、もうこのあとの外来や往診などを考えて、ちらりと時計に目を走らせた。

その間にアイヴォリーは実に落ち着き払った態度で、フットボールと格闘していた。すなわち、病変を摑もうとして冷静にその付け根に手を回し、平然と摑み損なって滑り落としていた。摑もうとするたび、ボールは彼の手の中から滑り落ちてしまうのだ。少なくともそれを、二十回は繰り返した。

アンドルーは苛々しながらアイヴォリーの様子を窺った。

――この男は何をしてるんだ？

確かに処置をするには腹の中は広いとは言えないが、それにしても十分な空間があるではないか。ルウェリンやデニーや、その他多くの外科医たちが、もっと不自由な条件で、迅速に、かつ的確に処置をするのを、彼は何度も見てきたのだ。狭い空間でも器用にやるのが、外科医の仕事である。

そのとき、ふいにアンドルーは気が付いた。これまでいくつもの処置をアイヴォリーに依頼してきたが、腹部の手術はこれが初めてであったのだ。アンドルーは無意識のうちに時計をポケットに戻し、身を固くして手術台ににじり寄った。

アイヴォリーはなおも嚢胞を摑もうと、その根元に手を回し続けていた。冷静で、機敏で、自信に満ち溢れた姿は変わらない。バクストン看護師長や看護師たちは、何が起こっているかを理解していないようだ。信頼しきった顔で見守っている。年配の白髪交じりの麻酔科医は、目の前のボトルの蓋を親指で撫でながら、物思いにふけっている。

小さなガラス屋根の手術室の空気はどこまでも平穏だった。特別な緊張感もなければ、白熱したドラマもない。ただアイヴォリーが片方の肩を少し上げ、手袋をはめた手を動かし、つるつるしたゴムボールの付け根を摑もうとしているだけである。しかしなぜだろうか。アンドルーは戦慄にも似た寒気を感じていた。

——何を恐れているんだ？

緊迫した険しい顔で手術野を睨み付けたまま、彼は自問した。

——恐れることなど何もない。何も……。簡単な手術なのだ。もう四、五分もすれば終わるはずだ。

ふいにアイヴォリーは満足そうに、小さく微笑んだ。そして、嚢胞を持ち上げようとする努力を諦めてしまった。彼から「メス」と告げられた若い看護師は、敬意に満ちた目で見返した。アイヴォリーはゆったりとした動作でメスを受け取った。このときほどアイヴォリーが、まさに小説に出てくる偉大な外科医のように見えたことはなかったであろう。彼はメスを握ると、アンドルーが何をするのかと問う暇もなく、嚢胞の艶光りする皮膜を盛大に切り裂いていた。

すべてが急転した。

嚢胞は破れ、大量の静脈血が弾けるように飛び散り、一気に腹腔内に溢れ出した。直後には、今はもうたるんだ革袋のようになった皮膜組織が、なおも流れ出す血液の海の中に浮かんでいた。バクストン看護師長が、半狂乱になって容器の中のガーゼを摑み取った。にわかに麻酔科医が立ち上がった。若い看護師はほとんど失神しそうな顔色になっていた。アイヴォリーが厳かに告げた。

「止血鉗子をくれ」

恐怖の大波がアンドルーを襲った。アイヴォリーの手元を見れば、彼は止血のために根元を結紮《けっさつ》しようとしながらうまくいかず、やみくもに嚢胞壁を切り裂いているだけであった。しかも相手は、出血性嚢胞だった。

「ガーゼを」

アイヴォリーの、変わらぬ平然たる声が響いた。彼はこの混乱の中で、嚢胞の根元を結紮しようとし、溢れ出る血液を拭い取り、圧迫して、なんとか出血を止めようとしたが、まったくうまくいかなかった。アンドルーは、雷に打たれたように直感した。

――なんてことだ！　この男は手術などできないのだ。まったく経験がないのだ！

やがて患者の頸動脈に指を置いた麻酔科医が、静かに、そして申し訳なさそうに告げた。

「どうも……駄目だったようです、アイヴォリー先生」

アイヴォリーは止血鉗子を手放し、腹腔内に血まみれのガーゼを詰めると、大きな切開創を縫合し始めた。腹部はもう膨れ上がってはいなかった。その腹はすっかりへこみ、血の気もなく、空っぽになって見えた。つまりハリー・ヴィドラーは死んでいた。

「まったく、残念です」

最後に、麻酔科医がそう言った。

アイヴォリーは腹部を縫い終えると、几帳面にその糸を切り、トレイの上にハサミを置いた。麻痺したように、アンドルーの体は動かなかった。土気色の顔をしたバクストン看護師長は、機械的に毛布から湯たんぽを取り出している。かろうじて落ち着きを取り戻した彼女は、そのまま黙って手術室を出て行った。入れ替わるように、何も知らない守衛がストレッチャーを引いて入ってくると、ハリー・ヴィドラーの体は二階の病室へ運び出されていった。

ようやくアイヴォリーが口を開いた。

「本当に、お気の毒だ」

ガウンを脱ぎながら話すその声に、普段と変わった様子はない。

「ショックを起こしたのだろう。どう思う？　グレイ先生」

麻酔科医のグレイは、何かつぶやくように答えただけで、忙しげに器具を片付けているだけである。アンドルーは声も出なかった。ただ呆然として、混乱のただ中に立ち尽くしていた。それでもふいに顔を上げたのは、一階にヴィドラー夫人が待っていることを思い出したためだ。まるでそれを汲み取ったように、アイヴォリーが言った。

「心配ないよ、マンスン。私が彼女に会いに行こう。来てくれ。君に代わって私が説明するから」

返す言葉もないまま、アンドルーはほとんど本能的にアイヴォリーの後ろに従い、待合室まで下りていった。混乱したまま、吐き気で気分が悪く、ヴィドラー夫人に話をすることなどまったくできなかった。こんな状況の中で、まったく悠然と振る舞ったのはアイヴォリーだった。

「奥さん」

彼は深く同情を込めた声とともに、立ち上がった相手の肩に優しく手を置いた。

「お気の毒ですが……辛い知らせがあります」

夫人は、茶色い手袋をした両手をきつく握りしめ、恐怖と懇願の入り交じったような目を向けた。

「なんでしょうか？」

「ご主人には気の毒な結果になった。ヴィドラーさん。我々はできる限り力を尽くしたんですが……」

夫人は、真っ青に血の気の引いた顔で、椅子の上に崩れ落ちた。両手は凍りついたように、きつく握られたままだ。

「ハリー……」

悲痛な掠れ声は、すぐに叫び声になった。

「ハリー！」

「ただ、これだけは確かです」

アイヴォリーが悲しげに続けた。

「マンスン先生も、グレイ先生も、バクストン看護師長も、そして私も最善を尽くしましたが、もはや人の力でなんとかできる状態ではなかったのです。仮に手術を乗り越えたとしても、そのあとは……」

彼は思わせぶりにゆっくりと首を振った。

彼女をその言葉の意味を悟ったように、アイヴォリーを見返した。そして、こんな悲惨な状況にありながらも、謙虚に優しく声をかけてくれる外科医に、心を動かされたようだった。涙ながらに彼女は頭を下げた。

「丁寧に説明してくださって、ありがとうございます、先生」

「ここに看護師長を付き添わせます。辛くても負けてはいけません。あなたのその勇気は、ご立派だと思います」

待合室を出て行くアイヴォリーに、アンドルーも黙ってついていった。玄関ホールの奥に誰もいない事務室があり、ドアが開けっぱなしになっていた。アイヴォリーは煙草ケースを取り出しながら、中に入って行き、煙草に火をつけると、大きくひと息吸い込んだ。その顔色は普段より少し青白かったが、口元はしっかりと引き締まり、手元は落ち着いていて、まったく動揺は見えなかった。

「これで片付いたよ」

静かに彼は告げた。

「すまない、マンスン。嚢胞が大出血を起こすなんて、考えもしなかったんだ。しかし、どんな立派な医者にも、こういうことは起こるものなんだ。そうだろ？」

そこは、机の下に椅子がひとつ押し込まれただけの、小さな部屋だ。アンドルーは暖炉を囲んだ革張りの柵に両手をつき、空っぽの暖炉の中に飾ってある、若草色の鉢植えのハランを、熱に浮かされたような目で見つめていた。気分が悪く、ひどく疲れ、すっかり虚脱していた。ハリー・ヴィドラーが自分で手術台に横たわったときの姿が、頭から離れなかった。

――こいつを終わらせて、元気になりますよ。

そう言った十分後には、切り刻まれた死体となって、ストレッチャーの上に横たわっていたのである。彼は歯を食いしばり、片手で顔を覆った。

「もちろん……」

アイヴォリーが煙草の先端を見つめながら口を開いた。

「彼は手術中に死んだんじゃない。その前に手術は終わっていたんだからね……その点はまったく問題ない。検死の必要はないわけだ」

アンドルーは顔を上げた。全身が震えていた。この恐ろしい事態に臨んで、アイヴォリーは冷血漢のように動じていない。それに比してすっかり自分は気弱になっている。相手に対してか、自分に対してかもわからぬ怒りを抱えたまま、アンドルーはなかば狂ったように叫んだ。

「頼むから黙ってくれ。君が彼を殺したことはわかっているはずだ。君は外科医なんかじゃない。今までもずっと外科医じゃなかったし、これからも絶対に違う。こんなひどい藪医者を、俺は一度も見たことがない」

凍てつくような沈黙が舞い降りた。

アイヴォリーが突き刺すような視線をアンドルーに向けた。

「そういう言い方はやめてもらいたいね、マンスン」

「そうだろうな」

ヒステリックな、ほとんど痛ましいほどの上擦った声が応じた。

「君はもちろん言われたくはないだろう。だが事実だ。これまで俺が君に頼んできた症例はみんな子供だましの処置ばかりだった。しかし今回は……今回ばかりは本当の大きな手術だったんだ。ああ、最悪だ！　俺は気付くべきだった！　俺も君と同罪だ！」

「しっかりしてくれ。馬鹿なヒステリーはやめろ。聞かれるじゃないか」

「聞かれたらどうだって言うんだ？」

アンドルーの中で、さらなる怒りが爆発した。

「君だって、俺が言っていることが事実だとわかっているはずだ。君は派手にやらかしたんだ。こいつは……人殺し同然だ！」

一瞬アイヴォリーは、柵を外してアンドルーを殴りつけるかと思われた。彼の体格と腕力を持ってすれば容易なことに違いない。しかし彼はかろうじて自制した。そして何も言わず、静かに身を翻して、部屋を出て行った。醜く歪んだその顔は、けして解けることのない激しい怒りを物語っていた。

どれほど事務室にいたのだろうか。アンドルーは、マントルピースの冷たい大理石に額を当てたまま、じっと身じろぎもしなかった。やがて、やらなければならない仕事があることをぼんやりと考えながら、ようやく体を起こした。彼は、爆弾の直撃を受けたような破壊的な衝撃を受けていた。腸を引き抜かれ、全身空っぽになったかのようだ。それでも彼はのろのろと動き出した。ひどい怪我を負った兵士のように、そして、決められた仕事をこなす機械のように……。

このあと、彼はなんとか残りの往診を終わらせた。そして鉛のような重い心と、疼く頭を引きずって家に帰った。かなり遅い時間で、七時近かったが、それでもなんとか診療所の診察時間には間に合った。

正面の待合室は満員で、隣の医院も戸口まで患者が溢れていた。彼は瀕死の病人のように、ぐったりしながら、診察にとりかかった。

患者たちは、暑い夏の夜にもかかわらず、彼の物腰と人柄に、感謝の気持ちを伝えるために集まったような人々であった。ほとんどが女性であり、そのほとんどがローリエの女性店員たちだ。彼女らは何週間も通ってきては、彼の笑顔や、機転の利いた話術や、頑張って薬を飲むようにという励ましに感激していた。

――いつもと同じ茶番だ……。

そんな思いが、彼の頭をよぎっていた。

彼は医院の回転椅子に体を沈めると、笑顔の仮面をかぶって、夕方の儀式を開始した。

「調子はどうだい？　いいね、いくらか顔色がいいみたいだよ。脈もずいぶん良い感じだ。あの薬が効いているんだ。そんなに嫌な薬じゃないだろ？」

そして調剤室にいるクリスティンのもとに行き、空の薬瓶を渡すと、そのまま廊下を抜けて診察室に入り、また決まり切ったくだらぬ質問をし、表面的な優しい言葉をかけ、そしてまた廊下を戻りがてら、薬の詰められた瓶を受け取って、医院に入って行くのである。こうして彼は、自分で招いた地獄のような曲芸を繰り返すのだ。

蒸し暑い夜だった。

どうしようもなく苦しかったが、それでも彼は曲芸を続けた。なかばは自分を拷問にかけるため、なかばは呆然として空っぽになっていたため。いずれにしても彼に止めることはできなかった。そして痛みと戸惑いの中で行ったり来たりしながら、自問し続けていた。

――俺は何をやってるんだ？　いったい、何をやってる？

普段より遅い時間ではあったが、それでも十時十五分前には診療が終わった。医院の鍵を閉め、診察室へ戻ってくると、いつものようにクリスティンが待っていた。患者名簿を読み上げて、彼が帳簿をつける手伝いをするためである。

この何週間で、彼がしっかりと妻の顔を見たのは、このときが初めてだった。彼女は手元に名簿を持ったまま、目を伏せて座っていた。その姿に――彼女の変わりように――彼は衝撃を受けた。彼女の顔は硬く強張り、口元は力なく垂れ、その目には底の見えない哀しみが溢れていた。

分厚い帳簿を置いた机の前に腰を下ろすと、彼は不意に恐ろしいほどの緊張を感じた。しかし、そのかぶり慣れた仮面が、内面の動揺を覆い隠した。彼が何か言うより先に、彼女は名簿を読み上げ始めた。

往診患者には×印、外来患者には○印……。彼は、自分の不正行為のすべてを、次々と帳簿に書き込んでいった。最後まで終わると、彼女は初めて口を開いた。その声には、たじろぐほどの冷たく皮肉な調子が含まれていた。

「それで、今日はいくら?」

彼は答えなかった。答えることができなかった。

彼女は部屋を出て行った。二階に上がっていく足音が聞こえ、部屋のドアが静かに閉まる音が続いた。

彼はひとりだった。乾きと、衝撃と、困惑とだけがあった。

――俺は何をやっているんだ？　こんなことをして、いったい何になるというんだ？

ふいに彼は目の前の煙草袋に目を向けた。

金で膨らんだ袋……。

今日一日で稼いだ現金で、いっぱいに膨らんだ袋だ。

突然ヒステリックな激情の波が襲ってきた。彼は袋をわしづかみにすると、部屋の床に叩きつけた。しかしずっしりと重たい袋は、鈍く、耳障りな音を立てただけだ。

彼は乱暴に立ち上がった。苦しくて、息もできなかった。診察室を出て、小さな裏庭に飛び出し、星空を見上げると、深い真っ暗な井戸の底にいるようだった。彼はふらつく足取りで、弱々しくレンガ塀に寄りかかった。ひどい吐き気が襲ってきた。

第十六話　崩壊

アンドルーは夜通し、ベッドの上で落ち着きなく寝返りを打ち、朝の六時ころになって、ようやく浅い眠りについた。九時過ぎに目を覚まして、青い顔と重い目をして一階に下りていくと、クリスティンはすでに朝食を終えてどこかに出かけたようだった。いつものことだったが、しかし今、ひどい苦しみに打ちひしがれている彼は、二人の気持ちがどれほど離れてしまったのかを痛感せざるを得なかった。

ベネット夫人が、上手に焼いたベーコンエッグを持って来たが、食欲などかけらもない。喉の筋肉がまるで動かないのである。かろうじて一杯の珈琲を飲み、ふいに思いつくままに、ウイスキーのソーダ割りを作って飲み干した。それでなんとか出かける気力を絞り出した。

なぜだろうか。かすかな灯り、淡い一筋の光が、自分の足元をぼんやりと照らしているような感覚があった。その足元に視線を落として、彼はぎょっとした。いつのまにか、巨大な破滅の淵に立っていたのである。一歩先に広がっているのは、落ちたら、二度と這い上がってくることができない底なしの闇だ。彼は慎重にガレージの扉を開け、車に乗り込んだ。たったそれだけのことで、手のひらは汗でじっとりと湿っていた。

今朝の彼の一番の仕事は、ヴィクトリア呼吸器病院へ行くことだった。サラグッド医師とともにメリー・ボーランドを診察することになっていたのだ。この約束だけは、絶対に無視できなかった。彼はゆっくりと、なかば機械のように運転していった。

病院に着いて車を駐めると、まっすぐ病棟へ向かった。途中で看護師から受け取った検温表を確認しながらメリーの病室まで行くと、赤い毛布を敷いたベッドでメリーが嬉しそうな笑顔を浮かべて待っていた。ベッドサイドには大きなバラの花束が飾られている。華やかな雰囲気だったが、検温表が示す経過は思わしくなかった。

「おはようございます」

ベッドの隅に腰を下ろしたアンドルーに、彼女が明るい声で告げた。

「このお花、綺麗じゃないですか？　昨日、クリスティンおばさんが持って来てくれたんです」

「そうだね、綺麗な花束だ。調子はどう？　メリー」

彼はメリーを見返した。顔色は悪くなかったが、入院している間に、また少し痩せたように見えた。しかし答えた声は、自信と元気に溢れていた。

「ええ、調子はとてもいい。だって、そんなに長い入院じゃないってわかってるから。先生がすぐ治してくれるんでしょう」

その言葉や、その目に溢れる大きな信頼感が、彼に痛いほどの動悸を感じさせた。ここで間違いを起こすことは、絶対に許されない。それだけは確かだった。

やがてサラグッドが回診に現れ、病室に入ってくると、アンドルーがいることに気付いてすぐに歩み寄ってきた。

「おはよう、マンスン先生」

サラグッドはいつもの陽気な声をかけてきた。

「どうした、何かあったのか？　具合でも悪いのかね？」

「なんでもありません。大丈夫です」

立ち上がったアンドルーに、サラグッドはちょっと妙な顔をしたが、すぐにメリーのベッドに目を向けながら、

「君がこの子を一緒に診てくれるのはありがたいね」

そう言って、傍の看護師を顧みた。

「さあ、カーテンを引いてくれ」

十分ほど一緒にメリーを診察したあと、サラグッドは、病室を出て窓際の奥まったところまでアンドルーを連れて行った。そこは病棟から丸見えだったが、話を聞かれる心配はなかった。

「どう思う？」

サラグッドが問うた。

なかば朦朧とした頭で、彼は自分の話す声を聞いていた。

「先生がどう思われたかはわかりませんが、患者の経過はあまり良くないと思っています」

「確かにひとつ二つ気になる点はあるが……」

サラグッドは細い髭を引っ張った。

「病変はわずかながら拡大しているように思うんです」

「いや、私はそうは思わないよ、マンスン先生」

「体温は不安定です」

「うむ、そうかもしれない」

「こんなことを言っては失礼かもしれませんが……私も、先生と自分の関係は十分に理解しているつもりですが、しかしこの患者は私にとって、とても大きな重みがあるんです。今の病状なら、人工気胸はどうでしょうか？　入院時にも、この処置をやってみてはどうかと何度か申し上げたことは、先生も覚えていらっしゃると思います」

サラグッドはちらりと横目でアンドルーを見たが、その額には断固とした皺が現れていた。

「いや、マンスン先生。この患者に人工気胸は導入すべきではないと思っている。あのときもそうだったし、今も同じだ」

沈黙が舞い降りた。アンドルーはそれ以上の言葉を重ねなかった。サラグッドが、新しい治療に対していかに頑なで保守的な人間かはわかっている。心身ともに疲弊している状態で、無益な議論を続ける気にはなれなかった。

　サラグッドが、メリーの病状についてあれこれと見解を述べるのを、アンドルーは無表情で聞いていた。そして相手が結論を述べて回診に歩き出したのを見送ると、メリーのもとに戻り、また明日、様子を見に来ると説明して病室を出た。正面玄関に立っていた守衛に、家に電話して昼食はいらないと伝言してもらうよう依頼すると、彼は車に乗りこんだ。

　もう一時に近い時間だった。

　胸の苦しみは楽にならなかった。ひどい自己嫌悪の波が襲ってきた。気が遠くなりそうになったのは、空腹のためであろうか。彼はバダーシー橋のたもとに車を駐め、小さな喫茶店に入って珈琲とバタートーストを頼んだが、珈琲はなんとか飲めたものの、トーストは胃が受け付けなかった。

「お口にあいませんか？」

　ウェイトレスの心配そうな声が聞こえた。

「取り替えましょうか？」

　彼は首を左右に振って、勘定を頼んだ。ウェイトレスがそれを計算している間、彼はぼんやりと、彼女の制服の艶光りする黒いボタンを数えた。かつて遠い昔、ブライネリの教室で数えた、三つの真珠のようなボタン……。そんなことを思い出していた。

外に出ると、黄色く耐えがたい日差しが、ぎらぎらと川面を照らしていた。まるでどこか遠くから呼ばれたように、彼はウェルベック街で午後に二件の診察があることを思い出し、緩慢な動きで車に乗り込んだ。

シャープ看護師は不機嫌だった。最近はいつもこんな様子なのだ。しかしその彼女も、どこか具合が悪いのかとアンドルーに問うた。続けて、ハムソン医師が昼食後に二度電話をしてきたと伝えたときには、その口調が柔らかになっていた。彼女は、ハムソンに特別な敬意を持っているのである。

シャープが診察室から出ていくと、彼は腰を下ろして、じっと前方を見つめた。最初の患者は二時半にやってきた。鉱山省の若い事務員で、ギルから紹介された患者である。比較的重い心臓弁膜症を患っているこの患者の診察に、彼は長い時間をかけた。慎重に診察し、真剣に引き留めて、治療の内容も丁寧に説明した。診察が終わって若者が薄い財布を取り出そうとしたところで、彼は素早く口を挟んだ。

「お支払いは今でなくて構いません。また請求書を送りますよ」

しかし請求書を送る気など、まったくなかったのである。自分が金銭に対する渇望を失って、かつてのようにまたそれを軽蔑できるようになっているという感覚は、不思議に彼の気持ちを楽にした。

二人目は四十五歳の女性だった。バスデンというこの女性は、彼の患者の中でも特に熱心な信奉者のひとりだ。彼女を見るとアンドルーの心は沈んだ。裕福で、利己的で、心配性で、つまりかつてシェリントンの医療ホームで、ハムソンと一緒に彼が診察したレーバーン夫人を、少し若くして一段と利己主義にしただけの女性だった。

バスデンは、数日前にここを訪れてから、自分の健康上に起こった事柄のすべてを、笑顔で延々と話し始めた。アンドルーはそれを、額に手を当てたまま陰鬱な顔で聞いていたが、ふいに顔を上げて遮った。

「どうしてあなたは私のところへ来ているんですか、バスデンさん」

話の途中で彼女は止まった。顔の上半分にはまだ楽しそうな調子が残っていたが、呆気に取られて口元は開きっぱなしになっていた。

「ああ、わかっています。これは私の責任です。私があなたに来るように言ったんでしたね。しかしあなたに悪いところなんて何もないんですよ」

「マンスン先生！」

彼女は自分の耳が信じられないといった様子で、喘ぐように叫んだ。

しかしアンドルーが言ったことは真実だった。

彼は彼女のすべての症状が、その安逸《あんいつ》な生活に起因しているということを、容赦のない目ではっきりと見抜いていた。彼女はこれまで一日として働いたことがなかった。その体は軟弱で、甘やかされ、食べ過ぎだった。眠れないのは、筋肉を使う運動をまったくしなかったからだ。頭さえろくに使わなかった。配当金を心配し、優待券を節約し、使用人を叱り、自分とペットのポメラニアンの献立を考えること以外に、何もすることがないのである。だから彼女は、この診察室から出ていって、なんでもいいから何かすればいいのだ。鎮静剤や睡眠剤や整腸剤や、その他あらゆるろくでもない薬は、全部やめてしまえばいい。そして、ありあまる財産のいくらかでも貧しい人に分け与えてやればいい。自分のことばかり考えるのをやめて、誰かほかの人の役に立つことを考えればいいのである。しかし、絶対にそんなことはしないだろうし、言うだけ無駄であろう。彼女は精神的には死人も同然だった。そして、哀れなことに、彼もまたその同類なのである。

　彼は低い声で言った。

「申し訳ありませんが、私があなたにしてあげられることは何もない。バスデンさん、私は……私は遠くへ行くことになるかもしれないんです。でもあなたはすぐに新しい主治医を見つけるはずです。喜んであなたの話を聞いてくれるような医者は、この辺にいくらでもいるでしょうから」

　彼女は、しばらくの間、陸に上げられた魚のように、ぱくぱくと口を動かしていた。しかしそのうちに、むしろ気遣うような表情が、その顔に現れた。彼女は、相手が気が変になったと思ったのだ。ただちにそれは確信に変わった。彼女にしてみれば、これ以上、ここに座っている理由はなかった。手早く身支度を整えて立ち上がると、急いで診察室を出ていった。

アンドルーが机の引き出しを閉め、帰る支度を始めたところで、ふいに笑顔を浮かべたシャープ看護師が弾むような足取りで入ってきた。

「ハムソン先生がお見えになりましたよ。電話ではなくご自身で来られました」

嬉しそうなシャープに案内されて、くわえ煙草のハムソンが顔を見せた。何か意味ありげな目をしてどっかりと椅子に腰を下ろしたが、その顔には、いつにもまして陽気な笑みが浮かんでいた。

「いきなり邪魔して悪いな。けどそろそろ手が空くんじゃないかと思って、我が大親友に会うために飛び出してきたってわけだ。さっそくだがマンスン――」

ハムソンが煙を吐きながら、いくらか声音を落とした。

「昨日の手術の一件は俺も聞いたぜ。いや、心配ない。俺は喜んでるんだ。お前が、我らが友人アイヴォリーに手厳しく言ってくれたのは、実に痛快だと思ってる」

その声は意地の悪い響きを帯びていた。

「お前も知ってると思うが、最近俺は、アイヴォリーやディードマンとうまくいっていない。奴らは俺を除け者にしようとしているんだ。俺たちはみんなでちょっとした契約を結んでいて、こいつがなかなかいい利益を出していたんだが、最近二人が、俺の取り分の上前をはねているってことがわかったんだよ。それに、アイヴォリーの下品なやり方には、俺も嫌気がさしていたんだ。奴は外科医なんかじゃない。まったくお前の言う通りだ。あいつは性根の腐った堕胎専門医に過ぎないよ。え？　知らなかったのか？　なら教えてやるよ。ここから百五十キロと離れていないところに医療ホームが二つ三つあるんだが、そこはそれ専門にやってるんだ。アイヴォリーはその施設の掻爬《そうは》主任ってわけだ。ディードマンだって似たようなもんだよ。奴は口先のうまい麻薬の販売人に過ぎん。アイヴォリーほど器用にやってるわけじゃないから、いずれどこかでひどい目に遭うだろうさ」

　ひとり満足げに頷いてから、

「いいか、よく聞いてくれ。俺はお前のためを思って言うんだ」

　ハムソンは椅子から身を乗り出して続けた。

「奴らとは縁を切って、俺と手を組んでほしいんだ。お前はまだまだ未熟なところがあるじゃないか。おかげで十分な分け前を受け取っていない。アイヴォリーが一回の手術で百ギニー以上受け取ってたってことを知らないだろう？　それなのに君にはいくら渡していた？　せいぜい十五ギニーか二十ギニーってものだろ。まったくわずかじゃないか。おまけに昨日のようにひどい手術をやるんだぜ。奴らには何も話していないんだが、俺だって馬鹿じゃない。計画があるんだ。奴らを放り出して、俺たちだけで手堅いタッグを組もうじゃないか。俺たちは大学以来の親友だろ？　俺はお前が好きだ。いつだって好きだった。とにかく俺は、まだまだいろんなうまい話をお前のもとに持って来てやれるんだ」

　ハムソンは新しい煙草に火をつけながら、楽しそうに笑い、いかにも自分が有望なパートナーであるかのような空気を振りまいた。

「お前は、俺がどんなにうまく稼いでいるか信じないかもしれんな。例えば、つい最近の話をしてやろう。注射一回で三ギニー稼ぐんだ、しかもただの滅菌水だぜ！　ある日女性がひとりワクチンを打ちに来たんだ。俺はその注文を忘れていたんだが、がっかりさせちゃいけないと思って、とりあえず滅菌水を注射してやった。翌日戻ってきた彼女は、前の注射よりずっと効いたって言うんだ。だからそのまま続けることにしたんだよ。別に害はないさ。煮沸した水に色をつけただけで安全なんだ。大事なことは頭を使うってことさ。俺とお前が本当に手を組んだらな、マンスン、つまりお前の学位と俺の機転を合わせれば、たちまち大金が転がり込んでくるってわけだ。俺たち二人が力を合わせることが大事なんだぜ。そうすれば、お前はいつでも俺の助言を聞ける。物わかりが良くて若い外科医を、俺が探してくるさ。アイヴォリーよりずっと使える奴をな。なに、すぐ見つかるさ。そして最終的には、俺たち自身で医療ホームを経営するんだ。そうすりゃ俺たちは、黄金の山に飛び込んだようなものさ」

　アンドルーは体を硬くして、身じろぎもしなかった。

　ハムソンに対して怒りは感じなかった。自分自身に対する強烈な嫌悪感だけがそこにあった。これまで自分が何をやってきたのか、どんな手を使ってきたのか、そしてどこへ向かって突き進んできたのか。ハムソンの今の言葉ほど、それらを、まざまざと突きつけるものはなかった。ハムソンが答えを待っていることに気付いて、彼は青ざめた顔を上げた。

「俺はもう、お前と一緒にやっていくことはできないんだ、フレディ」

からからに乾いた喉から、なんとか言葉を吐き出した。

「俺は……俺は急に何もかも嫌になった。もうこんなことはやめようと思っている。この辺の街角には、飢えたハイエナが多過ぎる。もちろん、誠実に、公平に診療をしている素晴らしい医師たちも沢山いるんだろうが、でもそのほかは、みんな恐ろしい獣だよ。必要もない注射をやり、何も悪さをしていない扁桃腺や虫垂を切って、互いの間で患者を手玉にとって、稼ぎを山分けしたり、堕胎手術をやったり、偽物の科学的治療ってやつを押しつける。涎《よだれ》をたらして金を追いかけている野獣ばかりじゃないか」

ハムソンの顔がみるみる赤くなっていった。

「何を言うんだ！」

ハムソンは唾を飛ばして叫んだ。

「それじゃお前はどうなんだ⁉」

「わかってるよ、フレディ」

アンドルーは乾いた声で答えた。

「悪いのは俺だって同じだ。俺はお前と喧嘩なんかしたくない。お前は、一番の友達なんだから」

ハムソンが弾けるように立ち上がった。

「どうしたんだ？　気でも狂ったのか？」

「そうかもな。でも俺はもう、金とか、成功とか、考えるのをやめようと思っているんだ。そんなものは、良い医者の証明になんてならない。医者が年に五千ポンドも稼ぐなんて、何かしら良くないことをしている証拠さ。それに……それに同じ人間だってのに、病気で苦しんでいる相手から金を巻き上げようなんて、どうかしてるじゃないか」

「とんだ大馬鹿野郎だ！」

ハムソンは怒鳴りつけるように言うと、踵を返して部屋を出て行った。

アンドルーはぎこちなく、椅子の背もたれに身を預けた。孤独で惨めだった。それでもなんとか立ち上がり、帰路についた。家が近づいてくるにつれて、段々と鼓動が速くなっていった。六時を過ぎたところであろうか。疲れ切った一日の、すべての物事が、いよいよ終わりに近づいているような奇妙な感覚があった。震える手でなんとか玄関の鍵を開けて、彼は中に入った。

クリスティンはいつものように、リビングにいた。彼女の白い顔を見ると、彼は全身が震えるようなひどい悪寒を感じた。彼は、今日一日を自分がどんな状態で過ごしたのか、彼女に聞いてもらい、心配してもらいたかった。けれど彼女は淡々と言っただけだ。

「遅かったのね。診察前にお茶を飲む？」

「今夜は、診察はしない」

彼女は怪訝な顔を向けた。

「でも水曜日よ。とても忙しい夜じゃない」

彼は返事の代わりに、「今夜は休診」という張り紙を書いた。そしてそれを持って廊下を歩き、医院の扉にピンで留めた。彼の心臓は、凄まじい勢いで脈打ち、ほとんど爆発しそうになっていた。廊下を抜けて戻ってくると、彼女は診察室に立っていた。一段と青白い顔をしていたが、目元には困惑が浮かんでいた。

「どうしたの？」

掠れた声で彼女が問うた。

彼は妻を見返した。その途端、胸の痛みは奔流のようにほとばしり出て、もはやどうすることもできなくなった。

「クリスティン！」

彼の内にあるすべてが、その一言に込められていた。

彼は彼女の足下に、跪くように崩れ落ちた。

第十七話　再生への道

二人の今度の和解は、互いに恋に落ちて以来、もっとも深く、そして意味のあるものとなった。

翌日の朝、彼はアベララウにいたときのように、彼女の傍らに横になったまま、とめどもなく話し続けた。まるで何年も会わずにいたかのように、心の底から流れ出るに任せて話し続けた。外はとても静かで、教会の鐘の音が穏やかに鳴り響いていた。

「どうしてこんなことになったんだろう……」

うなるようにアンドルーはつぶやいた。

「俺は、気が狂っていたのか、クリス。思い返してみても、信じられないことばかりだ。俺にはデニーやホープがいるってのに、ほかのあんな連中と一緒になってしまって……ああ、死刑にされたって文句は言えない」

彼女が静かな声で慰めた。

「何もかも、突然過ぎたのよ。あんなに一度にいろんなことが起こったら、誰だって足をすくわれる」

「そんなことはない、それじゃいけないんだ、クリス。考えると頭が変になりそうだ。ずっとお前はひどい目に遭っていたんだ。ああ、俺のせいで、どんなに辛い思いをさせていたか……」

彼女は微笑んだ。心からの微笑だった。凍りついた無表情はなくなり、愛情が溢れていた。その温かな笑顔に、アンドルーは言葉もなく胸を打たれていた。

——ああ、生き返ったんだ……。

彼は天を仰いだ。

——俺もクリスティンも、絶望の淵からなんとか戻ってきたんだ。

やがて彼は、決然たる眼差しをクリスティンに向けた。

「これからやるべきことは、ひとつだけだ」

胸の痛みがなくなったわけではない。けれども気持ちはしっかりと前を向き、進むべき道が見えていた。行動する準備もできていた。

「とにかくここを出るべきだ。俺は深入りし過ぎたよ、クリス。あまりに深入りし過ぎたんだ。どこを向いても、自分がやってきた詐欺まがいの行為が目に入ってきて、いつ引き戻されるかわからない。この医院ならすぐに売れる。ああそれから、クリス。俺にいい考えがあるんだ」

「どんな考え？　アンドルー」

微笑とともに見返すクリスティンに、アンドルーはわずかに口をつぐんでから、くたびれた苦笑を向けた。

「お前がそんな風に笑ってくれるのは、いつぶりだろう。嬉しいよ。そうなんだ、昔はそんな風に笑ってもらう価値のある人間だった……。いや、今はそんなことを考えてる場合じゃない。クリス、この計画はね、今朝起きたときに思いついたんだ」

彼はベッドからゆっくりと体を起こした。

「ハムソンが、俺とろくでもないチームを作ろうと言っていたことを思い出していた。そうしたら急に閃いた。どうして患者のためになる『本物の医療チーム』を作らないんだってね。アメリカの医師たちの間じゃ、当たり前のことらしい。スティルマンが、自分は医師でもないのに、何度かそんな話をしてくれたことがあったんだよ。もちろんこの国にはまだ賛成する人はほとんどいないけど――。つまりね、クリス、それぞれの専門分野を持った医師たちを集めて、そのチームで、小さな田舎町の診療所を運営するんだ。聞いてくれ、クリス。集める医師は、もちろんハムソンやアイヴォリーやディードマンたちじゃない。デニーやホープだ。彼らと一緒に、本物の、最高の三人でチームを作るんだ。外科はデニーに任せれば良い。あいつの腕前はお前も知ってるだろ。俺は内科を担当して、ホープは俺たちの細菌学者ってわけだ。俺たちがそれぞれの専門分野をきっちりと固めて、お互いに連携できれば、どんなに大きな成果を上げられるか、お前にもわかるはずだ。デニーの議論は覚えているかい。俺も同感なんだ。あのどうにもならない総合診療の制度さ。一般の開業医が、あらゆる分野の診療を背負って、ふらふらになっている。そんなことは、最初から不可能なんだよ。これに対する唯一の回答が、チーム医療だ。これこそが完璧な回答だ。公的な大病院と、個人の開業医の中間にある、新しい医療体制だ。今までこれが成立しなかった理由は、一部の立派な人たちが、何もかも自分で全部やってしまおうとしてきたからだ。ああ、しかし、もし俺たちが未来を切り開く新しい医療チームを作ることができれば、素晴らしいじゃないか。科学的な……いや、敢えて言えば、精神的にも強く団結した、開拓者のような最高のチームだ。偏見や先入観を打破し、古い迷信をぶち壊して、医療制度の根底にまったく新しい革命を起こせるかもしれないんだ」

　アンドルーの力のある声が、寝室に響きわたった。

　熱のこもった、あの懐かしい演説だった。

　クリスティンは、上気した頬を枕に載せたまま、目を輝かせて、じっと彼を見つめていた。

「そんな風にあなたが話すのを聞いたのは、ずっと昔のような気がする。私が今どんなに幸せか、とても説明できない。ああ、もう一度、何もかもこれから始めるのね。私、幸せ。最高に幸せよ、アンドルー」

「俺には、償わないといけないことが山ほどある。俺は馬鹿だった。本当に愚かだった」

硬い口調で答えながら、彼は両手で額を押さえた。

「ハリー・ヴィドラーに本当にすまないことをした。頭から離れないんだ。けど、忘れようとも思わない。この償いのために何かできるまで、絶対に……」

噛みしめた唇の隙間から、呻き声が漏れた。

「責任は俺にあるんだ、クリス。アイヴォリーと同じだ。俺はあまりに無責任だった。たいしたことはない問題だとさえ考えていたんだ。あんなことをして、逃げ回る権利なんてあるはずもない。だから死ぬ気で頑張るつもりだよ、クリス。デニーとホープも力を貸してくれるはずだ。あの二人のことはお前もわかってるだろ。デニーなんか、また昔のように大変な現場に戻って、必死に駆け回るような診療をやりたくて、うずうずしていると思う。それにホープだ。ちょっとした実験室を用意してやれば、あいつは、俺たちの使う血清を作りながら、やりたい研究もできる。どこへだって付いてくるに違いない」

彼はベッドから飛び降り、昔よくやったように部屋の中をせっかちに行ったり来たりし始めた。未来への熱い希望と、過去への深い悔恨のはざまで、悩み、期待し、計画し、必死に考え続けた。

「片付けなけりゃいけないことが、山のようにあるんだ、クリス」

彼は鋭い目を窓の外に向けた。

「今すぐにでも、絶対にやらないといけない問題がひとつある。そうだな、これから二、三通手紙を書いて、昼食を摂ったら、一緒に郊外にちょっとばかりドライブに行こうか」

　彼女は戸惑いがちに彼を見た。

「でも、忙しいんじゃないの？」

「大丈夫だよ。俺のやってきた仕事なんてなんとでもなる。それよりもね、クリス、俺はメリー・ボーランドのことが心配なんだ。あの子はヴィクトリア病院に入院しても良くなっていないし、俺も十分に治療にかかわってやれていない。サラグッドはかなり冷淡だし、彼は病状を正確には——もちろん俺が考える上での正確さだが——しっかりとは理解していない。ああ、コンからあれほど頼まれておきながら、メリーに万が一のことがあったらと思うと、いても立ってもいられない。自分の病院の問題を口にするのは気が引けるが、あの子はヴィクトリア病院にいても治らないだろう。あの子はこんな町中を離れて、新鮮な空気のある田舎の療養所に移るべきなんだよ」

「でも、どうするの？」

「スティルマンに頼んでみるんだ。ヴァン・ヴェールほど、俺たちの望む条件が揃っている素晴らしい施設はほかにない。直接ヴァン・ヴェールを訪ねて、メリーを受け入れてくれるようスティルマンを説得さえできれば……ああ、ただ嬉しいってだけじゃない。本当に価値のある何かをしたと思えるんだよ」

「それなら——」

クリスティンも体を起こして、きっぱりと答えた。

「準備ができ次第、すぐに出発しましょう、アンドルー」

アンドルーは着替えてから一階に下り、デニーとホープへの長い手紙を書いた。三人の重症患者がいたため、往診に回りながら手紙を投函し、軽い食事を摂った二人は、ハイウィコムに向かって出発した。

精神的な緊張が続いていたとはいえ、ハイウィコムへの旅は、楽しいものになった。

幸福というものは――たとえ世の皮肉屋が何と言おうと――世俗的な財産からは完全に独立した、ある純粋な心の状態だということが、これまで考えもしなかったほどはっきりとアンドルーには理解できた。この数ヶ月、富や地位やあらゆる物質的な意味での成功をむさぼるように追い求めていたとき、彼は自分が幸せなのだと思っていた。しかし、そうではなかった。彼は手にしたものより、さらにもっと多くを貪欲なまでに求めながら、一種の病的な興奮状態に陥っていたのである。

――金か！

彼は苦々しく思い返した。

すべてはあの汚れた金によるものだった。最初の頃、彼は年収一千ポンドを目指した。それを手に入れた途端、すぐに今度は倍の収入を欲し、それが限界だと考えた。しかしその限界に到達しても、彼は満足しなかった。そうやって果てしなく、もっともっとと彼は求めたのだ。その先には、破滅の淵が口を開けて待ち受けていたのである。

彼はちらっと隣に座るクリスティンを見た。自分のせいで、どれほど彼女は苦しんだろう。しかし今は違う。もし彼が自分の決意の固さを確認したいのであれば、鏡を見る必要はない。彼女のすっかり変わった表情と目の輝きを見れば十分だった。彼女はもう美しいとは言えなかった。その顔には生活による疲れが刻み込まれ、目元には黒い小さな皺があり、かつては張りのあった魅力的な頬の肉も落ちて、かすかにくぼんでいる。けれども、彼女はいつも、冷静で誠実であり続けた。その顔が、灯がともったように明るく輝く様子を見るたびに、彼は深い後悔の念に打ちひしがれた。

もう二度と、彼女を辛い目には遭わせない。

彼は強く心に誓った。

三時過ぎにハイウィコムに着いた二人は、丘の上へ続く尾根道を上っていった。ヴァン・ヴェールの景観は素晴らしいものだった。北側は山並みに守られつつも、ふたつの谷を見下ろすちょっとした高原地帯にそれは建っていた。

スティルマンは心から二人を歓迎した。小柄な彼は、落ち着きのある控え目な態度で、めったに感情的になることはなかったが、アンドルーの訪問を心から喜び、稼働し始めたばかりの、美しく機能的な病院の中を案内してくれた。

ヴァン・ヴェールは敢えて小さく建てられていたが、疑問の余地なく完璧にできていた。南西方向に延びた二つの病棟を、中央の管理棟が繋ぎ、エントランスホールと事務室の上には、最新の設備を備えた治療室があった。南側の壁は開放的なガラス張りで、暖房や換気システムも、非の打ち所なく効率的に作動していた。アンドルーは歩きながら、このきわめて現代的で理想的な建物と、ロンドン中にある医療施設とを比較せざるを得なかった。ロンドンの病院は百年も昔に建てられた老朽化したビルに過ぎないし、医療ホームは古い住宅を改造しただけの設備も貧弱な見せかけの施設なのである。

ひと通りの案内を終えたあと、スティルマンは二人にお茶を出してくれた。アンドルーはさっそく一番重要な話を切り出した。

「無闇に人の好意にすがりたくはないんですが、スティルマンさん」

ほとんど忘れかけていたそんな決まり文句に、クリスティンは微笑をこぼさずにはいられなかった。

「私の患者をひとり、ここで引き受けてもらえないでしょうか。初期の結核患者です。人工気胸が必要だと考えています。患者というのは私の親友の……そいつは歯科医なんですが、その娘なんです。彼女はロンドンの病院に入院中ですが、良くなっていません」

スティルマンの水色の瞳が、いたずらっぽく輝いた。

「あなたはまさか、私のもとに患者を送るつもりですか？　アメリカならわかりますが、この国で私に患者を任せる医師なんていないんですよ。私は得体のしれない施設を経営している、怪しげな医者もどきです。治療と称して、患者たちに朝食前から朝露の中で運動させるような男ですよ」

　アンドルーは笑わなかった。

「からかわないでください、スティルマンさん。この件について、私はとても真剣です。非常に心配しているんです」

「お気持ちはわかりましたが、しかし、あいにく今は満室です」

　スティルマンは苦笑を浮かべながら、首を左右に振った。

「この国にいるあなたの同業者たちから大きな反感を買っているにもかかわらず、両腕で抱えるくらいの長い入院待機者リストがあるんです。妙な話です」

　彼はちょっと遠くを見るような目をしてから、静かな微笑とともに付け加えた。

「みんな私のところに治療を頼みにくる。医師は沢山いるというのに」

　アンドルーは肩を落としてため息をついた。スティルマンに断られたことは、大きな痛手だった。

「そうですか。少なからず期待していたんです。ここでメリーを預かってもらえればと……。もしそうなら本当に安心できたでしょうに。なんにしても、ここはイギリス一の病院です。

お世辞ではありません。あの子が入院しているヴィクトリア病院の古い病棟を思い返すだけで、壁板の裏側をゴキブリが走り抜けていく音が聞こえる気がするんですから」

　スティルマンは少し前にかがみ、低いテーブルの上からキュウリのサンドイッチを指先でつまみ上げた。彼は何かを手に取るときには、気難しいほどに潔癖で、いつも慎重に手を洗い、それをできるだけ汚さないようにしているようだった。

「なるほど、なかなか胸を打つ台詞ですね。いやいや、こんな風に言ってはいけないか。あなたの心配はわかります。いいでしょう、力を貸しましょう」

　目を見張ったアンドルーを愉快そうに眺めながら、スティルマンは続けた。

「私は寛容な人間です。世の中の医師たちには散々な目に遭わされてきましたが、ときには、医師の頼みだって引き受けるんですよ。ああ、ここは笑ってくれないと困ります。ジョークですよ。気にしないで。あなたはユーモアのセンスには欠けているが、他のほとんどの医師たちよりは、はるかに豊かな見識を持っている。とにかく、今週は病室が空いていないので、水曜日ならいいでしょう。来週の水曜日に患者さんを連れてきてください。私なりに、ベストを尽くしましょう」

　アンドルーの顔は感謝で赤くなった。

「私は……なんとお礼を言ったらよいか……」

「礼ならいりません。それからそう堅苦しくならないで。私はむしろ、何か物でも投げつけそうな勢いのあなたが好きなんです。マンスン夫人、彼はあなたに皿やコップを投げつけたことはありませんか？　私にはアメリカに素晴らしい友人がいましてね、十六社ほどの新聞社を所有している実力者なんですが、彼は腹を立てると毎回五セントの皿を叩き割るんです。ところがある日偶然……」

　彼はそのまま、気楽な雑談を楽しげに続けた。

　涼しくなった夕暮れ、帰路を運転しながら、アンドルーはクリスティンに語った。

「とにかくひとつは片付いたよ、クリス。大きな肩の荷が下りた。メリーにとっては間違いなく一番いい場所だ。それにしてもスティルマンはすごい男だ。敬意を払うに値する。見た目は冴えないが、内側に鋼鉄のような芯を持ってる。俺たちみんなであんな病院を作れたらと思うよ。もちろんあれよりは小さな規模で、ホープとデニーと俺の三人でさ。突拍子もない夢だと思うか？　でもそんなことはないよ。俺は思うんだ。デニーとホープが賛成してくれて、どこか田舎に行きさえすれば、あるいは炭鉱近くの街で、また粉塵曝露の研究も再開できるかもしれないってね。お前はどう思う、クリス？」

　彼女は答えなかった。言葉で答える代わりに、彼女はアンドルーに寄りかかり、公道上の危険も顧みず、彼の頬に優しくキスをした。

第十八話　新しい計画

翌朝、彼は朝早くに目が覚めた。

ぐっすり眠れたため、どんなことにでも対応できそうな集中力を取り戻していた。すぐに電話をかけにいき、アダム街の医院売買代理店であるフルガー&ターナー商会に、医院の売買を一任する旨を伝えた。電話に出たのは、社長のジェラルド・ターナー氏本人で、アンドルーの依頼を受けた彼は、すぐにチェスバラ・テラスにやってきた。午前中いっぱいかけて帳簿を調べた社長は、何の問題もなく、即座に売却できるでしょうと保証した。

「しかしですね、先生。売却のための広告を出すには、理由を記載しなければいけません」

ターナー社長は鉛筆で軽く帳簿を叩きながら、

「買い手は、必ず考えるでしょう。なぜ前の医師は、こんな金山を手放したのか。こう申し上げては失礼ですが、先生、これはまったく金の鉱脈です。私も一日でこれほどの現金収入のある物件は見たことがありません。病気のため、とでも言っておきましょうか？」

「それなら……」

アンドルーは一瞬率直な言葉を口にしかけて、すぐに自制した。

「いや、一身上の都合、ということにしておいてください」

「結構でしょう、先生」

頷いたターナー社長は、広告の草案を書き上げた。


診療内容とは関連なく、純粋に一身上の都合により、当院を手放す

アンドルーはそれを確認しながら、あっさりとした口調で付け加えた。

「覚えておいてください。私はこの物件で大儲けしようとは思っていません。それなりの値段であれば結構です。飼い馴らされた猫でも、新しい主人にはなかなか懐かないものですからね」

昼食時に、クリスティンが、彼宛の電報を二通持ってきた。前日デニーとホープに書いた手紙に、返事は電報でくれと頼んでおいたのだ。

デニーからの返事は、いかにも簡潔だった。

カンメイヲウケタ、アスノヨルニイク

もうひとつは、予想通りジョークに溢れた饒舌きわまりないものだった。

　イッショウ　バカドモノ　メンドウヲミルノカ　イギリスノ　イナカマチハ　イザカヤ　モノオキ　キョウカイ　ニクヤ　バカリナリ　ジッケンシツタノム

発信者は「怒れる納税者」となっていた。

昼食がすむとアンドルーはヴィクトリア呼吸器病院へ出かけた。サラグッド医師の回診時間ではなかったが、それはむしろ好都合であった。騒ぎも口論も彼は望まなかった。治療についてはまったく融通が利かないとはいえ、いつも色々と気遣ってくれる上司との衝突は避けたかったのである。

メリーのベッドサイドに腰掛けて、彼は自分の考えを説明した。

「私が間違っていたんだ」

彼は悲観的にならないように、敢えて明るい声で話した。

「ここは君がいるべき場所じゃないと、気付くべきだった。ヴァン・ヴェールへ行けば、違いがわかるはずだ。まったく違う環境なんだよ、メリー。もちろんここのスタッフもずいぶん親切にしてくれたから、みんなを嫌な気持ちにさせる必要なんてない。自分で、来週の水曜日に退院したいって言えるかい？　もし自分で言うのが難しいなら、私からコンに病院宛の手紙を書くよう頼んでおこう。ほかにも入院を待ちわびている人たちは沢山いるから、特に問題ないよ。じゃあ水曜日はヴァン・ヴェールまで、私の車で送ってあげるからね。看護師も、そのほかのことも全部、こちらで手配しておく。何も心配しなくていい」

少しずつ、抱えている難問が解決し始めていた。その事実が彼を励まし、目の前の問題に立ち向かっていく勇気を与えた。

医院に戻れば次の仕事が待っていた。彼のもとに通ってくる可愛い信奉者たちに別れを告げる仕事だ。彼はひとりひとりの患者に、丁寧に、そして容赦なく治療の終了を宣告した。

「今夜で治療終了です。長い間よく通ってくれましたね。もうすっかり良くなっています。これ以上薬を飲む必要はありませんよ」

同じ台詞を何度も繰り返し、ようやく外来を終えると、驚くほど気持ちが楽になった。自分の気持ちを正直に、そしてはっきりと言葉にするということは、彼が長く自分に禁じてきた一種の贅沢だったのだ。クリスティンのもとに戻っていく足取りが、少しずつ軽くなっていった。

「これで少しは石鹼のセールスマンのような生活から解放された気がするよ」

クリスティンに苦笑しかけたアンドルーは、しかしすぐに苦しげに首を振った。

「いや、そんなことを言える立場じゃないな。忘れちゃいけない。ヴィドラーのこと……そのほかにも自分のやってきた何もかも……」

そのとき、電話が鳴り響いて、クリスティンが部屋を出て行った。いつもより長く時間がかかっているような気がしたが、戻ってきたときには彼女の顔にはいくらかの緊張が見えた。

「どなたかが、あなたに電話よ」

「誰だって……？」

言いかけてすぐに彼はフランシス・ロレンスだと思い当たった。重たい沈黙の鎖が部屋を取り巻いた。それを振りほどくように、彼は告げた。

「いないと言ってくれ。出かけていると……、いや、待って」

彼は厳しい顔をして、乱暴に立ち上がった。

「自分で話そう」

五分後、アンドルーが電話から戻ってくると、クリスティンは明るい電灯の下で編み物をしていた。彼はちらりと彼女の顔を見たが、すぐに視線をそらし、窓際まで行くと、ポケットに両手を突っ込んだまま押し黙って外を睨んだ。

背中で編み物の音を聞いていると、どうしようもなく惨めな思いが込み上げてきた。まるで、何か悪いことをして、慌てて逃げ出してきて尻尾を振っている哀れな野良犬だった。彼はなおも押し黙っていたが、しかしとうとう抑えきれなくなって、彼女に背を向けたまま口を開いた。

「これで全部片付いたよ。何もかも愚劣な虚栄心と私利私欲の成れの果てと笑ってほしい。

俺はお前以外の誰かを愛したことなんて、一度もないんだ」

急に歯ぎしりをして、彼は拳を握りしめた。

「くそっ！　クリス。全部俺が悪かった。あの連中は、人間なんて誰だって同じだと思ってるらしい。でも俺はそうは思わない。――だいたいこんな電話ひとつで、簡単に片付けていい問題じゃないことはわかってる。でも聞いてくれ。さっきの電話で、俺はルロワも呼び出したんだ。まとめて決着を付けた方がいいと思ったからな。これでクレモ社も、もう俺に興味を持たないだろう。全部断ってきた。クリス、ああ、クリス！　これで何もかも片付いたよ」

彼女は何も答えなかった。ただ静かな部屋で、彼女が動かす編み針が、生き生きと軽やかな音を立てていた。

彼はその後も長い時間立ち尽くしたまま、外の通りや、夏の夜を照らす街灯の光に、悔恨の目を向け続けていた。どれくらい時間が過ぎただろうか。アンドルーが、ようやく我に返って振り返ると、すでに夜の闇が部屋の中にも忍び込みつつあった。その薄暗がりの中で、クリスティンは小さな体を椅子に沈めたまま、変わらず静かに編み物を続けていた。

その夜、アンドルーはびっしょりと冷や汗をかき、闇雲に寝返りをうちながら、繰り返す悪夢にうなされた。

「どこにいるんだ、クリス。すまない。本当に悪かった。これからはお前にふさわしくなれるよう、できるだけのことをする」

喘ぎ、うなり、苦しみ、ようやく眠りに落ちたかと思うと、ふいに荒い息とともに目覚めた。浅い眠りのはざまで、アンドルーは必死に自分を取り戻そうとするように、クリスティンに話しかけた。

「ここが売れたら、少し休暇を取ろう。ああ、俺の神経は腐っているんだ。この前まで、お前のことをノイローゼだなんて言っていたくせに——。どこでもいいから落ち着いたら、また庭を作ってくれ、クリス。お前は庭が大好きだもんな。覚えてるよ、あのヴェール・ビューの庭……」

翌朝、彼は菊の大きな花束を彼女に買ってきた。彼は昔のような熱心さで彼女への愛情を示そうとした。ただ、彼女が嫌がる派手に人目を引くような方法ではなく、すぐに忘れてしまってもいいような、ちょっとした思いやりを積み上げようと努めた。あのプラザでの昼食を思い出すと、今でも彼は身震いがするのである。

お茶の時間には、彼女の好きな特製スポンジケーキを買ってきて、しかも廊下の端から黙って彼女のスリッパも持って来たので、クリスティンは椅子に座ったまま、眉を寄せて抗議した。

「いけない、アンドルー、駄目なのよ。かえってまた、私が辛い目に遭うだけ。来週には、きっとあなたは頭を掻きむしりながら、家中私を蹴飛ばして回るんだから。いつかみたいに」

「クリス！」

彼は苦痛に顔をゆがめて叫んだ。

「わかってくれないのか。何もかも変わったんだ。これから俺は、お前に償いをするつもりなんだ」

「わかった。わかってるから、アンドルー」

彼女は涙を拭いながら笑っていたが、やがて急に、冗談だと思われないように真剣な顔になって言った。

「私はあなたと二人でずっと一緒にいられれば、それでいいの。私の機嫌を取ってほしいなんて思わない。ただ、他の人の機嫌を取るようなことはやめてほしいだけ」

その夜、デニーが約束通り、夕食にやってきた。今夜はロンドンに行けないという、ホープからの伝言も携えていた。ホープはケンブリッジからデニーに電話をかけてきたらしい。

「大事な仕事で動けないと言っていたんだが――」

デニーはパイプの灰を叩き落としながら、

「しかし仕事って言ってもな。ホープの奴、近々花嫁を連れてくるんじゃないかと思ってる。

細菌学者のロマンチックな仕事さ」

「俺の考えについては何か言っていたか？」

アンドルーの真剣な顔に、デニーは静かに頷いた。

「ああ、乗り気だった。問題ない。俺たちはあいつをポケットに入れて、どこへでも連れて行けるってわけだ。もちろん俺も賛成だ」

デニーはナプキンを広げてサラダを取りながら、

「それにしても驚いた。君の融通の利かない頭から、あんな最高の計画が出てくるなんてな。なにしろ、君はウエストエンドの石鹸売りに、成り下がったと思っていたんだ。さっそく詳しい話を聞かせてくれ」

アンドルーはすぐに話し出した。

その熱意に誘われて、デニーも自分の意見を口にし、この計画をより現実的なものにするための具体的な話に踏み込んでいった。

「思うに、あまり大きな街は選ばん方がいいだろうな。人口は二万人以下ってところが、理想だろう。それくらいの規模なら、うまくやれそうだからな。ウエスト・ミッドランドの地図を見てみろ。四、五人の医者がいるだけの、小さな工業都市はいくらでもある。しかも医者といっても、見た目は礼儀正しくネクタイを締めながら、裏では互いの喉元を狙っているような連中だ。善良なる年老いた医学博士が、ある朝は扁桃腺を半分ほど引きずりだし、翌朝には、得体のしれない白い薬をこねまわしているような土地なんだ。俺たちのアイデアを、つまり専門家によるチーム医療ってやつを実行するのは、そういう街がいい。売り込む必要はない。ただそこに行きさえすればいいんだ」

　デニーはたちまちいつもの皮肉な笑みを浮かべた。

「連中がどんな反応をするか見てみたいものだな。つまりお偉い町医者先生たちの驚く顔だよ。俺たちは不当な非難を覚悟しなけりゃならんだろうな。場合によっては、暴力沙汰だって起こるかもしれんが、まあ知ったことじゃない。しかし、真面目な話、中心となる診療所が必要だ。君が言うように、ホープの実験室がついた施設だ。できれば二階に二、三床の入院ベッドがあると、なおいい。最初から極端に立派にやる必要はない。新築じゃなくて改装でいいという意味だ。それだけでも、俺たちは大事な出発点に立ったと覚悟を決められるからな」

　ふいにデニーが、傍に座っていたクリスティンに微笑を向けた。彼女は、二人の話に目を輝かせながら耳を傾けていたのだ。

「あなたはどう思いますか、奥さん。狂気の沙汰だと思いますか？」

「ええ」

　彼女は笑って答えた。

「でも物事って、そういうところが大事なんでしょう？」

「その通りだ、クリス！　そこが肝心なんだ！」

アンドルーが拳で机を打ったので、ナイフやフォークが軽く飛び上がった。

「もちろん計画は大事だ。でも一番大事なのは、計画の背後にある理念だよ。ヒポクラテスの誓いの新しい解釈、つまり科学的理想に忠誠を誓うんだ。古びた経験主義も、見かけ倒しの方法論も駄目だ。作り置きの処方も、ぼったくりの金儲けにも、ノーと言うんだ。患者を掻き集めるだけの外来も、心気症患者に媚びるのもごめんだし……ああ、ちょっと飲み物をくれ」

彼らは夜の一時過ぎまで話し続けた。

アンドルーの張り詰めた興奮は、冷静なデニーさえ刺激したようで、終電が過ぎても議論は終わらなかった。結局その夜、デニーは空き部屋に泊まり、翌日の朝食を終えると、来週の金曜日にはまた来ると約束して慌ただしく帰っていった。その間にホープに会い、ウエスト・ミッドランドの大きな地図も買ってくるという約束だ。

「さあ、始めるぞ、クリス！」

デニーを送り出したアンドルーは、意気揚々と声を上げた。

「デニーも本気だ。あいつはあまり何も言わないが、俺にはそれがわかるよ」

その日のうちに、医院を買い取りたいという最初の希望者がやってきた。そのあとにも、前向きな買い手が次々とやってきた。特に有望な希望者には、ジェラルド・ターナーがついてきた。ターナーは、淀みない美しい話術を心得ていて、ガレージの説明さえ、優雅な調子でこなすのだ。

月曜日になると、ノエル・ローリー博士が、午前中はひとりで、午後は業者の案内を受けて、二度も訪ねてきた。そのあとでターナーから、自信に満ちた声でアンドルーに電話がかかってきた。

「ローリー博士がかなり前向きですよ、先生。博士は、自分の奥さんに家を見せるまでは売らないでほしいと、とても心配していました。奥さんはお子さんと一緒に海に出かけていて、水曜日には戻ってくるそうです」

水曜日というと、メリーをヴァン・ヴェールに連れて行く日だったから、アンドルーはこの件をターナーに一任することにした。メリーの転院の手はずは順調に進んでいて、彼は当日の二時にシャープ看護師と車で迎えに行くことになっていた。

水曜日は朝からひどい雨だったが、彼は予定通り家を車で出た。

一時半に、ウェルベック街五十七番地にシャープ看護師を拾いに立ち寄ると、彼女はいかにも不機嫌そうな顔で待っていた。月末で仕事は終わりだと言われたことが、ただでさえ不満を抱えていた彼女を一層刺激したらしい。彼女は険しい空気を隠そうともせず、彼の挨拶にも、乱暴な口調で応じただけで、さっさと車に乗り込んだ。

幸いなことに、メリーの方は問題なく進んだ。車を病院前に停めたところで、ちょうど守衛所を通って出てきたメリーは、シャープと一緒に後部座席に乗り込み、足下には湯たんぽを置いて、温かな毛布にくるまった。すべてが滞りなく進んだが、アンドルーの唯一の後悔はシャープを連れてきたことだろう。シャープが、今回の遠征を、自分の職務の範囲外だと考えていることは明らかだった。よくまあ長い間、こんなスタッフを使っていたものだと、アンドルーは自分でも不思議に思ったくらいである。

三時半ころ、車がヴァン・ヴェールの前に到着したときには、雨はやんで、雲間を抜けた明るい日差しが降り注ぎ始めていた。美しい建物を前にして、メリーは目を輝かせた。少し緊張して不安な様子もあったが、期待に満ちた目を建物に向けた。

アンドルーは事務所でスティルマンを見つけた。メリーに人工気胸法を導入するか否かをもっとも心配していたアンドルーは、できるだけ早くスティルマンの判断を聞きたいと考えていたため、彼と煙草一本を吸い、紅茶一杯を飲む間に、さっそく話を切り出した。

「いいでしょう」

スティルマンの反応も早かった。

「これからすぐ診に行きましょう」

メリーはさすがに疲れたのか、青白い顔でベッドに横になっていた。傍らで彼女の服を畳んでいる不機嫌な顔のシャープに心配そうな目を向けていたが、スティルマンとともにアンドルーが戻ってきたのを見て、ほっとしたように表情を和らげた。

スティルマンは非常に丁寧に診察した。その静かで、隙のない、完璧な診察姿は、アンドルーにとって、目の前の暗闇を照らす灯りのようだった。医者ならではの、勿体ぶった会話も、思わせぶりな態度も取らなかった。事実、一般的な内科医の診察とは異なり、その姿はまるで故障した機械の修理に没頭する熟練工のようであった。聴診器も使うが、そのほとんどが触診であり、肋骨や鎖骨の間に伸ばした彼の柔らかな指先は、その下でゆっくりと呼吸する肺の細胞を実際に感じ取れるかのようだった。

診察が終わると、彼はメリーには何も言わず、ドアの外までアンドルーを連れ出した。

「気胸法ですね」

彼は言った。

「疑問の余地はない。あの肺は、もっと早い段階で、気胸で潰すべきでした。すぐにやりましょう。戻って、彼女に話してあげてください」

スティルマンが器具を準備しに行っている間に、アンドルーは病室に戻ってメリーに診察結果を話した。彼はできるだけ軽い口調で話したが、急な処置の話が彼女を慌てさせたのは確かだ。

「先生がやってくれるんですか？　私、先生に処置してもらいたいんです」

不安げな彼女に、アンドルーは穏やかな微笑とともに答えた。

「大丈夫だよ、メリー。たいして痛くもない処置なんだ。私もここにいて、彼を手伝う。問題ないように、ちゃんと見ているから」

アンドルーは、技術的なものもすべてスティルマンに任せるつもりでいたが、彼女の取り乱している姿と、強く自分を信頼している様子を見て心を動かされた。何よりも、ここに彼女を連れてきたのは自分なのである。アンドルーは、処置室まで行って、スティルマンに事情を説明し、傍で処置を手伝う許可をもらった。

十分後には準備ができた。メリーが治療室のベッドに横になると、アンドルーは彼女に局所麻酔を施した。そして血圧計の傍に立ち、スティルマンが見事な手際で気胸針を刺し込み、無菌の窒素ガスを胸腔内に注入していく様子を見守った。処置具はきわめて精巧で、スティルマンの技術は疑いなく一流だった。熟練した手つきでカニューレを扱い、器用に奥へ進め、針先が胸腔内に穿通して到達したことを知らせる「スナップ音」が確認されるまで、測定計から目を離さなかった。一分の隙もない巧みな技術のおかげで、皮下気腫も起こらなかった。

メリーは最初はひどく緊張していたが、段々それも和らいでいき、終わりがけにはアンドルーに笑いかけるほど落ち着いていた。病室に戻ると、彼女は言った。

「先生のおっしゃる通りでした。全然なんともなかった。痛くもなんともなくて、まるで何もされてないみたい」

「全然？」

アンドルーはベッドサイドにしゃがんで笑った。

「そうあるべきなんだよ。不安や、怖いことなんて全然ない……。どんな処置もみんなそうであってくれればいいんだけどね。だけどあの処置で君の片方の肺は、しっかり固まっているんだ。今は休まないといけない。そしてまた肺が動き出すときにはね……いいかい、もうすっかり治っているんだ」

彼女は、しばらく彼を見つめていたが、やがて清潔な部屋を見回し、それから窓外の緑豊かな山の稜線を眺めやった。

「私、もっとここを好きになれそう。あの先生、すごく優しいってわけじゃないけど……スティルマン先生のことね、でもなんだかとてもいい人って気がする」

そう言いながら、アンドルーに視線を戻した。

「少し休んだら、紅茶を飲んでもいいですか、先生と一緒に」

アンドルーは、微笑とともに頷いた。

第十九話　静夜

彼がヴァン・ヴェールを出たのは、もう七時近くだった。思いのほか遅い時間になったのは、ベランダで夕暮れの心地よい冷気に触れながら、スティルマンとの会話を楽しんだからだ。帰りの車の中で、彼はとても満ち足りた心持ちだった。スティルマンの悠揚《ゆうよう》たる人柄と日常の些事にこだわらないおおらかさが、ともすれば衝動的なアンドルーの気質に好ましい影響を与えたようだった。加えて、今ではメリーの病状も安心だった。

　彼はハンドルを握りつつ、ヴィクトリア呼吸器病院に慌ただしく彼女を送り込んでしまったかつての自分の行動と、今日の午後自分がやり遂げたこととを比較してみた。今回の一件は、彼にとって大変な重圧であった。準備や手配にも困難が多かったし、ほとんど非常識なことをやったと言ってもいい。考えてみれば、スティルマンとは治療費の話さえしていない。コンがヴァン・ヴェールの費用を払えるはずはなく、結果として、彼自身がすべて支払うことになるだろう。しかし、今心の中を占めている大きな達成感に比べれば、そんなことは些末な問題であった。この何ヶ月もの間で初めて彼は、自分の信念に合致した価値ある何事かを成し遂げたと感じていた。これからは、こうやって何もかもやり直していくのである。

　帰りのドライブは静かだった。シャープ看護師は帰りも後部座席に座り、一言も口をきかなかったが、今さらそんなことは気にならなかった。ロンドン市内に入って、彼はようやく彼女にどこで降ろしたらよいかと聞き、彼女の言う通り、ノッティング・ヒルの地下鉄駅前で車を停めた。シャープが降りて、アンドルーはほっとした。彼女は確かに看護師としては優秀だったが、気難しい性格で、いつも硬い空気をまとっていた。何よりも明らかに自分に好意を持っていなかった。明日にでもすぐ今月分の給料を郵送しよう。それでもう二度と彼女に会う必要はなくなるのだと、アンドルーは安堵のため息をついた。

　しかしパディントン街まで戻ってくると、彼の気持ちは段々沈んでいった。そこにはヴィドラーの店があるのだ。通りの角まで来たとき、見慣れた「修理商会」の看板が視界に入った。ちょうど従業員のひとりがシャッターを下ろしていたが、その当たり前の景色さえ、妙に象徴的に見えて、彼は小さく身震いした。喉が詰まるような苦しみがこみあげ、チェスバラ・テラスのガレージに戻ってきたときには、ひどく悲しい気持ちになっていた。

　家に入ると、玄関ホールではクリスティンが嬉しそうな顔で待っていた。彼の気分がどうであれ、彼女の方は楽しいニュースを抱えていたのだ。

「売れたのよ！」

彼女の明るい声が響いた。

「家も医院も、地下室まで全部。あの人たちずっとあなたを待っていて、ついさっき帰ったところなの。ローリー博士と奥さんのこと。博士はとっても驚いてた」

アンドルーの鞄を受け取りながら、彼女は続けた。

「だって診療時間になってもあなたが帰ってこないでしょ。だから博士がご自分で患者さんを診てくださったの。それから夕食までお出しして、色々とお話しもして、奥さんは、あなたが自動車事故でも起こしたんじゃないかって言うから、私まで心配になったくらい。でも、これで何もかも大丈夫ね。明日の十一時にターナーさんの事務所に行って、契約書にサインすることになってるから忘れないで。それから……そうそう、博士はもうターナーさんに手付金も渡してあるって」

リビングに入っていくと、夕食はもうすっかり片付けられていた。

「良かったね。こんなに早く決まるなんて——。診療も心配ない。博士は、すぐ引き継いでくれるって言ってたから。私、あなたが帰ってくるまで、色々考えていたの。新しく仕事を始める前に、少しくらいまたヴァル・アンドレにでも行けたらいいなって。素敵なところだったでしょ、アンドルー。それに本当に楽しかったじゃない」

そこでふいに言葉を切った彼女は、戸惑いがちに彼を見返した。アンドルーの顔に、思ったほどの明るい表情が見えなかったからだ。

「どうかしたの？」

「いや、なんでもない」

彼は笑いながら腰を下ろした。

「少し疲れたんだと思う。食べる時間もなかったから……」

「ええ!?」

彼女は仰天して声を上げた。

「私、ヴァン・ヴェールで食べてから帰ってきたのだと思ってた」

慌てて彼女は周りを見回しながら、

「だから全部片付けて、ベネットさんも映画に行かせちゃったのよ」

「別にいいよ」

「よくない。だからなんだか困ったような顔をしていたのね。そのままそこに座ってて。すぐに用意するから。何が食べたい？　スープを温めてもいいし、スクランブルエッグを作ってもいいし、ほかに何かある？」

彼はちょっと考えて、

「卵がいいな、クリス。ああでも軽いものでいいよ。そうだな、できればチーズも少しもらおうか」

部屋を出て行ったクリスティンは、すぐにスクランブルエッグの皿、セロリのグラス、パン、ビスケット、バター、チーズを盛り付けた器を盆に載せて戻ってきた。手際よく食卓を整えると、彼女は食器棚からビールを一本取りだしてきて、そこに添えた。

彼が食べている間、彼女は気遣わしげに見守っていたが、やがて微笑した。

「私ね、アンドルー、ときどき想像していたの。私たちがもしセファン・ストリートに住んでいたらって。あのキッチンと寝室がひとつしかない家のことよ。そういう生活が一番私たちに合ってたと思う。贅沢な生活なんて向いてない。だから、これからまた一生懸命働く人の妻になると思うと、とても幸せ」

クリスティンの声を聞き、温かな料理を食べているうちに、彼もようやく気持ちが楽になってきた。

「ねえ、アンドルー」

彼女はいつもの癖で、両手の上に顎を載せて話し続けた。

「この数日いろんなことを考えていたの。前は心の中が冷たく固まって、なんだか完全に閉じてしまったみたいだったけど、またあなたと一緒になれてから……ああ、また一緒になってから、何もかもはっきりわかる気がする。本当に価値があることって、一生懸命戦って勝ち取ったものだけよ。偶然、棚から落ちてきたものなんて、何の満足も与えてくれない。アベララウにいたころのこと覚えてる？　あの頃の思い出は今もはっきりと心の中にあるの。いつだって忘れたことはない。本当に大変な毎日を、一緒に頑張って乗り越えていったでしょ。これからまた同じことをやり直すんだと思う。それこそ私たちらしい生活じゃない？ああ、こんな風に考えているだけで、とても幸せな気持ちになる」

彼はちらりと彼女を見た。

「本当に幸せか、クリス？」

彼女はそっと夫の頬にキスをした。

「人生でこんなに幸せだったことなんてない」

静寂が舞い降りた。幸福な静寂だった。

彼はビスケットにバターを塗り、チーズを取ろうとして入れ物の蓋を持ち上げた。が、中を見て、ちょっとがっかりした。ベネット夫人がいつも料理に使うチェダーチーズの切れ端が入っているだけで、彼の好物のリプタウアチーズがなかったからである。それに気付いた途端、クリスティンが戸惑いを露わにした。

「ごめんなさい。私、今日、フラウ・シュミットの店に行くつもりだったのに……」

「ああ、大丈夫だよ、クリス」

「大丈夫じゃない」

彼がチェダーチーズを取る前に、彼女は入れ物を軽やかに遠ざけた。

「私、感傷的な女学生みたいに浮かれていて、あなたの夕食さえ用意していなかったのよ。あなたが疲れ切って、お腹をすかせて帰ってきたっていうのに……。これで一生懸命働く人の妻になるだなんて！」

彼女は壁の掛け時計を顧みて、勢いよく立ち上がった。

「急げばお店が閉まる前に、間に合う時間ね」

「そんなのいいよ、クリス」

「いけません、アンドルー」

彼女の張りのある声が、心地よく部屋に響いた。

「私が行きたいの。だってあなたはシュミットのチーズが大好きなんだし、私は……私はあなたが大好きなんだから」

彼が引き留めるより早く、彼女は部屋を飛び出して行った。

玄関ホールで足音が響き、やがて軽快に表のドアが閉まる音が聞こえた。アンドルーの目元には、まだかすかな笑みが残っていた。いかにもクリスティンらしい。そんなことを思いながら、彼はまたビスケットにバターを塗り、最高のリプタウアチーズとともに彼女が帰ってくるのを待った。

静かな夜だった。

不思議と通りの車の往来も、聞こえなかった。

フロリーは部屋で寝ていて、ベネット夫人は映画に出かけていた。嬉しいことに、ベネット夫人は、彼ら二人の新しい生活についてきてくれるという。メリーの件ももう心配ない。

今日の午後のスティルマンの見事な腕前を思い返せば、このまま治療を任せても大丈夫だろう。

今日の雨は、いわば恵みの雨だったかもしれない。午後にはその雨も止んで、帰りの田舎道のドライブは、空気が澄み切って素晴らしい景色だった。計画通り、どこかの田舎町で新たな生活が始まれば、またすぐにクリスティンは庭の手入れができるようになるだろう。自分とデニーとホープは、開業医たちに囲まれて足蹴にされるかもしれない。しかしクリスティンは、いつものように穏やかに庭を歩き、花を植えているに違いない。

彼はバタービスケットをひとつ食べ始めた。

――早く帰ってこないと、食べ過ぎてしまうな。

アンドルーは小さく苦笑した。

きっとシュミット夫人と立ち話でもしているのだろう。いつも気遣ってくれるシュミット夫人――彼女が最初の患者を紹介してくれたのだ。自分ももっと真面目に仕事を続けてさえいれば……。いや、それももう片が付いた。またクリスティンと一緒にやっていける。二人でもっと幸せな時間をつくっていこう。ついさっきも彼女がそう言ってくれたばかりだ。

幸福な静けさの中で、彼は煙草に火をつけた。

突然、玄関のベルがけたたましく鳴り響いた。

彼は顔を上げ、煙草を灰皿において、玄関ホールに出て行った。その間にも、ベルは狂ったように鳴り続けた。彼は戸惑いがちにドアを開けた。途端に、喧噪が飛び込んできた。目の前の歩道には人だかりができ、夜の闇の中に沢山の顔が並んでいた。さっきまでの静かな夜が嘘のように、人々が口々に何か騒いでいた。

訳がわからないまま立ち尽くすアンドルーに、ベルを鳴らしていた警官が顔を向けた。いつも交通整理をしている巡査のストラザーズだ。異様な雰囲気のストラザーズが、今にもしがみつきそうな顔でアンドルーを見つめた。

「先生……」

ひどく息が切れていた。

「奥さんが怪我をしたんです……走ってきて……ああ、なんてこった！　店から出てきた奥さんが、そのままバスの前に飛び出したんですよ！」

氷のような巨大な手が、心臓を鷲摑みにしたようだった。

何も言葉が出ず、ただ衝撃だけがあった。

ふいに何人もの人が玄関ホールになだれ込んできた。泣いているシュミット夫人、バスの運転手、別の警官、そのほか見知らぬ人々が、彼を診察室まで押しやるようにして入ってきた。

その向こうから二人の男が、人混みを搔き分けるようにして、クリスティンを運び入れてきた。彼女の首はがっくりと後ろに垂れて、白く細い首筋ばかりが目に入った。左手の指先には、フラウ・シュミットの店の買い物袋の紐が、まだからみついたままだった。
人々が彼女を診察室のベッドの上に寝かせた。
クリスティンはもう、息をしていなかった。

第二十話　森と風と空と

アンドルーは完全に打ちのめされていた。何日間も放心状態のまま過ごした。ときにはふと我に返り、ベネット夫人やデニーや、一、二度はホープの顔も見た気がした。しかし生活の大半は、純然たる機械のごとく求められた動作だけを実行し、存在そのものが絶望の長い悪夢の沼に沈み込んでしまったかのようになった。少し眠ってもたちまち汗びっしょりになって悲鳴を上げて目覚めることを繰り返し、すり減った神経は、ますます病的な妄想と悔恨の恐怖を作り出して、彼を激しく痛めつけた。

検死の様子、検死法廷での些末な手続き、たいして意味もない証人の発言……、そんなことを彼はみなぼんやりとしか覚えていなかった。証言台に崩れるように座り込んだまま、丸い頰にぽろぽろと涙をこぼしているフラウ・シュミットの姿を、彼は呆然と眺めていた。

「あの人は、本当に楽しそうに笑っていたんです。店に入ってきたときからずっと……。『急いでね』って、何度も何度も言って……夫を待たせたくないって……」

検死官がこの惨事について、マンスン医師に同情の意を表したとき、彼はこれで終わったと思っただけである。そのまま彼は機械的に立ち上がったが、気が付けば、いつのまにかデニーと灰色の歩道を歩いていた。

　葬儀がどのように手配されたのか、彼は知らなかったが、知らないまま、すべては不思議なほど静かに彼の前を通り過ぎていった。ケンサル・グリーン墓地へ移動する間、彼の心は何年もの年月を越えて、羽ばたいた。

　ヴェール・ビューの後ろに広がる美しい高原が見えた。風の吹き抜ける高原を、野生のポニーたちが、鬣をなびかせながら駆け回っていた。クリスティンはその辺りを歩きながら、気持ちよさそうに風に身を任せていたものだ。それなのに今、彼女は陰鬱な共同墓地の片隅に埋められようとしている。

　その夜、彼は苦しさのあまり、意識のなくなるまで飲んで酔おうとした。しかしいくらウイスキーをあおっても、行き場のない怒りを掻き立てられるばかりだった。深夜になっても彼は部屋の中を歩き回り、大声を上げ、泥酔したまま自分自身をあざ笑った。

「お前は逃げ出せると思ってただろう。いや、もう逃げ出したと思ってたんじゃないか。馬鹿め！　そうはいかんぞ。罪を犯せば罰を受ける。罪あれば罰だ！　彼女がこんな目に遭ったのもお前のせいだ。苦しむがいい！」

　彼は帽子もかぶらず、人気のない外にふらふらと歩き出た。陰気な街灯の下を頼りない足取りで歩き、ヴィドラーの店の冷たくシャッターが下りた窓を、血走った目で睨み付けた。

それから苦い涙をこぼし、ぶつぶつつぶやきながら戻ってきた。

「神様は見ている。クリスがいつか言っていた……神様は見ている……」

彼はよろよろと二階に上がっていくと、わずかに躊躇ったが、彼女の部屋に入っていった。静かで、冷たく、寂れた部屋だ。化粧台の上に、彼女のハンドバッグがあった。それを手に取って頬に押し当て、それから不器用な手つきで開けた。中には銀貨や銅貨が数枚、小さなハンカチ、食料品店の勘定書……。それから真ん中のポケットに、紙の束が入っているのに気が付いた。紙束の一番上にあったのはブライネリで撮った色あせた彼の写真だ。それから……写真の下の色あせた紙片に、彼は見覚えがあった。その瞬間、激しく胸が震えた。それは手紙の束だった。アベラウにいたとき、クリスマスに患者たちから受け取った手紙……感謝の言葉に溢れたいくつもの手紙……。彼女はずっと、これを宝物にしていたのだ。

嗚咽が漏れた。

感情の重みに耐えきれず、彼は床に膝をついた。そして激しく、声を上げて、むせび泣いた。

デニーは、彼が酒を飲むのを止めようとはしなかった。アンドルーにはデニーが、ほとんど毎日家にいるように思われた。もちろん患者を診るためではない。診療の方は今ではローリー博士が引き継いでいた。博士はどこか別の場所に住んで、外来と往診のために通ってきているようだったが、詳しいことは何も知らなかったし、知りたいとも思わなかった。彼の神経はすっかりぼろぼろになっていた。ドアベルが鳴り響くだけで、心臓は飛び跳ねるように拍動し、ふいの足音が聞こえると、手のひらにじっとりと汗がにじみ出た。二階の自室に座ったまま、彼は指と指の間にハンカチをからませ、ときどき汗を拭き取り、じっと暖炉の火を見つめ、夜とともにまた不眠と不安がやってくることを思って呆然とした。

　こんな状況の中で、ある朝デニーがやってきた。

「俺もやっと自由の身になった。どこにでも行けるぞ」

　アンドルーは拒まなかった。何かに抵抗する力などすっかりなくなっていたのだ。行き先さえ問わなかった。まったく無感動な目で、自分のスーツケースをデニーが閉めているのを見守り、一時間後には、二人はパディントン駅に向かっていた。

　午後いっぱいかけて、彼らは南西部の諸州を通り抜け、ニューポートで乗り換えると、モンマスシャーを北上した。やがて、その地域の中心都市であるアバガヴェニーの駅舎で列車を降り、駅前でデニーは車を借りた。車は、アスク川を越え、郊外へと走り出した。豊かな秋色に色づいた田舎道を運転しながら、デニーが口を開いた。

「ここは、俺が昔よく来た場所だ、釣りにな。ランソニー・アベイ。こんなときには、ちょうどいい場所だ」

　ヘイゼル色に縁取られた細い林道を通って、車が目的地に着いたのは、日も暮れかかった夕方の六時ころであろうか。緑の芝地の周りには古い修道院の廃墟があり、滑らかな灰色の石壁や、回廊をかたどるいくつかのアーチが、まだ残っていた。目的の宿は、一帯の崩れた石を集めて建てられた簡素な二階屋で、足元を流れている小川から、柔らかなせせらぎが聞こえてくる。茜色の空に、煙突の煙が、青くまっすぐに立ち上っていた。

翌朝、デニーはアンドルーを散歩に引きずり出した。爽やかに晴れた日だったが、アンドルーは眠れぬ夜が続いて具合が悪く、弱り切った筋肉はちょっとした丘を登るだけで疲れ果て、少し歩いただけでもう帰ろうと言い出した。しかしデニーは揺るがなかった。初日に彼はアンドルーに十キロ歩かせ、翌日には十五キロ歩かせた。週末にはそれが一日三十キロにもなり、アンドルーは夜、息も絶え絶えに這うように戻ってくると、たちまちベッドに倒れ込んで眠りに落ちていった。

ランソニーには、二人を煩わすものは何もなかった。マス釣りの時期も終わりに近いのだろう。数人の釣り人がいるだけである。石畳の食堂の中央には、いつもたき火が焚いてあり、二人はその前の大きな樫の木のテーブルで食事を摂った。質素だがうまい食事だった。

歩いている間、二人は何も話さなかった。一日中歩き回って、一言二言しか話さない日もあった。最初のうちアンドルーは、周囲の景色に、まったく無関心だった。しかし日が経つにつれて、森のざわめきや川のせせらぎが、そして、シダで覆われた丘の美しい景色が、麻痺した彼の心の中にゆっくりと浸透していった。

回復はそれほど早くはなかったが、それでも一ヶ月が経つと遠くまで歩いても、さほど疲れなくなった。食事を摂り、眠ることができ、毎朝冷たい水を浴び、怯えることなく未来を見つめることができるようになっていった。彼にも、この孤立した土地ほど自分の回復に適した場所はなく、今のスパルタ的な厳しい生活ほど良い方法はないということが、わかってきた。初霜が地を真っ白に染めたとき、彼は本能的に、心を揺さぶられるような喜びを感じた。

　会話は唐突に始まった。話題は初め、まったく取るに足らない些細なことだったが、近づいてくる大きな試合を前に簡単な準備体操をする運動選手のように、彼はゆっくりと新しい生活に向けて歩き始めた。その間にデニーは、いつの間にか彼の前を通り過ぎていった様々な出来事について語った。

　医院は、無事ローリー博士に売却されたこと。ターナーが言ったほどの金額にならなかったのは、混乱状態の中で、患者の引き継ぎもしっかりできなかったためだが、それでも概ね十分な金額で取り引きされたこと。ホープは奨学金の義務年限を終え、今はバーミンガムの自宅にいるということ。そしてデニーも、ランソニーに来る前に辞表を提出していて、すでに自由の身になったということ——。

　ようやく周りが見えてくると、アンドルーは遠くを見るような目をして告げた。

「俺だって、来年早々には、働けるようになる」

　それ以来、段々会話に感情がこもるようになり、一週間もすると、あれほどぼんやりと無気力になっていた表情にも、彼らしさが戻ってきた。

当初、あらゆることに無関心のまま、完全に機械的に歩いているだけだった彼は、ときともに力強く外気を呼吸し、棒きれでシダの藪を払って歩くようになり、やがて、自分宛の書簡はデニーの手から取り上げ、「医学ジャーナル」がなかなか届かないと文句も言えるようになっていった。人間の心というものが、今回ほどの致命的な一撃を受けても立ち直ってくることができるということは、彼にとって不思議でもあり、また悲しいことでもあった。しかし思いはどうあれ、目の前には確かに回復への道が続いていたのである。

アンドルーとデニーは、夜になると大きな地図を広げるようになった。ウエスト・ミッドランドの大地図だ。二人は地図を前にして、これからの計画について意見を交わし始めた。年鑑を頼りに町の一覧表を作り、吟味し、淘汰して、やがて八つの町にしぼった。二つはスタフォードシャー、三つはノーサンプトン、残りの三つはウォリックシャーにあった。

翌週の月曜日、デニーは一週間の予定で出かけて行った。ひとりになると、アンドルーは、自分がかつての情熱を取り戻しつつあるのをはっきりと感じた。デニーとホープとともに取りかかるべき、あの真実の仕事への情熱だ。

情熱は焦りとなって、段々大きくなっていった。

土曜日の午後、彼はアバガヴェニーの駅まで歩いて行った。日曜日は駅舎が閉じるこの地方では、それが今週の最後の列車であったからだ。しかしデニーの姿はなく、彼は落胆して帰ってきた。これで二晩と丸一日は、またひとりで待つしかないということになる。しかし戻ってくると、小さな黒塗りのフォードが宿の前に駐まっているのが見えた。急いで入り口のドアを押し開けると、ランプに照らされた食堂に、デニーとホープが座っていて、テーブルには、ハムエッグとホイップクリーム入りの紅茶と、桃の缶詰まで並んでいた。

週末の宿は、三人の貸し切り状態になった。

豪華な献立に囲まれながらのデニーの報告は、それに続く白熱した議論のプレリュードに過ぎなかった。窓外ではあられ混じりの雨が窓を叩き始め、じきに天気は大荒れになったが、そんなことを気にかける三人ではなかった。

デニーが見てきたフラントンとスタンバラの二つの町は、ホープの言葉を借りれば、「医療の発展の機が熟した町」だった。二つとも最近、新たな産業が成立し始めていたが、元来は堅実な半農の町だと言う。スタンバラには、自動車のエンジン製造工場ができ、フラントンには、大きな製糖工場が完成して、人口増加に伴い郊外には急速に住宅街が広がり始めたばかりだ。しかしそのいずれの町も、医療レベルは明らかに立ち後れていた。フラントンには小さな病院がひとつあるだけで、スタンバラにはそれさえない。緊急の患者は、二十キロ離れたコヴェントリまで運ばれるという始末だ。

以上の事実だけでも、獲物の臭いを辿る猟犬のように、三人は気持ちを高ぶらせた。しかしデニーはさらに刺激的な情報を携えていた。彼はおもむろに、皺だらけのスタンバラの地図を取り出した。

「あまり大きな声では言えんが、こいつはスタンバラのホテルで失敬してきたものだ」

自動車協会発行の旅行案内から引きちぎってきたものだと説明しながら、デニーは声に力を込めた。

「俺たちの出発には、あの土地がいいと俺は思ってる」

「前置きはいいですよ」

おどけて冗談ばかり言っていたホープが、しびれを切らしたように地図を覗き込んだ。

「この印はなんです？」

「それだ」

三人の頭が地図の上に集まった。

「それが市場のある広場だ。謂《い》われは知らんが、土地の人間は『円形広場』と呼んでいる。町の中心で、ちょっとした高台にあって、絶好の立地だ。住宅や、商店や会社といったものが、輪になって取り囲むように広がっている。会社と言ってもなかば住宅も兼ねた古い建物で、ジョージアン様式の大きな窓と柱廊付きの玄関まで備えたやつだ。この町の医者は、俺も会ったが、クジラのような大男で、いかにも勿体ぶった赤ら顔にご立派な頬髭を生やしている。そいつが円形広場に家を構えて、二人も助手を使ってる」

デニーの口調は、いつもの皮肉な調子を帯びてきた。

「その家の真向かい、つまり円形広場の優雅な噴水を挟んだ反対側に、二軒の空き家があるんだ。大きな部屋があって、頑丈な作りで、玄関もなかなか立派で、しかもそいつが売りに出てる。つまり俺は……」

「僕も、ですよ」

ホープが素早く口を挟んだ。

「間違いなく、完璧な物件だと思います。噴水の前の小さな実験室なんて、最高じゃないですか」

三人は思わず、視線を交わし合った。

「おそらく」とデニーは踏み込むように言った。

「俺たちは気が狂ってるんだろう。こんな計画は、本来、アメリカの大都市で、十分な組織力と潤沢な資金を基にして実行されるべきものだ。しかしここは……スタンバラだ！　しかも俺たちにはろくな現金もない。だから俺たちはきっと死に物狂いで戦わなきゃならんだろう。しかしなんとかして……」

「クジラ先生にお慈悲をってわけだ！」

ホープが立ち上がって、悠々と伸びをした。

翌朝早く、他の二人が朝食を食べる前に、ホープはフォードに飛び乗り、泥を撥ね上げながら出発した。帰りがけにスタンバラに寄っていくということだ。空はまだ厚い雲に覆われていたが、風が高く吹き抜け、勢いよく雲が流れていく爽快な朝だった。朝食後にアンドルーは一時間ほど散歩に出た。新しい診療所をつくるという困難な冒険に、再び全力を投入できるのだ。その思いが大きな喜びとなって、胸の内に溢れていた。計画が現実味を帯びてきて初めて彼は、この冒険が自分にとってどれほど大きな意味を持っているか理解した。

十一時に帰ってくると、ロンドンから転送されてきた手紙の束が届いていた。彼は逸《はや》る気持ちを抑えながら、テーブルに座って手紙を開いていった。隣ではデニーが暖炉の傍に座って朝刊を読んでいた。

一通目はメリー・ボーランドからだ。ぎっしりと文字で埋まった手紙にざっと目を通しているうちに、思わず顔がほころんだ。手紙は気遣いの言葉で始まり、もうすっかり回復していると続けていた。ここ五週間は熱もなく、起きだして運動も始めたらしい。体重も増えて、今度会ったときは驚くかもしれない、どこかで会いに来てくれないかと尋ねていた。一方で、スティルマンは数ヶ月の予定でアメリカに戻り、助手のマーランド医師が代理を務めているとのことだ。最後に、ヴァン・ヴェールに転院させてくれたことについては、どんなに感謝してもしきれないと結んであった。

安堵と満足のため息とともに、アンドルーは手紙を置いた。それから、半ペンスの切手を貼った薄っぺらい封筒の案内状や宣伝広告をみな脇へ寄せて、次の手紙を取り上げた。それは大きくて細長い、いかにも格式張った封筒だった。

アンドルーは何気なく封を切って、中の便箋を引き出した。途端に、すっと潮が引くように、その顔から笑顔が消えた。手紙を見つめるその目は徐々に大きく見開かれ、顔から血の気が引いていった。

しばらくの間、彼は身じろぎもせず、じっと手紙を見つめていた。

「デニー……」

ようやく彼は掠れた声でつぶやいた。

「これを見てくれ」

手紙を差し出したアンドルーの手は、小刻みに震えていた。

第二十一話　召喚状

八週間前、ノッティング・ヒル駅でアンドルーの車から降りたシャープ看護師は、地下鉄でオックスフォード・サーカスへ行き、そこからクイーン・アン街へ急ぎ足で歩いていた。その夜、シャープは、ハムソンの医院の受付をしているトレント看護師と、クイーン劇場に行く約束をしていたのである。二人が夢中になっているルイス・セイヴァリーが「公爵夫人の宣言」に出るのである。しかし、公演は八時四十五分開始だが、すでに八時十五分を過ぎており、トレントと一緒にクイーン劇場の二階席に駆けつけるには、ぎりぎりの時間だった。予定していたコーナーハウスでの温かい食事を諦め、途中で軽くサンドイッチをつまむか、何も食べずに行くしかない時間だ。

シャープにとっては、理不尽に扱《こ》き使われた一日だった。その日一日を思い返すだけで、怒りと憤りを掻き立てられながら、彼女は十七番地Cのステップを駆け上がってベルを鳴らした。

ドアを開けたトレントは、散々待たされたことに非難を露わにしたが、「ごめん」と、シャープは素早く、友人の腕を押さえた。

「本当にごめん。でもとてもひどい目に遭ったのよ。あとで聞いて。とにかく荷物だけ置かせて。すぐに出れば、まだ間に合うから」

二人が慌ただしくやりとりをしているところへ、タキシードを粋に着こなしたハムソンがちょうど二階から下りてきた。自分の魅力を見せつける機会を絶対に逃さないハムソンは、二人を見て足を止めた。

「やあ、シャープさん」

金のシガレットケースから煙草を一本抜きながら、彼は朗らかに声をかけた。

「疲れてるみたいじゃないか。それにこんな遅い時間にどうしたんだい？　今夜は二人で劇場に行くって、トレントさんから聞いていたのに」

「ああ、先生」

シャープが答えた。

「そのはずだったのに私……マンスン先生の患者のおかげでこんな時間になったんです」

「へえ？」

ハムソンの声には、先を促すような調子があり、シャープにとってはそれで十分だった。理不尽な扱いに対する怒り、アンドルーへの嫌悪、ハムソンへの敬意といったちぐはぐな感情の赴くままに、彼女は口を開いた。

「こんな目に遭ったのは、生まれて初めてです、ハムソン先生。まったくひどいんです。今日はヴィクトリア病院から患者を連れ出して、こっそり田舎の病院まで運ばされたんです。おまけに医師免許も持たない男が人工気胸をやっている間、マンスン先生はずっと私を待たせていたんですよ」

この午後に起こったすべてを、彼女は苛立ちと嘆きの涙を交えて、洗いざらいしゃべり散らした。

「それはひどい目に遭ったね」

ハムソンはちょっと考えるような表情を浮かべたが、すぐに気遣うようにトレントに目を向けた。

「しかし開演に遅れないようにしないといけない。さあ、トレントさん。タクシーを使って行くといい、支払いは僕に回してくれていいから。経費で出しておいて。それじゃ失礼、急いでいるんでね」

颯爽と歩き出すハムソンを、シャープはうっとりとした目で見送った。

「ああ、本当の紳士ね」

「さあ、急ぐよ、タクシーを捕まえないと」

トレントの声に、シャープも我に返って、慌てて支度を始めた。

診療所を出たハムソンは、車でクラブへ向かった。

アンドルーと別れて以来、彼はプライドを押し隠し、必要性を優先して、ディードマンとアイヴォリーの二人と、また一層緊密な連携を保つようにしていた。今夜もその三人で会食の予定だったのだ。

いつものように三人の食事が始まったとき、ハムソンは気楽な口調でアンドルーの一件を口にした。悪意や思惑があったわけではない。むしろ二人を楽しませ、昔のように愉快な雰囲気を作ろうとしただけであった。

「マンスンは俺たちと離れてから、なかなか危険な吊り橋を渡ってるみたいだ。なんでもあのスティルマンって奴のところに、患者を送り込んだらしい」

アイヴォリーがフォークを止めて、片眉を上げた。

「ほう？」

「それに、一緒に治療もしているらしいぞ」

ハムソンは、たっぷりと脚色を加えながら、聞いてきた話を伝えた。

話が終わったときには、アイヴォリーの目には鋭利な光が輝いていた。

「それは本当の話なんだろうね？」

「もちろんさ」

ハムソンはむっとして応じた。

「ほんの三十分前に、マンスンのところにいた看護師から直接聞いたんだからな」

一同はしばし、口をつぐんだ。

アイヴォリーは視線を落としたまま食事を続けていたが、その平静な顔の下には、残虐な高揚感が湧き起こっていた。ヴィドラーの手術のあと、アンドルーが最後に言い放った言葉を、彼はけして忘れていなかった。彼は短気ではなかったが、自分の弱点を自覚し、それを必死に覆い隠そうとする男にありがちな、病的な自尊心の持ち主だった。自分が無能な外科医であることは、彼自身がよくわかっていた。そして、未だかつてアンドルーほど容赦なく徹底的な言葉でそれを指摘した者はいなかった。それがまぎれもない事実であるだけに、アイヴォリーはアンドルーを心の底から憎んだのである。

ハムソンとディードマンが何か話している様子を、彼は静かに見つめていた。やがて抑揚のない声で口を挟んだ。

「そのマンスンの看護師だが……、君は住所を知っているかい？」

ハムソンは会話を切って、テーブル越しに彼を見た。

「知っているとも」

「私は思うんだがね……」

アイヴォリーは冷ややかに続けた。

「これは放置してはいけない事態だよ、フレディ。君と私の仲だから言うがね。私は君が連れてきたマンスンという男と、特別深くかかわったわけじゃないんだが、そんなことはどうでもいい。これは純粋に倫理的な問題だ。この前の夜、メイフライの晩餐に招待されたとき、鉱労局のギャズビーが私に、このスティルマンという男について話してくれたんだ。最近新聞にもよく出ているらしい。フリート街の間抜けな新聞記者どもが、医者に見放された患者たちをスティルマンが次々と治しているって話を並べ立てていたが、よくある妄言だ。これについてはギャズビーもかんかんに怒っていた。あの車屋のクランストンも奴の患者らしい。どういうつもりかわからんがね」

　冷たく言い放ってから、アイヴォリーは二人の友人を見回した。

「いずれにしてもだ。医師たる者が、あんな詐欺師のような男に手を貸していたら、世の中の医療はどうなると思う？　考えれば考えるほど大問題じゃないか。すぐギャズビーと連絡を取ろう。ウェイター！」

　アイヴォリーは背後を振り返りながら、

「モーリス・ギャズビー博士がクラブに来ているか知りたい。来ていないようだったら、ボーイに電話をかけさせて、博士が家にいるか確認してくれ」

　アイヴォリーの言葉に、ハムソンは、今度ばかりは愉快な顔をしなかった。

　彼は執念深い性格ではなかったし、アンドルーに敵意を抱いているわけでもない。あくまで気楽な自己本位の範疇ではあったが、今でもアンドルーのことは好きだった。彼は不満げに言った。

「その件に、俺を巻き込まないでくれよ」

「馬鹿を言うな、フレディ。私たちの顔に泥を塗った奴を、このまま放っておくつもりか？」

ウェイターが戻ってきて、ギャズビー博士が自宅にいることを伝えた。アイヴォリーはウェイターに礼を言いながら、二人を顧みた。

「私はちょっとした橋渡しをするだけだ。決めるのはギャズビーだよ」

その夜、遅い時間にアイヴォリーはギャズビーを訪ねた。二人は友人というほどの仲ではなかったが、ギャズビーが二番目にいいワインと葉巻で出迎える程度には知り合いだった。ギャズビーの方は、医者としてのアイヴォリーをどう思っているかは別として、少なくともこの外科医の社会的地位については理解していた。それは、社交界の名声を得たい野心家のギャズビーにとって、適度な友情と好意を示すには十分に高い地位であった。

アイヴォリーが訪問の趣旨を述べると、ギャズビーは露骨に興味を示した。彼は椅子から身を乗り出し、小さな目をアイヴォリーに向けて熱心に話を聞いた。

「なるほど、許せんな！」

話が終わった途端、ギャズビーは激しい口調で叫んだ。

「私も、マンスンという男は知っている。短期間だが鉱労局で雇ったことがあってな。あっさり首になってくれて、我々は皆ほっとしたんだ。まったくの礼儀知らずで、使いっ走りも満足にできん男だった。それにしても、君は本当に、彼がヴィクトリア病院からサラグッドの患者を連れ出してスティルマンのもとに移したと言うんだな。サラグッドがどう思っているのか聞いてみたいものだ」

「それどころじゃありません。スティルマンの処置も実際に手伝ったようです」

「もしそれが事実なら……」

ギャズビーは、いくらか声をひそめた。

「これは医療審理会にかけるべき事案だ」

「そうですね」

アイヴォリーはいかにも悩ましげに躊躇ってみせた。

「私もまったく同じ意見ですが、しかしさすがに迷います。ご存じのように、一時はあなたと彼の関係より、ずっと親しく彼と付き合っていたこともあったのです。私としては、自分からこの問題を訴え出る気にはなれません」

「私がやるさ」

ギャズビーは厳然《げんぜん》と言い放った。

「君の言ったことが事実なら、私が個人の権限でこの問題を提起しよう。ただちに動かなければ、自分の義務を怠っているも同然だ。これはきわめて重要な問題だよ、アイヴォリー君。このスティルマンという男は、一般世間にとってはたいした問題じゃないかもしれないが、我々医者にとっては脅威だ。先日の晩餐のときに、この男に関する私の考えは君にも言っただろう。この男は、我々の地位、教育、伝統のすべてを脅かす存在だ。我々の背負っているものすべての脅威だと言ってもいい。我々の処方はただひとつ、奴を排除することだ。もちろん遅かれ早かれ、奴は診断書の問題で完全に行き詰まるだろうがね。考えてもみたまえ、アイヴォリー君。診断書を書く権限があるのは、我々医師だけだ。我々だけが死亡診断書を記載できる。だが、もし……いいかね、もしこの男に、マンスンのような医師免許を持った男たちが協力するようになったら、万事休すだ」

　吐き捨てるように鋭く告げたギャズビーは、椅子の背もたれに骨張った背中を預けた。

「幸い、医療審理会はこの種の問題には常に断固たる態度で応じてきた実績がある。数年前のジャーヴィスの一件を覚えているかね。接骨師のジャーヴィスが、医師のなんとか言う男を使って麻酔をかけさせた事件だ。麻酔をかけた医師はただちに免許を剥奪され、この業界から追放された。無法なスティルマンのことを考えれば考えるほど、この件と同じ厳正な対処が必要だと言わざるを得ない。少し時間をもらおう。サラグッド君に電話をしたいからね。それから明日は、その看護師から詳しい話を聞くとしようか」

　ギャズビーは立ち上がって、サラグッド博士に電話をかけに行った。

翌日サラグッド博士立ち会いのもとで、ギャズビーはシャープ看護師から供述書を取った。その内容は決定的なものだったため、ギャズビーはすぐにお抱え弁護士のいるブーン＆エヴァトン法律事務所と連絡を取った。彼はスティルマンを憎んでいた。そして一般社会にも、医療倫理に関する彼の支持者は大勢いると見込んでいたため、すべてが迅速に進むことを確信していた。

　実際アンドルーが、ランソニーにいる間に、訴訟手続きは着々と進んでいった。クリスティンの検死の新聞記事を見て仰天したハムソンが、告訴をやめさせようとアイヴォリーに電話をしたが遅過ぎた。告訴状はすでに提出されていたのである。

　全国医療審理会は告訴状を精査したのち、その権威に基づいて、アンドルーに召喚状を発送した。十二月の審理会に出席し、自分にかけられた嫌疑について答弁するように要請する内容である。

　貴殿、アンドルー・マンスンは、さる九月十八日、事情を知りながら自ら進んで、無免許医リチャード・スティルマンなる者が医療に該当する行為を実施することに助力した件、ならびに、貴殿が医師の資格において、かの者の施行する医療処置に自ら進んで協力した件、以上に関連した、医師として不名誉なる行為を犯した件について、審理を要す。

今、アンドルーがその手に握っている、威圧的な法律用語によって記載された白い手紙が、まさにそれであった。

第二十二話　城砦

審理会は十二月十日に開かれることになっていたが、その一週間前にアンドルーはロンドンに戻ってきた。

彼はひとりで帰ってきた。ホープにもデニーにも、この件は完全にひとりで対処したいと告げたのだ。ミュージアム・ホテルに入った彼の胸を、苦悶、憂鬱、感傷といった様々なものが取り巻いていた。

表面上は平静だったが、彼はもう何もかも諦めていた。暗い心痛と激しい不安とが、大波のように襲いかかってきては、彼を揺さぶった。それらの暗い感情は、単に見通しの立たない未来から来るだけでなく、医師として積み重ねてきた切実な過去の記憶からも来ていた。

この危機の到来が六週間前であれば、また状況も違ったであろう。クリスティンの死に打ちのめされ、ぼんやりと抜け殻のようにすごす彼が、そこに座っていただけかもしれない。しかし今、彼は回復し、希望を取り戻し、再び新しい仕事の準備を始めたばかりであった。それだけに、残酷なまでの苛烈な衝撃が彼を薙《な》ぎ倒した。この芽生えたばかりの希望が再び破壊されたなら、今度こそ自分は死人同然になるだろう。そんな思いが、胸の内にたゆたっていた。

あらゆる種類の苦しい思いが絶え間なく押し寄せ、彼を翻弄し続けた。彼は自分が――すなわちアンドルー・マンスンが――これほど恐ろしい状況に陥り、どんな医師でも悲鳴を上げたくなるような悪夢に取り巻かれているということが、信じられなかった。なぜ審理会などに出頭しなければならないのか？　なぜ彼らは医師免許を剝奪しようとしているのか？　自分はそんな恥ずべき行為をしたのか？　重罪だろうと軽犯罪だろうと、罪など犯していないはずだ。少なくともこの件について自分がしたことと言えば、ただ肺を病んだメリー・ボーランドを治しただけではないか。

彼の弁護は、デニーが強く推薦したリンカーンズ・イン・フィールドのホッパー弁護士事務所の手に託された。トマス・ホッパーの第一印象は地味なもので、金縁眼鏡をかけた小柄な赤ら顔のこの男は、物腰も神経質に見えた。何か循環器疾患でも抱えているのか、すぐ真っ赤な顔になることから、恥ずかしがり屋のような印象を与え、少なくとも頼りがいがあるようには見えなかった。にもかかわらず、ホッパーはこの事件の処理に、揺るぎない見解を持っていた。

アンドルーが苦し紛れに、ロンドンの唯一の友人であるロバート・アベイ卿のもとに駆け込もうとしたとき、ホッパーは険しい顔をして、アベイ卿が審理官のひとりであることを指摘した。同様に、アンドルーが怒り狂いながら、アメリカにいるスティルマンに電報を打ってくれと頼んでも、この神経質で小柄な弁護士は、まったく譲らなかった。スティルマンが出頭して提示できるような証拠なら、すべて揃っているし、無免許医が実際に姿を見せたところで、審理官たちの感情を逆撫でするに過ぎないと言うのだ。まったく同じ理由で、ヴァン・ヴェールのマーランド医師も出頭させるべきではないと断言した。

しだいにアンドルーも、この件における法律的解釈が自分の解釈とまったく異なるということを理解し始めた。ホッパー事務所で彼は殺気立って自分の無罪を主張したが、弁護士は一層眉間に深い皺を寄せて首を左右に振っただけだ。それどころか、ホッパーはアンドルーのために、慎重に説明を追加せざるを得なかった。

「ひとつだけお願いしておきたいことがあるんですがね、マンスン博士。火曜日の審理中にはそういう言葉を絶対に使わないでいただきたい。今回の件では、そういう態度ほど危険なものはないということをはっきりと申し上げておきます」

アンドルーはなんとか押し黙ったが、両手は強く握りしめたまま、血走った目はホッパーを睨み付けていた。

「しかし、私は皆に真実を知ってもらいたいんです。あの子を治療できたことが、この何年もの間で、私がやったもっとも素晴らしいことだと示したいんです。何ヶ月も金儲けばかりやっていたところからやっと抜け出して、今度こそ誇れるような立派な仕事をしたんですよ。

そのために……そのためにかえって、訴えられるようなことになるなんて……」

　眼鏡の奥のホッパーの目が、深い懸念を示していた。のみならず苛立つように、その顔が赤くなった。

「どうか、どうか聞いてください、マンスン博士、あなたは我々がいかに危険な状況にあるか理解していない。この機会に率直に申し上げますが、最大限にうまくいっても、我々の見込みは……勝てる見込みはわずかなんです。前例を見れば、その重大さがわかるでしょう。一九〇九年のケント、一九一二年のルーデン、一九一九年のファウルガー、皆、無免許医と協力したとのことで医師免許剝奪の除名処分になっています。それに、もちろん、一九二一年のヘクサム事件では、接骨師のジャーヴィスのために全身麻酔をかけた医師のヘクサムが除名されています。そこで、私があなたにお願いしたいことは……、質問に対する答えはイエスかノーかのいずれか、それが難しい場合でも、できるだけ簡潔にしていただきたいということです。私は本気で忠告しますが、あなたが先ほどのように勝手な演説を始めるようなら、我々は間違いなく敗訴します。日が暮れたら夜が来るのと同じくらい明白に、あなたの医師免許は剝奪されるでしょう」

　相当な自制心が必要だということが、アンドルーにも漠然とながらわかってきた。手術台に横になった患者のように、審理会の法に基づく手術を黙って受けるしかないのだ。しかしそうした消極的態度を取ることは、彼にとってはきわめて困難なことだった。弁明のあらゆる試みを控え、イエスかノーだけで単調に応じることは、ほとんど彼の忍耐を超えた方法だった。

十二月九日、火曜日の夜、審理会を翌日に控え、緊張感が頂点に達するころ、彼の姿はパディントン街にあった。彼は摑み所のない衝動に駆られてヴィドラーの店に向かって歩いていた。

ここ数ヶ月のうちに起こった災厄のすべては、ハリー・ヴィドラーの死に対する罰なのではないか。彼の心の奥底には、そんな病的な、そして抑えきれない妄想が根を下ろしていた。その妄想は、彼本来の純粋な信念に根ざしていただけに、圧倒的な力で彼の理性を翻弄した。ヴィドラー夫人の姿を一目でも見られれば、この苦しみがいくらかは楽になるかもしれない。そんな異様な思いに、なかば引き寄せられるようにして彼は歩いていた。

雨が降りしきる暗い夜、通りに人の姿はほとんど見えなかった。見知った者の多い通りを歩いていても、誰も彼には気付かない。そのことが、一層現実感をなくさせていた。彼の姿は、勢いを増していく雨の中を急ぎ足で通り過ぎていく、幻影のようないくつもの人影のひとつに過ぎなかった。閉店間際の店から、ちょうど客が出てくるところに行き合って、彼は一瞬躊躇ったが、すぐに中に入った。

アイロン台の後ろにヴィドラー夫人の姿が見えた。彼女はひとりで、受け取ったばかりの婦人物のコートを畳んでいた。黒いスカートと、少し首元の開いた、くたびれた黒いブラウスを着ていた。その喪服姿のために、夫人はいくらか小さく見えた。ふいに彼女は目を上げて、アンドルーを見た。

「マンスン先生！」

彼女は顔を明るくして叫んだ。

「お元気でしたか、先生」

彼は堅苦しく頷いた。夫人はどうやら、今の彼の状況について何も知らないようだった。彼は戸口に立ったまま強張った顔で彼女を見返した。降りしきる雨を受けて、帽子の縁から、滴が落ちていた。

「入ってください、先生。びしょ濡れじゃないですか。ひどい夜ですね」

「ヴィドラーさん……」

硬く、機械的なアンドルーの声が応じた。

「もうずいぶん前から、あなたに会いに来たかったんです。あなたがどうしているか、いつも気になっていたものですから」

「なんとかやっていますよ、先生。そんなに悪くもありません。修繕の方には、新しい若いのも入りましたしね。なかなか働き者です。さあ、中に入ってお茶の一杯も出しますから」

彼は首を左右に振った。

「私は……ちょっと通りがかっただけですから」

少し口ごもったが、なかば自棄になって続けた。

「ハリーがいなくなって、本当に辛かったでしょうね」

「ええ、そうですね。少なくとも最初はひどいものでしたよ。でもおかしなもので……」

彼女は彼に微笑んだ。

「人って、どんなものにも慣れてしまうものなんですね」

アンドルーは戸惑いつつも答えた。

「私は申し訳ないと思っています……私なりに。ああ！　何もかもあなたには突然だったから、あなたはきっと私を怨んでいるだろうと……」

「先生を怨むなんて！」

彼女は目を丸くした。

「どうしてそんなことをおっしゃるんですか。先生は何もかも手を尽くしてくれたじゃないですか。医療ホームも手配してくれて、立派な外科の先生も見つけてくれて……」

「いや、しかし――」

彼は全身に悪寒を感じながら、震えを帯びた声で続けた。

「別の方法を選んでいたら、例えばハリーをちゃんと病院に入院させていれば……」

「別の方法なんて、考えたこともありませんよ、先生。私のハリーには、できることは全部してあげたんです。お葬式のときも、あの綺麗な花輪をお見せしたかったくらい。先生を怨むだなんて……いえね、私、店でもよく話すんですよ。ハリーを診てくれたのが、先生みたいな立派で親切で腕のいいお医者さんで、本当に良かったって……」

話を聞いているうちに、彼は打ちのめされるような痛みを感じた。ここで彼が率直にすべてを話しても、彼女は絶対に信じないだろう。彼女は彼女なりに、ハリーには沢山のお金をかけ、できる限りの手を尽くし、穏やかに看取ることができたと思っているのである。せっかく満足して過ごしている場所から、わざわざ彼女を振り落とすなど、そんな残酷なことはないはずだ。

しばしの沈黙ののち、彼は口を開いた。

「お会いできて良かった、ヴィドラーさん。さっきも言ったように……あなたの様子を知りたかったものですから」

夫人と握手をし、別れを告げて、彼は店を出た。

わざわざ足を運んできたが、安心や慰めはどこにもなかった。ただ一層惨めな思いをしただけで、彼はただ蹌踉《そうろう》と歩き出した。

——自分は何を期待していたのか……。

よくある小説のように許しが得られるとでも思っていたのか。それとも何か罰が下るとでも？　しかし彼女が以前よりも一層強く自分に感謝している様子が、息苦しく思い出されるばかりだった。

激しい雨の打ち付ける通りを戻りながら、彼はふいに、明日は負けるに違いないと直感した。直感はやがて確信に変わった。

ホテルにほど近い静かな小道を歩いているうちに、彼は教会の前を通りかかり、その扉が開いているのに気が付いた。足を止めた彼は、ここでもまた、赴くままに中に入っていった。

礼拝が終わったばかりなのだろうか。堂内は暗く、がらんとしていたが、どことなく温かな空気があった。教会の名は知らなかったが、そんなことは気にも留めなかった。彼は一番後ろの席に腰を下ろすと、やつれた目でじっと薄暗い前方を見つめた。彼はクリスティンが、互いの心が離れていた時期に、信仰の世界へ進んでいったことを思い出した。そして今、これまで礼拝に通ったことなどなかった彼が、名も知らぬ教会の片隅に座っている。苦難は、ここに人々を導き、自分の心と向き合わせ、信仰の道に引き寄せるのかもしれない。

長い旅の終わりに休息を取る旅人のように、彼は頭を垂れて動かなかった。

胸の内の思いが溢れるように口をついて出た。格式張った祈りの言葉としてではなく、魂が震えるような心の叫びだった。

「……神様、どうか私をお守りください。ああ神様、どうかお守りください」

三十分ほどだろうか。彼はこの息詰まる祈りの中に座っていたが、やがて立ち上がり、ホテルに戻っていった。

翌朝は、厳しい前途を暗示するような、薄暗い曇り空だった。

夜は眠れたはずだが、病的な不安感は少しも変わらず、服を着替える手も震えていた。王立医学会会員の試験を思い出すこのホテルに泊まったことを、彼は後悔した。あの試験のときの不安を百倍にしたほどの恐怖感が、彼を押し包んでいた。

朝食のために階下に下りていったが、食欲などあるはずもない。審理は十一時開始の予定で、ホッパーからは早めに来るように指示されていた。ハラム街までは二十分もかからない距離であったから、十時半まで、彼はホテルのラウンジで神経質に新聞を読む振りをしながら、落ち着かぬ時間を過ごした。しかし彼がタクシーに乗り込んだときには、オックスフォード街の事故でひどい交通渋滞ができており、なんとか審理会の事務局に駆けこんだのは、ちょうど十一時の鐘が鳴ったところであった。

彼は急いで審理会場に入っていった。広々とした審理場や、議長のジェンナー・ハリデイ卿をはじめとした審理官たちが高いテーブルに並んでいる様子には、圧倒される気分だった。議場の片隅には審理の関係者たちが、出演を待つ俳優のように硬い表情で座っていた。ホッパーをはじめとして、コンに付き添われたメリー・ボーランド、シャープ看護師らがいて、ヴィクトリア病院のサラグッド博士とメリーを受け持っていたマイルズ看護師の姿も見えた。

彼は、一同の座席の前を通り過ぎて、ホッパーの隣に腰を下ろした。

「早めに来てくださいと言ったはずですよ」

弁護士が腹立たしげにささやいた。

「前の審理がちょうど終わるところです。遅刻なんて、審理官たちに最悪の印象を与えますよ」

アンドルーは黙って目を伏せるしかなかった。

ホッパーの言う通り、議長はちょうど前の審理の判決を申し渡しているところであり、内容は資格剝奪という厳しいものだった。彼は、何かつまらない罪のために有罪と宣告されたその医師から、目をそらすことができなかった。いかにも生活のために苦闘してきたらしき、見窄らしい風体の男だ。男は、自分と同業であるはずの威圧的な審理官から、有罪と宣告されて呆然と立ち尽くしていた。その絶望しきった姿にアンドルーは全身が震える思いだった。しかし、同情している暇はなかった。次の瞬間には、彼自身の審理開始が宣告されたのである。心臓がぎゅっと縮み上がるようだった。

起訴状が、形式にのっとって読み上げられると、原告側の弁護士ジョージ・ブーン氏が立ち上がった。フロックコートを着た痩せた几帳面そうな男である。

落ち着き払ったブーンの声が響いた。

「議長、並びに審理官の皆さん。これから審理していただく本件は、医療法第二十八条に定義された医療の原則をわざわざ持ち出すほどのものでもないと、私は考えています。というのも、本件は、医師と無免許医が協力して医療を遂行した明白な事例であり、私の知るところでは、審理会がこれまでも厳しく対応してきた案件だと思われるからです」

ブーンは、悠然たる態度で書類を持ち上げた。

「本件の経過を提示いたします。肺尖部結核の患者メリー・ボーランドは、本年八月十日にヴィクトリア呼吸器病院のサラグッド博士の病棟に入院を許可されました。以後サラグッド博士の管理下で九月十八日まで入院しておりましたが、その日に至って、自宅に帰りたいという口実のもとに、患者は退院となっております。今私は、敢えて『口実』と申し上げました。なぜなら退院の日、患者は自宅には帰らず、病院の入り口でマンスン博士に会い、博士はただちに彼女をヴァン・ヴェールと称する施設に連れて行ったためであります。なおこの施設は、肺疾患の治療機関を自称していると、私は聞いております」

ブーンは、言葉のニュアンスがしっかり伝わる時間を確保するかのように、大仰に胸ポケットから眼鏡を取り出してかけた。幅広の黒いリボンがついた眼鏡だ。

彼は悠々と続けた。

「この施設、すなわちヴァン・ヴェールに到着すると、患者はベッドに寝かされ、施設所有者で医師免許を持たない、しかも、ええ——聞くところによると外国人であるリチャード・

スティルマン氏と、この協力者であるマンスン博士の診察を受けたのであります。診察ののち、二人は協議をした上で——とりわけ審理官諸氏には、この言葉に耳を傾けていただきたいのでありますが——マンスン博士とスティルマン氏が互いに十分に協議をした上で、患者に対して人工気胸法を導入することを決定したのであります。ここに至って、マンスン博士は患者に局所麻酔を施行し、さらに気胸処置は、マンスン博士とスティルマン氏の二人によって施行された次第です。

さて皆さん、以上で本件の概略を提示いたしましたが、引き続き皆さんの許可を得て、証人喚問に移りたいと思います。ユーステス・サラグッド博士、どうぞ」

サラグッド博士が立ち上がって、前に進み出た。その間に、ブーン弁護士は、眼鏡を外して胸ポケットに戻した。どうやら要所要所で眼鏡を外したりかけたりするのが、彼のパフォーマンスのひとつであるらしい。

「サラグッド博士、ご迷惑はおかけしたくありません。肺疾患専門医である先生の素晴らしい評判、敢えて申し上げれば先生の名声を、我々は十分に承知していますし、若手の医師に対して、いたずらに寛容の精神を発揮される方ではないと確信しています。そこで、サラグッド博士にお伺いします。患者メリー・ボーランドが入院した翌月の九月十一日の水曜日、マンスン博士とともに、この患者を診察したというのは事実ですか？」

「はい」

「そして、このとき、あなたが以前から望ましくないと言っているにもかかわらず、マンスン博士が、ある治療法を採用するよう詰め寄ってきたことも事実ですか？」

「人工気胸をやってほしいというのが、彼の希望でした」

「なるほど。しかしあなたは患者を守るために、それを拒否されたのですね」

「その通りです」

「あなたが拒否されたとき、マンスン博士の様子に、何か異様なところはありませんでしたか？」

「それは……」

サラグッドはわずかに躊躇いを見せた。

「どうぞ、サラグッド博士。博士の気遣いに、我々は敬意を払いますが、しかし率直におっしゃってください」

「あの日の彼は、いつもと違う様子でした。私の意見に納得していないように見えました」

「ありがとうございます、サラグッド博士。ちなみに博士が気付く範囲で結構ですが、患者が病院での治療に不満を抱いているとか、もしくは……」

そんな話をしているだけで、ブーンの乾いた頬に湿った笑みが浮かんだ。

「患者が看護師たちに不満を持っているといった様子はあったでしょうか」

「それはまったくありません。患者はいつもにこやかでしたし、穏やかで満足しているように見えました」

「ありがとうございます、サラグッド博士」

ブーンは次の書類を取り上げた。

「ではヴィクトリア呼吸器病院看護師のマイルズさん、どうぞ」

サラグッドが腰を下ろし、病棟看護師のマイルズが進み出た。

ブーンが続けた。

「マイルズさん、金曜日の午前中、つまりサラグッド博士とマンスン博士の診察があった日から二日後の九月十三日ですが、再びマンスン博士が回診に来ましたね？」

「いらっしゃいました」

「いつもの回診の時間でしたか？」

「いいえ」

「博士は患者を診察しましたか？」

「いいえ、その朝はカーテンを引きませんでした。先生はベッドサイドに座って患者と話をしただけです」

「まさにそうですね、マイルズさん。あなたの陳述によると、そのときはいつになく長くて熱心な会話があった。しかし改めてあなた自身の言葉で教えてくれませんか、マンスン博士が帰ったあと、どんなことが起こったのか」

「三十分ほど経って、患者さんが私に言いました。『看護師さん、色々考えたんですが、退院の決心がつきました。とても親切にしてくれてありがとうございます。でも水曜日になったら退院したいと思います』」

ブーンが素早く遮った。

「水曜日ですね。ありがとう、マイルズさん。私が確かめたかったのは、その点だったのです。今のところ、これだけ伺えれば結構です」

マイルズ看護師は着席した。

弁護士は、いかにも満足だといったように、リボンを結んだ眼鏡をゆったりと鼻の上に戻した。

「では今度は——看護師のシャープさん、どうぞ」

勢いよく立ち上がる彼女を見つめながら、ブーンが問うた。

「シャープさん、あなたには、九月十八日、水曜日の午後におけるマンスン博士の行動について証言していただきたい」

「はい、私も一緒にいましたから！」

「あなたの口調から察するに、シャープさん、一緒にいたことは、あなたにとって愉快なことではなかったようですね」

「私は何も知らなかったんです。患者さんを連れて行く先と、その施設にいるスティルマンという人が医者でも何でもない人だってことを知ったときは、私……」

「とても驚いた」

ブーンが滑らかに補うと、

「そうです、そうなんです」

すかさずシャープが続けた。

「私、これまでちゃんとした先生、本当の専門医の先生のもとでなければ、絶対に働いてきませんでしたから」

「結構です」

頷くブーンは、ほとんど楽しげな様子だ。

「そこでシャープさん、審理官諸氏のために、今一度ここではっきりと証言していただきたいことがひとつだけあるのです。マンスン博士は、スティルマン氏が医療処置を行ったとき……、確かに直接手伝ったのですか？」

「手伝いました！　間違いありません！」

シャープは声高に断言した。復讐心に燃えた声であった。

まさにこのタイミングで、アベイが少し身を乗り出し、議長を介して穏やかに質問を口にした。

「ひとつよろしいか、シャープ看護師。質問の出来事があったとき、あなたはすでにマンスン博士から解雇の通告を受けていたのではありませんか？」

シャープは露骨に真っ赤な顔になって狼狽し、言葉を詰まらせた。

「はい、そうだったと思います……」

シャープが着席するとともに、アンドルーは胸の奥にかすかに温かなものを感じた。少なくともアベイは、今も彼の友人でいてくれたのだ。

ブーンは思わぬ妨害に、かすかな苛立ちを見せつつ、審理官たちのテーブルの方に向き直った。

「議長、および審理官の皆さん。私は証人喚問を続けることができますが、審理会にとって時間が貴重なものであることも理解しています。かつまた、本件に関しては完全に立証できたと確信しております。すなわち患者メリー・ボーランドは、マンスン博士の一方的な判断のもとで、ロンドンの最良の病院の最高の専門医のもとから、いかがわしい施設へ――この施設自体が、医療管理上、重大なる違法行為を構成しているのですが――そんな場所へ移されたのです。しかもそこで、マンスン博士は故意に、資格を持たない施設所有者の医療行為に協力したことは一片の疑いの余地もありません。さらに、その医療行為というのが、この患者に倫理上の責任を持つ専門医たるサラグッド博士が、明確に反対した危険な処置だということも、強調させていただく次第です。以上より議長、並びに審理官の皆さん、本件は当初想像したような、偶然の違法行為が生じた特異な一例などではなく、綿密に計画された、ほとんど組織的な医師法違反であると、見なさざるを得ないのであります」

ブーン氏は、満足げに一同を見回したあと、ゆったりと席に腰を下ろし、悠々と眼鏡を磨き始めた。

沈黙が広がった。アンドルーは身じろぎもせず床を見つめていた。この偏見に満ちた論述を聞いているのは、彼にとって耐えがたい苦痛であった。ここでは彼は、まるで陰謀を巡らす犯罪者のように扱われているのである。やがて彼の弁護士が進み出て、弁論の準備を始めた。

いつものごとく、ホッパーは顔を真っ赤にしていて、しかも書類の準備もなかなか整わなかったから、ひどく動揺しているように見えた。ところが不思議なことに、この態度がかえって審理官たちの寛大な心を引き出したようだ。

議長が告げた。

「大丈夫ですか、ホッパーさん」

ホッパーは咳払いをした。

「先に申し上げておきますが、議長並びに審理官の皆さん。私はブーン氏の証拠に対して反論しようとは考えておりません。事実の裏側を色々と探ることは、まったく望まないのです。しかし、事実を厳密に解釈しようとする態度は、重要だと考えます。加えて、被告の立場をはるかに有利にするいくつかの事実を、指摘するつもりでおります。患者ボーランドは、八月十日にサラグッド博士の病棟に入院する前に、すでにマンスン博士が主治医として深く関わっていたという事実が、まだ述べられておりません。特にマンスン博士は、この患者と個人的に親密な関係でした。患者は博士の親友の娘なのです。したがって博士は、彼女の治療の全責任を引き受けたのは自分だと認識していたわけです。我々はマンスン博士の行動がまったく間違っていたということは、率直に認めざるを得ません。しかしその行動が、倫理に反するとか、悪意に満ちたものなどではないということは、謹んで申し上げておきたいのです」

　ホッパーの声は、ブーンのように自信に溢れて堂々としていたわけではない。けれども、赤い顔をした彼の、謙虚な語り口は、不思議と聴衆の耳を惹きつけた。

「サラグッド博士とマンスン博士の間で治療に関していささかの意見の相違があったことはすでにご存じのことと思います。マンスン博士が、この患者に対して並々ならぬ関心を持っていたことを考慮すれば、患者を自分の手に取り戻したいと考えたことも、けして不自然ではないでしょう。しかしマンスン博士は、この件で上司に迷惑をかけたくないと考えたことも事実です。先刻ブーン氏が強調されたところの『口実』の理由は、まさにこれ以外にはあり得ないのです」

　ホッパーはここで一度言葉を切り、ハンカチを取り出しながら咳払いをした。さらに困難な障害物に近づいているといった雰囲気がにじみ出ていた。

「さて、今度は、スティルマン氏との協力行為、およびヴァン・ヴェールに関する問題に取りかかりましょう。審理官の皆さんもスティルマン氏の名はご存じだと思います。資格を所持していないとはいえ、この人物は相当な名声を得ており、しかも未知の領域に新しい治療法を開拓したとさえ言われています」

議長が重々しい口調で遮った。

「ホッパーさん、医学の素人であるあなたが、なぜそんなことを言えるのですか？」

「ごもっともです、議長」

ホッパーが素早く応じる。

「私がここで申し上げたかったことは、スティルマン氏が、立派な業績のある人格者だということです。スティルマン氏とマンスン博士の関係は、何年も前に博士の肺に関する研究論文に対して、氏が賛辞の手紙を送ったことに端を発しております。そして氏が病院の創設のためにこの地に来たときに、両名は純粋に職業的な肩書を離れ、友人という立場で面会しました。このような流れから、まったく軽率ではあったものの、患者の治療場所を探していたマンスン博士が、ヴァン・ヴェールを適地と判断したことは、無理もないことであると思われます。ブーン氏は、ヴァン・ヴェールのことを『いかがわしい施設』だと言われました。しかしこの点に関して、審理官の皆さんは実際の証言を聞いてみたいと思われるはずです。ボーランドさん、どうぞ」

メリーが立ち上がると、審理官たちは、一斉に好奇に満ちた目を向けた。彼女は緊張した様子でホッパーをじっと見つめ、アンドルーを振り返りもしなかったが、顔色はよく、健康そうに見えた。

「ボーランドさん」

ホッパーが口を開いた。

「率直に話してください。あなたがヴァン・ヴェールに入院している間、何か不満なことはありましたか？」

「ありません！　全然その反対です」

彼女が、あらかじめ注意深く指示された通り答えていることは、アンドルーにもすぐにわかった。しかしその声には、ただの決まり文句以上の熱意が込められていた。

「具合が悪くなるようなことはありましたか？」

「まったくありません。私は元気になりました」

「ちなみに、そこで受けた治療は、以前にマンスン博士が……つまり九月十一日に博士があなたに提案したものと同じ内容だった」

「はい」

ふいに議長が告げた。

「それは何か関連がありますか？」

「いえ、この証人から確認することは終わりました、議長」

速やかにホッパーは答えた。メリーが席に着くと、彼は審理官席に向けて、控え目に両手を差し出した。

「私が敢えて申し上げたいのは、皆さん、ヴァン・ヴェールで行われた治療は、事実マンスン博士が提案した治療法ですが、しかしそれを実行したのは――倫理的には問題があるもの の――別の人間だということです。つまり厳密な意味において、スティルマン氏とマンスン博士の間に、職業上の協力関係などなかったと、私は主張するものであります。マンスン博士に質問したいと思います」

アンドルーは立ち上がった。会場内のすべての視線が一斉に自分に集まったのを、彼は感じた。顔色は悪く、憔悴していることは自覚していたし、実際胃の辺りは、寒々としてからっぽになったような感じだった。

ホッパーが話しかける声が聞こえた。

「マンスン博士、あなたは問題の、スティルマン氏との協力行為において、金銭的な報酬は一切受け取っておられませんね」

「何も受け取っていません」

「これを実行するにおいて、何か隠れた動機や、特別な目的はなかったのですね？」

「ありません」

「上司であるサラグッド博士を非難する意志もありませんね？」

「ありません。私たちは特に問題なくやっていました。ただ……この症例に関して意見が一致しなかっただけです」

「結構です」

ホッパーは素早く遮った。

「すなわち、医師法を破る意図などなかったということ、そして自分の行為がいかなる意味においても卑劣なものだとは考えていなかったこと、それらを審理官の皆さんに、誠心誠意、誓うことができますね」

「完全に、その通りです」

ホッパーは安堵のため息を抑え、ただ頷いただけで、アンドルーへの質問を打ち切った。この供述がどうしても必要だったが、アンドルーの気の短さは知っていたから、薄氷を履《ふ》む思いだったのである。しかし今、それも無事に乗り切り、一連の主張は簡潔なものではあったが、わずかながら勝機が見え始めていた。

ホッパーはおおいに悔恨の念を込めて続けた。

「私はこれ以上の審理の継続を望みません。私はすでに、マンスン博士が単に不幸な過ちを犯したに過ぎないことを、明らかにしました。私は審理官の皆さんの正義感だけでなく、その寛大な心にも訴える次第です。弁論の終わる前に、最後に博士のめざましい実績についても、皆さんの注意を喚起させていただきたい。博士の経歴には、実に誇るべきものがあります。有能な人物がわずかな過失を問われ、寛大な処置を得られぬまま、追放せられた事件を、我々は多く経験しています。皆さんが今裁決を下そうとしている本件が、まさにそのような結果に陥らないことを私は希望いたします。いえ、敢えて言えば、心から祈っております」

　ホッパーの口調に含まれた切実さと謙虚さは、審理官たちに実に驚くべき効果をもたらした。なかには感銘を受けたように、深々と頷いている人物もいた。がしかし、突然ブーンが立ち上がって、議長に発言を求めた。

「議長、発言の許可をいただきたい。マンスン博士にひとつ二つ、質問したいことがあります」

　ブーンは前に歩み出てくると、眼鏡を持った手を動かして、アンドルーの起立を求めた。

「マンスン博士、あなたの最後の答弁は、私にはほとんど理解できないものでした。あなたは自分の行為が、いかなる意味においても卑劣なものだとは考えていなかったとおっしゃった。しかし、スティルマン氏が医師の資格を持っていないことは、ご存じだったはずだ」

　立ち上がったアンドルーは、鋭い眼差しをブーンに向けた。

　この小うるさい弁護士の論述には、自分をなんとかして陥れようとする意図があちこちに隠れていた。黙って聞いていると、自分がまるで、恥知らずの卑劣な犯罪者のように思えてくる。俺が卑劣な犯罪者？　そんな馬鹿な話はない。

アンドルーの冷え切った胸の内に、静かに火花が燃え始めていた。

彼は静かに断言した。

「そうです。スティルマン氏が医師でないことは知っていました」

ブーンの顔に、満足そうな冷たい笑みが閃いた。さらにブーンは、煽るような口調で問いかけた。

「なるほどなるほど。しかしそれでもなお、あなたは思いとどまる気はなかったのですか？」

「思いとどまる気はありませんでした」

アンドルーは、はっきりと相手の言葉を繰り返した。怒りを帯びた鋭い声が、広い審理場に響き渡った。

忍耐もここまでだった。

彼は大きくひとつ深呼吸をし、正面から相手を見据えた。

「ブーンさん、私はあなたが実に沢山の質問をするのを聞いていました。私もひとつだけあなたにお聞きしてもよろしいですか？　ルイ・パスツールの名はご存じでしょうか？」

「ええ」

ブーンは驚いて答えた。

「誰だって知っているでしょう」

「結構。誰だって知っている？　しかしきっとこんな事実はご存じないのではありませんか、ブーンさん、失礼ながら、もっとも偉大なる科学的医学者であるルイ・パスツールが、医師ではなかったという事実を、ここではっきりと申し上げておきましょう。エールリヒもそうです。彼は医学史上、もっとも優れた、もっとも重要な薬物治療の基礎を築いた人物です。ハフキンも同じだ。この人物はインドで感染症と闘い、いくつものワクチンを作り上げた。資格を持つ医師たちがまったく成しえなかった素晴らしい業績を、彼は沢山残している。免疫学に貢献したメチニコフも、パスツールの偉大さには及ばぬまでも、ノーベル賞を受賞した立派な人物だ。みんな医師ではありません。こんなわかりきった事実は、わざわざ説明するまでもありませんでしたか、ブーンさん。しかしこれらの事実が示しているのは、病魔と闘っているあらゆる人々が、その名を医師名簿に連ねていないからといって、必ずしも卑劣漢や愚か者ではないということです！」

　しびれるような沈黙が広がった。

　それまで議事の進行は、勿体ぶった退屈な空気に包まれ、ありきたりの法廷の陳腐な茶番劇の様相を呈していた。しかし今、審理官の全員がいつのまにか姿勢を正していた。特にアベイは、熱のこもったまっすぐな目でアンドルーを見つめていた。

　張り詰めた沈黙の中でアンドルーは身じろぎもしなかった。その背後に座るホッパーが、額に手を当て、呆れたように小さなうなり声を上げた。事実彼は、この審理は負けたと確信したのである。

ブーンの方は、圧倒され、うろたえてはいたが、なんとか落ち着きを取り戻した。

「なるほどなるほど……みな有名人ばかりですな、わかっていますよ。しかしあなたは、彼らとスティルマン氏を比べるつもりではありますまい？」

「なぜそれがいけない？」

アンドルーは火を噴くように応じた。

「彼らが有名なのは、皆もう亡くなってずいぶんな時間が過ぎたからです。かつてウィルヒョウは、同じ時代を生きたコッホを嘲笑していました。まったく評価していなかったのです。しかし今我々はそうではありません。ときが流れ、正当な評価が下せるようになったからです。我々は、シュパーリンガーやスティルマンのような人物を罵倒しています。シュパーリンガーの件は、良い例でしょう。彼は偉大で独創的な科学者ですが、医師ではない。医学博士でもない。にもかかわらず彼は、何千人もの学位をもった者たちよりも、医学に多大な貢献をしています。シュパーリンガーが誹謗中傷と闘い、研究と治療に全財産を捧げ、貧困のうちに苦しんでいる間に、学位をもった連中は、新車を乗り回し、多額の報酬を受け取り、伸び伸びと暮らしていたのです」

「つまりですな」

額に冷や汗をにじませながらも、ブーンはせせら笑いを浮かべた。

「リチャード・スティルマンに対しても、あなたは同じように敬意を払っているわけですか」

「そうです！　彼は偉大な人物です。彼は全生涯を肺疾患の治療に捧げている。にもかかわらず嫉妬や、偏見や、中傷とも闘わなければならない。母国では、彼はついに勝利を得ましたが、ここではそうではない。それでも私は、彼がこの国の誰よりも結核治療に対して多くのことを成し遂げていると確信しています。彼は医師ではない。そうです！　しかし医師として長らく結核治療に取り組みながら、これを克服する方策を何ひとつ生み出していない連中が山ほどいるではありませんか」

高い天井の広々とした審理場全体が、ざわめいていた。今やメリー・ボーランドは、感嘆と緊張とに満ちた輝く瞳を、真っ直ぐにアンドルーに注いでいた。ホッパーは、ゆっくりと悲しげに、書類の束を取り上げ、鞄の中に仕舞い始めていた。

議長がふいに口を出した。

「あなたは自分の言っていることをわかっているのですか？」

「もちろんです」

アンドルーは、傍にある椅子の背もたれをぐっと握りしめた。

自分でも、危険で軽率な発言をしていることはわかっていた。しかし今さら引き返すつもりもなかった。呼吸は速く、気持ちは張り詰めていて、異様に大胆な心持ちが彼を捉えていた。どうせ彼らが資格を剥奪するつもりなら、かえって恐れるものは何もない。言うべきことだけは言うつもりだ。

　彼は厳然たる態度で声を張り上げた。

「今日ここで、自分のために行われた弁論を聞いていて、ずっと私は考えておりました。いったい私はどんな罪を犯したのかと。私は藪医者と一緒に働きたいとは思いません。いかさまの治療も信じてはいません。ですから配達のたびに投げ込まれてくる空疎な宣伝広告や、色鮮やかなパンフレットは、半分も封を切らず、そのままゴミ箱に放り込みます。――わかっています。私は本来用いるべき言葉より、ずいぶん乱暴な言い方をしています。しかし、そうせざるを得ないのです。――我々は、もっと偏見を捨てなければならない。医師だけがすべて正しく、医師以外はすべて間違っているなどと考えるのならば、それは科学的進歩の死を意味します。そんな考えのままでいれば、医師の世界は、同業者が互いに傷をなめ合う、卑小《ひしょう》な閉鎖社会に成り果ててしまうでしょう。我々は今こそ自分たちの世界を、整備し改革しなければいけない。表面的な話をしているのではありません。最初に戻って思い出してください、あのどうしようもなく不十分な、医師の教育制度のことを――。資格を取ったばかりの私は、社会にとって脅威以外の何物でもありませんでした。私が知っていることといえば、わずかばかりの病名とその治療薬だけで、助産師が使う鉗子さえ、ろくに扱えなかった。今ある私の知識は、みんなそのあとに身につけてきたものです。しかし、現場で学んだ一般的な知識以上の何かを、さらに進んで学ぼうとする医師が、いったいどれくらいいるでしょう。彼らは忙し過ぎるんです。可哀想に、ひたすら駆け回るばかりだ。我が国の制度全体が腐敗しているのは、まさにこの点です。古い薬瓶を捨てて、科学的知識を身につけるための新しい制度を手に入れなければいけない。医学部卒業後も、強制力のある教育制度を作らなければいけません。すべての開業医に学ぶ機会を与え、ともに研究できる道を切り開かなければいけないんです。今の金儲け主義をどう思われますか？　金を稼ぐためだけの無意味な治療、不必要な手術、科学的な振りをした何の役にも立たない数々の処方……。こんなことは、いい加減やめるべきではありませんか。医学界全体に、不寛容とひとりよがりが蔓延《はびこ》っているんです。組織そのものが、活力を失っているんです。進歩も改革も、誰も考えようとしない。掛け声ばかりで、我々は何もやろうとしないんです。我々は何年もの間、哀れなほど低賃金で働く看護師諸君の劣悪な労働環境について、大騒ぎをしてきました。しかしどうですか？　看護師たちはいまだに劣悪な環境のままで、低賃金のままです。これは表面的な一例に過ぎません。問題は、はるかに根が深いのです。我々は先駆者にチャンスを与えません。接骨師のジャーヴィスのために麻酔をおこなった勇敢なるヘクサムは、さらに多くの人を救おうと歩み始めたその途端に、医師資格を剝奪されました。十年後、ジャーヴィスが、ロンドンの一流の外科医たちから見放された何百人もの患者を回復させたことが明らかになり、彼がナイトの称号を与えられ、あらゆる『良識ある人々』から天才だと賞賛されたとき、我が医学会は、こそこそと頭を下げて、彼に名誉医学博士号を進呈したではありませんか。しかしそのときには、ヘクサムはすでに失意の中で亡くなっていたのです。私も診療の中で、自分が多くの過ちを犯してきたこと、ときには重大な間違いを犯してきたことをよく知っています。そして心から悔やんでいます。しかしリチャード・スティルマンと仕事をしたことは、断じて間違いなどではありません。そこに一片の悔いもありません。私が皆さんにお願いすることは、どうかメリー・ボーランドを見ていただきたいということです。スティルマンのもとに行ったとき、彼女は肺尖部結核で衰弱していました。しかし今は全快しています。私の卑劣な行為が正当であったか否か、その証拠が見たいと言われるなら、是非見ていただきたい。それはまさにこの部屋の、皆さんの目の前にあるのです」

にわかに口を閉ざすと、彼は自分の席に戻って腰を下ろした。

誰も何も答えなかった。高い審理官席に座るアベイの目が爛々《らんらん》と輝いていた。ブーンはまだ立ち尽くしたまま、呆気にとられてアンドルーを見ていた。しかしやがて、あざ笑うような陰湿な笑みを浮かべると、議長に一礼して自分の席に戻っていった。彼の目には、この傲慢な医師が、自分で自分の首を絞めたことは、明らかだったのである。

なおしばし奇妙な沈黙が審理場を満たしていた。その沈黙を押しのけるように、議長が慣例に従って宣告した。

「審理官以外は、退席してください」

アンドルーも皆と一緒に廊下に出て行った。そのときにはもう無謀な気持ちも消え、ただ異様な緊張の中で、全身が動悸を打っていた。

彼は息が詰まりそうだった。

周りにホッパーやボーランド親子や、その他の証人たちがいることが耐えられなかった。特に弁護士の顔に浮かんだ、憂鬱な非難の色が恐ろしかった。自分が短慮な振る舞いをしたこと、そして哀れで感情的な愚か者に過ぎないということは、十分にわかっていた。そうだろう、あんな風に審理官たちに向かって説教をするなど、狂気の沙汰に違いない。あれでは、医師ではなくハイド・パークの街頭演説家だと思われても仕方がない。そうか……、じきに自分は医師ではなくなるのだ。彼らはあっさりと自分の名を名簿から消し去ってしまうのだから……。

アンドルーはどうにもひとりになりたくてトイレに行き、洗面台の端にもたれかかって、機械的に煙草を取り出してくわえた。しかし、からからに乾いた舌に何の味も感じなかった。つい先刻、医学界に苦言を呈したばかりの自分が、惨めにもそこから追放されるのだと思うと、ほとんど滑稽なくらいだった。スティルマンのもとに行けば、なんらかの仕事は見つかるかもしれない、しかしそれは、本当にやりたいことではない。そうだ、自分はデニーとホープとともに自分の望む道を歩み、自ら立てた壮大な計画の剣《つるぎ》を、無関心と保守性の城壁に突き立ててやりたいと思っていたのだ。しかしそういったことはすべて、医学界の内側に身を置いてこそできることであって、イギリスでは資格のない者が外部からできることなど何もない。今となっては、このトロイの木馬に乗り込むことができるのは、デニーとホープの二人だけということだ。痛烈な悔しさが、大波となって彼を襲った。荒涼たる未来を前にして、彼は痛みに呻いた。追放者となった者の、苛烈な痛みだ。そして、これで自分の人生は終わったのだと実感した。何もかも、これで終わりだと。

廊下を歩く人々の足音が聞こえて、彼は物憂げに身を起こした。人々に混じって審理場に戻りながら、もはや残された道はただひとつだと、厳しく自分に言い聞かせた。

——卑屈にだけはなるな。

媚びも諂《へつら》いも見せてはならない。弱音も絶対に吐いてはいけない。

席についたあとも、彼はじっと目の前の床を見つめ、誰も見ず、高い審理官席にも顔を向けず、身じろぎもしなかった。静まり返った議場内では、ほんの些細な物音が腹立たしいほどに響き渡った。椅子を引きずる音、咳払い、ささやき……、誰かが鉛筆で意味もなく机を叩いている音まで、信じられないほどはっきりと聞こえた。

しかし突然、すべての音が消えた。アンドルーもまた身を硬くした。いよいよだ、そんな思いが胸を走り抜けた。

議長がゆっくりと鷹揚な口調で話し始めた。

「アンドルー・マンスン、あなたに対する告訴内容と、これを裏付ける証言および証拠について、審理会はきわめて慎重な検討を重ねたことを、まず伝えなければならない。審理会は、本件の置かれた特殊な事情や、特にあなた自身の、常軌を逸した発言があったにもかかわらず、あなたが良き信念に基づいて行動し、医師たる者に求められる高潔な規範を規定する法の精神に、誠意を持って応じようとしていたと、認めるというのである。従って、審理会は、あなたの資格剥奪は適切ではないと判断したことを、ここに通告する」

しばらくの間、彼は何も理解できぬまま、呆然としていた。やがて、突然全身を震えるような衝撃が走り抜けた。

資格は剥奪されなかったのだ。

無実が証明され、自由で潔白の身となったのだ。

彼は震える顔を上げ、審理官席を見上げた。自分に向けられたすべての顔が、妙にかすんで見えた。しかしその中で、ロバート・アベイの顔だけははっきりとわかった。アベイが静かに自分を見つめていた。すべてを物語るその目に、アンドルーは息が詰まりそうになった。疑いの余地はなかった。自分を守ってくれたのは、ほかならぬアベイだったのだ。

もはや平静を保つことはできなかった。

彼は立ち上がって、震える声で告げた。

「ありがとうございました」

頭を下げた相手は議長だったが、その言葉はアベイに向けたものであった。

議長の声が響いた。

「これにて閉会といたします」

たちまちアンドルーは、コンやメリーや、目を丸くしているホッパーや、その他顔もわからぬ友人たちに取り囲まれた。訳もわからず人々と握手を交わし、コンに肩を叩かれたまま、いつのまにか彼は表の通りに出ていた。走り過ぎるバスや、交差点を往来する人々の姿が目に入った。そんな日常の景色とともに、ようやく気持ちが落ち着き、解放の喜びが心の奥底から湧き上がってきた。

ふと傍を見ると、目に涙を浮かべたメリーが自分を見上げていた。

「もしあの人たちが先生に何かしていたら……先生は私をこんなに良くしてくれたのに……なのに何かあったら私、あの年寄り議長を殺してやろうって思ってたの」

「なんてことを言うんだ！」

コンがいつもの大声で割り込んだ。

「お前は何をそんなに心配していたんだ。俺たちのマンスンがいざ本気を出したらな、あんな連中、ひとまとめにして叩きのめすのは、わかりきったことじゃないか」

アンドルーは小さく笑って見守っていた。

三人がミュージアム・ホテルに戻ってきたのは、午後の一時過ぎである。見るとラウンジにデニーが待っていた。ゆっくりと歩み寄ってきたデニーは、微笑とともに重々しく頷いた。

ホッパーからすでに連絡を受けているようだった。

彼はしかし、その件には何も触れず、

「俺は腹が減ってるんだ。しかしここじゃ気が進まない。みんな俺に付いてこい。ランチといこうじゃないか」

そんな言葉とともに、三人を老舗のコノート・レストランに誘った。食事中もデニーはまったく平然たる様子で、コンと車の話ばかりしていたが、これが彼なりの愉快な祝賀会なのであろう。食事の終わりがけに、デニーはアンドルーを顧みた。

「汽車は四時出発の予定だ。ホープがスタンバラのホテルで待っている。あの土地が、とんでもない安値で手に入るらしい。出発前に俺は買い物に行きたいから、四時十分前にユーストンで待ち合わせよう」

アンドルーはじっとデニーを見返した。ブライネリの狭い診療所で初めて会って以来、彼から受けた、あらゆる好意と友情を思わずにはいられなかった。

アンドルーは静かに口を開いた。

「どうするつもりだったんだ、俺が資格を剥奪されていたら？」

「されなかったじゃないか」

デニーは軽く肩をすくめた。

「それに、これからもそんなことにはならんよ、絶対にな」

デニーが買い物に出かけていくと、アンドルーは、コンとメリーをパディントン駅まで送っていった。ホームで汽車を待ちながら、アンドルーは何度目かになる同じ言葉を、コンに繰り返した。

「スタンバラには、必ず来てくれよ」

「行くとも」

コンが断言した。

「春だな。小さなバスができ上がったら、すぐに行くさ」

コンとメリーを乗せた汽車を見送っても、まだ一時間ばかり時間があった。その間に行くべき場所は最初から決まっていた。彼は迷いなくバスに乗り、ケンサル・グリーン墓地へ向かった。

共同墓地は静かだった。

クリスティンの墓の前まで来たアンドルーは、様々なことに思いを馳せながら、長い時間立ち尽くしていた。よく晴れた清々しい午後で、クリスティンの好きだった爽やかな風が吹き、梢の上では、雀が一羽楽しげにさえずっていた。

なおしばらく墓石を見つめていたアンドルーは、やがて汽車の時間に遅れぬよう、踵を返して足早に歩き出した。まっすぐに前を向いて歩いていくアンドルーの、はるか頭上の空には、城砦をかたどった巨大な雲が、悠々と横たわっていた。

解説

城砦〈下〉

夏川草介

アーチボルド・ジョゼフ・クローニンは一八九六年に生まれた。十九世紀の生まれ、と聞くとひどく遠い昔のように思われるが、没年は一九八一年であるから存外に時代は近い。日本でいえば、明治中頃から昭和後期にかかる時期であり、世界史的に見ても激動に満ちた時代を生きた人物である。

出身はスコットランドで、グラスゴー大学医学部を首席で卒業という記録があることから、相当な秀才であったらしい。第一次世界大戦中はイギリス海軍外科医として働き、のちにウェールズの鉱山町で開業。これらの経験を生かして多くの小説を世に問うた。医師兼作家といえば、今の日本ではさほど珍しくもなくなりつつあるが、クローニンのすさまじさは、医師としての十分な臨床経験を積み上げ、精力的に研究活動も行い、その上で小説まで上梓したという点にあるだろう。

クローニンは多くの著作を残しているが、代表作はまぎれもなく「城砦」である。本書は一九三七年に刊行されたのち、翌三八年にはフランス訳とドイツ訳が編まれ、その後日本を含む二十数カ国語訳にまで拡大して、クローニンの名を世界に知らしめる端緒となった。他に「帽子屋の城」「天国の鍵」「人生の途上にて」など、それぞれに評価の高い著作があるが、翻訳者の竹内道之助はその中でも「城砦」を「ずばぬけてすぐれたもの」と断言しており、一九六七年の訳書の解説では、本書が「現在では医学界で誰知らぬもののないほど読まれている」と書き記している。この物語が、いかに高い評価を得ていたか、想像に難くない。

しかし、それから半世紀が経過した現在、本書がかつてと変わらぬ知名度を保っているとは、残念ながら言いがたい。上巻の解説でも触れたとおり、私の周囲でも「城砦」を知っている医師は極めて稀で、日経メディカルによると、七十代後半以上の医師たちの間では圧倒的な存在感を誇っているが、若年層ではほとんど無名の存在である。既訳から長い年月が経過し、言語感覚の変化が新たな読者層獲得の障壁となっているのかもしれない。実際、「城砦」には、中村能三訳（新潮社）と、先に挙げた竹内道之助訳（三笠書房）とがあるが、いずれも今では用いられなくなった単語や言い回しが多く見られ、読みやすい小説とは言いがたい。結果として現在ではどちらも絶版となっている。

一方、新訳が待たれる中でもそれが容易に進まなかったのには、二つの大きな理由があるように思われる。

一点は、既訳の質がきわめて高く、かつ独創的であるという点である。「城砦」はややもすれば登場人物の描写が簡潔で、性格がつかみにくく思える部分が散見される。既訳ではこれを改善するため、訳者がまとまった分量で原著にない描写を投入し、中には大きく人物の設定を変更している部分もある。原著では、ある人物が健康のために牛乳を飲んでいるだけなのに、既訳では、舌なめずりをしながらうまそうにビールを飲んでいるというような変更は、当たり前のように確認される。物語としての完成度は高くなりつつも、原著から離れる傾向があったことは確かであろう。

もう一点は、本書がしばしば詳細な診療現場を描写するとともに、比較的専門性の高い医学研究の現場にも踏み込んでいる点である。主人公アンドルー・マンスンは一般の内科診療をこなしつつ、必要とあらば上肢の切断といった外科的な手術も断行する優れた臨床医である。のみならず、クローニン自身がそうであったように、塵肺症関連の高度な研究を遂行して論文を書き上げるという研究者としての側面も見せている。各場面における描写は詳細をきわめ、これを翻訳するためには、単に医師としての視点のみならず、臨床と研究双方の知見が求められるとなれば、本書の新訳が容易でないことは理解されうるであろう。

私のもとに翻訳依頼が来たのは、かかる事情も考慮されたためではないかと思われる。すなわち、この魅力的な作品を、現代の若い読者に直接響く新たな文章にくみ上げること、そして医療現場のリアリティを減ずることなく物語世界に多くの読者を引き込むこと。これを自身の責務と考えて、本書の翻訳を受諾した次第である。

以下に、新訳の特徴をできるだけ簡潔に述べておく。

第一に、新訳は二〇一三年のマクミラン版を底本としている。今回翻訳を始めるに当たって、日経メディカルより送付していただいた本であり、以下に原著と呼称しているものもこの版である。

第二に、原著「城砦」は、西暦を始めとして年月、曜日の記載が驚くほど一貫していない。本書は全編を通じておよそ十年が経過しているが、原著の最初と最後の西暦は六年の違いしか生じておらず、途中無闇と前後して多くの矛盾が見られる。現在ほど小説に対して校正という概念が発達していなかったためであろうか。このため新訳では第一部第一話の一九二四年を基準として、矛盾する年月日はすべて修正した。

第三に、医学用語については、できるだけ忠実に訳しつつ、一般の読者が理解可能なように、随所に説明を加えた。ただし、専門用語の説明は普通、括弧付けや巻末の訳注において行うものだが、この方法論を私は採用しなかった。科学論文であればまだしも小説においては、多数の訳注は読書のリズムを大きく損なうと考えたためである。よって、新訳では訳注は用いず、説明すべき情報はすべて本文の中に組み込んでいる。少し分量は増えたが、欄外や文末を参照する必要はなく、心ゆくまで物語世界に没入していただければ幸いである。

第四に、これはクローニンの特性なのかもしれないが、原著には非常に近似した固有名詞が多数現れる。なかには同名の登場人物もあり、訳者である私自身、混乱しかねなかった。例えば、オーウェンの名は複数の人物に用いられており、エヴァンとエヴァンズ、ハムソンとハリソンなどの類似した名称が登場する。これについては快適に読めることを最優先として訳者の側で変更した。なお既訳においてもすでに固有名詞の変更は見られており、既訳者が私と同じ思いであった可能性がある。

第五に、原文に忠実であることを旨としたため、既訳で見られた翻訳者独自の創作部分は、新訳には存在しない。ゆえに既訳を読んだことのある方は、登場人物の印象が変わったように感じる場合もあるかもしれない。存分に楽しんでいただきたい。

以上が代表的な特徴であるが、そのほか「城砦」の魅力を引き出すための方法論はすべて採用したつもりである。もちろんおよそ百年前に書かれた小説である以上、現代ではなじみのない景色は沢山ある。いまどき住み込みの女中など目にするものではないだろうし、公衆電話と言われても何のことかわからない少年少女もいるかもしれない。やたらと登場する喫煙シーンに眉をひそめる読者もいるだろうが、私などはそんなことより、不潔な環境で手術をしていることの方がはるかに心配になる。そのすべてが、しかし本書においては大きな魅力となっている。

本書を読めば、我々と異なる時代、異なる環境で、我々と同じように悩みながら、懸命に生き抜いた人間たちがいたことが力強く伝わってくる。どれほど社会が変わっても、人間が何に悩み、何に立ち向かおうとしたかは変わらない。そのことがはっきりと理解できるのである。

現代はとくに、あらゆる価値基準が崩壊し、腕力が幅を利かせ、金銭を貯めることが何よりも崇高な目的であるかのように錯覚しかねない時代である。言うまでもなく、豊かに生きるとは、贅沢に生きることではない。快感と幸福とは異なるものである。そんなわかりきったことが、しばしば見えにくくなる時代である。

医師アンドルー・マンスンは、本書の中でこう述べている。

「幸福というものは、世俗的な財産からは完全に独立した、ある純粋な心の状態だ」

わかりやすい言葉ではない。

わかりやすくはないがとても大切な事柄を、本書は最高の物語にして我々に届けてくれる。本書の翻訳にかかわれたことを、改めて光栄に思う次第である。

長々と理屈を述べたが、語りたいことは結局すべて「城砦」の中にある。蛇足を閉じて謝辞を述べるタイミングであろう。

まずは、かかる貴重な機会を与えてくれた編集者の小板橋さんにお礼を申し上げる。臨床が多忙とはいえ、最初の電話から五年もの歳月を忍耐強く待っていただかなければ、本書が世に出ることはなかった。感謝に堪えない。

次に、翻訳者の竹内道之助氏、中村能三氏にも謝辞を述べる。既訳はことあるごとに参考にさせてもらったが、何よりもその格調高い見事な訳文には感嘆させられた。クローニンの文体なのか、「城砦」では、多数の形容詞を延々と並べるような厄介な英文に出会うことが稀ではなかった。ひとりの外科医の見事な手術現場を、strong で firm で fine で cool で massive で great で handsomeness だと描写されては、訳する側は大変に頭を悩ませるのだが、既訳ではこれは実に多彩な言い回しで、一語も落とさず自然な日本語に落とし込んでいた。より文章のリズムを維持するために私はそれを踏襲しなかったが、文章の多様性と面白さを改めて発見し、ともすれば停滞しがちな翻訳作業を愉快に進める原動力となった。重ねて感謝を申し上げる。

最後に、本来なら妻への謝辞を述べて本稿を閉じるのだろうが、家族への謝辞をわざわざ活字にして他人に読んでもらうという趣味を私は持たない。感謝の言葉は本人の顔を見て直接言うものであるから、ここではそれを割愛する。敢えて付記すれば、細君は原著を全文にわたって精読し、そのおかげで訳出に際し、互いに解釈を照らし合わせ、議論を交わし、クローニンの難解なユーモアについてさえ論じ合うことができた。きわめて質の高い翻訳に到達できた理由の大きな部分を占めていることは確かである。

他稿にも記したことだが、「城砦」は時代を超える力を持った作品である。

ひとりでも多くの人に本書を読んでいただければ、訳者としてこれに勝る喜びはない。

【編集付記】

本文中、今日の人権意識からすると差別的表現ととられかねない箇所がありますが、著者自身に差別的意図はなく、執筆当時の時代背景、作品自体の文学性・芸術性、さらに著者が既に故人であることを鑑み、原文どおりとしています。（日経ＢＰ）

著者　アーチボルド・ジョセフ・クローニン

スコットランドの小説家、劇作家、ノンフィクション作家（1896年–1981年）。グラスゴー大学で医学を学び、第一次世界大戦のイギリス海軍外科医として働いた経験を有する。南部ウェールズの鉱山町トレデガーで開業した経験を基に執筆したのが、ウェールズを舞台にした本書『城砦』である。『城砦』は日本に紹介されると同時にベストセラーとなり、同書の影響で医師を志した若者が多く、座右の書として摩り切れるまで読み返したという医師も少なくなかった。

訳者　夏川草介（なつかわ そうすけ）

1978年生まれ、信州大学医学部卒。2009年に『神様のカルテ』（小学館）で第10回小学館文庫小説賞を受賞しデビュー。同シリーズは累計発行部数330万部のベストセラー。海外でも高く評価されている『本を守ろうとする猫の話』（小学館）、新型コロナに翻弄される医療現場を赤裸々に描いた話題作『臨床の砦』『レッドゾーン』（小学館）、2024年本屋大賞ノミネート作の『スピノザの診察室』（水鈴社）などを執筆。本書は初の翻訳小説となる。

城《じょう》砦《さい》〈下〉

2024年 7月29日　初版第1刷発行

著　者　A. J. クローニン
訳　者　夏川草介
編　集　小板橋律子
発行者　田島　健
発　行　株式会社日経BP
発　売　株式会社日経BPマーケティング
〒105-8308 東京都港区虎ノ門4-3-12

装　画　木内達朗
装　丁　石間　淳

印　刷
製　本　中央精版印刷株式会社

ISBN978-4-296-20510-3　Printed in Japan